KB242950

무적택배

무적택배 5
이원 판타지 장편 소설

초판 1쇄 찍은 날 § 2004년 7월 2일
초판 1쇄 펴낸 날 § 2004년 7월 12일

지은이 § 이원
펴낸이 § 서경석

편집장 § 문혜영
편집 § 장상수 · 김민정 · 최하나
마케팅 § 정필 · 강양원 · 이선구 · 김규진 · 홍현경

펴낸곳 § 도서출판 청어람
등록번호 § 제1081-1-89호
등록일자 § 1999. 5. 31
어람번호 § 제1-0511호

주소 § 경기도 부천시 원미구 심곡1동 350-1 남성B/D 3F (우) 420-011
전화 § 032-656-4452 팩스 § 032-656-4453
E-mail § eoram99@chollian.net

값 8,000원

ISBN 89-5831-167-3 04810
ISBN 89-5831-020-0 (SET)

이원 판타지 장편 소설

목적특별시

5

우주에서 온 도시

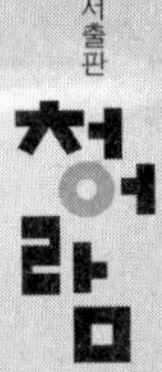

도서출판
청어람

목차

5

우주에서 온 도시

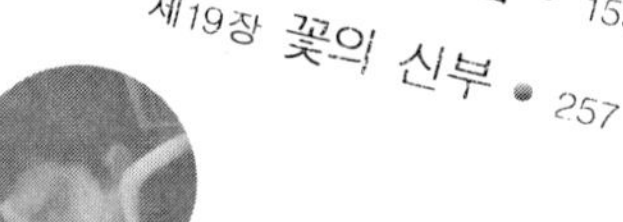

■제 16장

보이는 도시

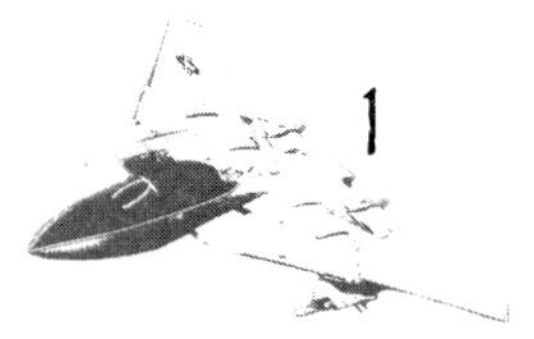

디파 토벌전의 성공을 축하하는 축제가 끝나고 프라트는 일상의 모습을 되찾았다. 그동안 칼키아 방문 준비를 마친 무적택배 사람들은 많은 이들의 우려에도 불구하고 예정된 날 칼리케아의 수도 칼키아를 향한 여정에 나섰다. 지휘차는 칼키아 외곽의 숲에 숨겨놓고 상인단으로 꾸며서 도시에 들어갈 예정이기 때문에 사람들의 눈을 피하기 위해 그들은 해질녘까지 기다렸다가 저녁을 먹고 프라트를 출발했다.

"우리 얼굴 이상하지 않아요?"

지혜는 피부색에 신경 쓰이는지 작은 거울에 얼굴을 비추면서 로네스에게 물었다. 출발 전에 마리나 자매가 특별히 제조한 위장 크림을 바르고 파우더로 마무리까지 했지만, 어색한 느낌이 영 가시지 않았던 것이다.

"글쎄요, 그런대로 괜찮은 것 같습니다. 적어도 보자마자 이상하다고 눈치 챌 정도는 아닙니다.”

로네스가 답했다. 그러나 지혜는 거울에 비친 자신의 얼굴을 보면서 계속 찜찜해했다.

“꼭 흑인용 파운데이션을 바른 느낌이야. 너무 까만 것 같기도 하고.”

“너무 신경 쓰지 마. 그 정도 색은 레스프라트 사람들에게도 종종 있는 피부색이니까. 그리고 칼리케아 사람들은 레스프라트보다 피부색이 좀 더 검은 편이라잖아. 오히려 이 정도 색이 잘된 분장인지도 모르지.”

박상은 대수롭지 않게 넘겼다.

“그래도 골격 같은 것에서 차이가 나지 않을까?”

걱정을 떨치지 못하는 지혜에게 박창이 통역기를 끄고 큰 소리로 말했다.

“누난 걱정이 너무 많아! 여기 사람들을 실제로 많이 접해보지 않아서 그런 모양인데, 이쪽 사람들도 옛날에 우주 시대를 겪으면서 인종적으로 많이 뒤섞인 모양이더라구. 꼭 골격이나 피부색이 비슷한 사람들끼리만 모여서 살진 않아. 다시 말해 레스프라트 사람이라고 골격이 죄다 비슷하게 생긴 게 아니고, 칼키아도 그건 마찬가지일 거야. 그리고 만약에 무슨 일이 생기면 아담이 지휘차를 우리가 있는 곳까지 부를 수 있잖아. 바로 타고 나르면 될 걸 뭐가 걱정이야?”

“그런 일은 되도록 없어야지.”

박상은 얼른 박창을 나무랐지만, 지혜는 박창의 말에서 크게 위안을 얻었다.

“맞아. 여차하면 이걸 타면 되지. 게다가 사람도 이렇게 많은데, 괜찮을 거야."

　지혜는 입속으로 되뇌고 여느 때보다 많은 사람들로 북적이는 느낌
마저 주는 지휘차의 통제실을 둘러보았다. 노드와 로네스에다 아르데,
라얄을 포함한 아홉 명의 특공대원들이 있고, 미테르교 사제들도 파디
아를 위시해 여덟 명이나 되었다. 무적택배 사람들처럼 그들도 모두
상인 차림을 하고 있어 겉모습만 보면 영락없이 상인단으로 보였다.
호위를 맡은 이들은 베르테스의 특별한 배려로 전원이 메도쿰으로 만
든 무구를 지참하고 있었다.

　"우진 씨, 마리나 씨와 릴리 씨는 잘 따라오고 있습니까?"

　박상이 우진에게 물었다. 우진은 자매의 위치를 확인하고 답했다.

　"예, 지휘차 뒤에 있습니다."

　마리나 자매는 칼키아 시내까지 짐을 운반해 갈 당나귀들을 에어트
럭의 화물칸에 싣고 지휘차 뒤를 따라오고 있었다.

　"그런데 칼키아에서도 레스프라트의 말이 통한다니 의외야. 정말 통
역기에 미리 그쪽 말의 데이터를 넣어놓지 않아도 되는 건가?"

　박창이 문득 생각났던지 통역기를 끄고 박상에게 물었다.

　"로네스 씨가 괜찮다고 했으니 그런 거겠지."

　박상이 간단하게 넘어가려는데 지혜가 보충 설명을 해주었다.

　"지금의 레스프라트 말이 고대어의 잔존이라서 그럴 거야. 펠레즈나
디파 같은 위대한 도시 이외에도 우리가 전에 들렀던 젠브루 같은 오
래된 도시 등이 문명의 계승자를 자처하며 각 지역에서 중심 세력을
이루다 보니 자연히 고대의 말이 표준어처럼 된 모양이야. 로네스 씨
가 정리해 준 자료에도 나와 있듯이 레스프라트, 아메트, 그리어, 그리
고 쿠네이 북쪽의 유목민 지역까지 포함해서 이 일대 대부분이 고대

기스칼의 언어를 기본으로 하고 있잖아. 일반 국민들 사이에서는 지역에 따라 방언화가 이루어지기도 했지만, 사회 상층부에서는 문명어(文明語)라는 이름으로 고대 기스칼 어를 고집스럽게 지켜오고 있기 때문에 공식적인 언어는 거의 변함없이 남아 있는 셈이지.”

“그건 참 대단하네. 고대 문명이 망한 지 천 년가량이나 지났는데 말이야. 겉보기와는 다르게 고대 문명의 영향이 꽤 남아 있는 셈이네.”

“맞아. 문명을 유지시키지는 못했지만 완전히 단절된 것도 아닌 셈이지.”

그때 우진이 대화에 가담했다.

“그런데 칼리케아는 특이하게 기스칼 언어권이 아닌 걸로 되어 있지 않습니까? 고대의 지도를 보더라도 그 지역은 본래 기스칼에 속한 땅인데 어째서 그 나라의 말은 인접 국가들과 다른 걸까요?”

“그래서 더 흥미로운 거죠. 우주에서 왔다는 말이 정말일 가능성도 꽤 있다고 봐요. 언어뿐 아니라 생활 습관이나 몸짓 같은 것도 이 일대의 다른 나라와 차이점이 많다고 해요. 가령 레스프라트, 그리어 등에서는 고개를 끄덕이면 부정이고, 고개를 저으면 긍정이 되잖아요. 그런데 칼리케아에서는 반대로 고개를 끄덕이면 긍정, 저으면 부정이래요.”

지혜는 칼키아 방문에 앞서 열심히 정보를 살펴본 모양인지 유창하게 설명했다.

“그건 우리랑 같네. 처음에 우리가 레스프라트에 왔을 때 그게 반대라서 많이 헷갈렸었잖아.”

박창은 신기해했다. 그때 우진이 다시 지혜에게 물었다.

“그런데 레스프라트와 칼리케아의 언어가 서로 다르다면서 어떻게 말이 통한다는 거지요? 통역하는 사람이 필요한 것 아닌가요?"

"칼리케아는 중계 무역을 많이 하는 상업국이잖아요. 지방 사람들은 어떨지 몰라도 칼키아 같은 큰 항구 도시의 주민들이나 칼리케아의 지배층은 대체로 기스칼 어를 알고 있대요. 또 상업적 이해 때문에라도 기스칼 어를 기반으로 하는 나라들에 둘러싸여 있으니 알아둘 필요가 있었을 테구요."

그런 이야기를 나누고 있는 동안 태양의 잔영은 어느덧 어둠 속에 묻혀 버리고 사방은 푸르스름한 달빛으로 가득해졌다.

"어디쯤 왔어요? 다 와가나요?"

지혜가 우진에게 물었다.

"지도상으로 그리어의 영토는 벗어났습니다. 지금은 바다 위구요."

"설마 칼키아 포구에 내릴 생각은 아니겠죠?"

농담 삼아 가볍게 말을 던졌는데 바다가 대답했다.

"포구는 사람들의 눈에 띌 가능성이 커서 위험합니다. 바다 위를 지나가다 칼리케아의 영토에 들어가면 그때부터는 되도록 조용히 진행해서 칼키아 북쪽의 숲 지역에 내릴 겁니다."

"알고 있어요."

농담이 통하지 않는 바다의 진지함에 지혜는 머쓱해했다.

그 뒤에도 한동안 전진하던 지휘차가 마침내 속도를 줄이고 고도를 낮추는 것이 느껴졌다.

"다 왔습니까?"

박상의 질문에 바다가 대답했다.

"예, 멀리 칼키아의 성벽이 보이는군요. 지금 도시 외곽에 둘러져 있는 큰 숲으로 내려가고 있습니다."

바다와 우진은 인공위성에서 본 좌표와 칼키아 인근의 지도를 대조해 가며 신중하게 위치를 가늠하면서 지휘차를 움직였다. 그리고 혹시라도 사람들의 눈에 띌세라 조심스럽게 착륙할 만한 지점을 찾기 시작했다. 한참 동안 숲 상공을 선회한 끝에 우진이 말했다.

"부근에 인가도 없고, 큰길에서도 먼 곳입니다. 지휘차와 에어트럭을 감추기에 이 정도면 괜찮을 것 같습니다."

박상 등은 지휘차의 사방을 비추는 모니터를 주의 깊게 바라보았다. 우진의 말이 맞다고 판단이 되자 그들은 그곳에 내려섰다. 아담을 비롯한 철인간들에게는 옷을 입히고 모자를 씌우는 등의 위장 조치를 취해 데리고 내렸으나, 어떻게도 위장할 방법이 없는 수정과 조수는 남길 수밖에 없었다. 조수는 지휘차에 남고 수정은 에어트럭의 조종석에서 대기하기로 했다. 만일의 경우 지휘차는 아담의 호출을 받아 자동 운행을 하면 되지만 에어트럭은 운전할 이가 필요하기 때문이었다.

에어트럭과 지휘차에서 당나귀와 짐을 전부 내리고 난 다음에는 위치를 조금씩 이동해서 큰 나무들 사이로 들어가도록 하고 본격적인 위장이 시작되었다.

특공대원들은 미리 준비해 온 대형 커버를 지휘차와 에어트럭에 씌우고 그 위를 나뭇가지며 나뭇잎 등으로 덮어 위장했다. 아담을 제외한 철인간들은 주변에서 나뭇가지를 꺾어다가 특공대원들에게 가져다주었다. 그들의 신속한 작업 모습을 지켜보던 우진이 탄복했다.

"진짜 빠른데요. 많이 해본 사람들 같아요."

릴리가 자랑스레 대답했다.

"실제로 많이 해봤대요. 저 사람들 대부분이 아메트를 상대로 무장 독립 운동이나 용병 생활을 했던 사람들이잖아요."

“그런데 이런 걸로 정말 위장이 될까요?”

캄캄한 숲에 겁을 집어먹고 사람들 사이에 끼어 서서 꼼짝도 않고 있던 지혜는 아무래도 마음이 놓이지 않는지 작은 소리로 마리나에게 물었다.

“지금 우리가 취할 수 있는 최선의 방법이에요. 썩 괜찮은 위장법이기도 하구요. 사람 눈에만 띄지 않으면 괜찮죠. 인적이 드문 곳이니까 별일없을 거예요. 만에 하나 이상이 생기면 수정과 조수가 연락을 해올 테고, 최악의 경우라도 내부에 누가 들어가는 건 불가능하니까 크게 걱정할 필요는 없어요.”

마리나는 전혀 걱정없다는 투였다.

지휘차와 에어트럭을 감추고 나자 그들은 가지고 온 물건들을 여러 마리의 당나귀에 나누어 싣고 큰길이 있는 방향으로 향했다. 여러 사람이 앞뒤에서 횃불을 들고 있어 그다지 어둡지는 않았으나 따로 길이 없는 숲 속이라 걷기가 불편했다.

“타고 갈 말이라도 가져오면 좋았을 텐데, 꼭 이렇게 걸어가야 하나?”

지혜가 구시렁거리는 것을 들은 우진이 씨익 웃더니 그녀를 돌아보았다.

“지혜 씨, 말 타보신 적 있습니까?”

“…아뇨.”

지혜가 머리를 흔드는데 박창이 낄낄 웃으며 끼어들었다.

“타보기는커녕 지혜 누난 진짜 말이라곤 동물원에서 본 게 전부인걸요.”

“그럼 걷는 편이 나을 겁니다. 초보자에게는 말타는 것이 꼭 편한 노릇이 아닌 모양이더군요.”

“우진 씨 말이 맞아요. 여기 사람들도 말을 타고 다니려면 미리 훈련을 받아야 한대요.”

릴리가 우진의 말을 거들었다. 한편 박상은 주위를 두리번거리며 걱정했다.

“꽤 큰 숲인 것 같은데, 커다란 육식 동물이 나오진 않을까요?”

사람의 손길이 닿지 않은 듯 제 마음대로 가지를 펼치고 자라난 키 큰 나무들 때문에 달빛도 잘 비춰들지 않아 숲 속은 어두컴컴했고 축축한 습기로 가득했다. 간간이 날카로운 동물의 울음소리, 새의 날갯짓 소리 같은 것이 들려왔다. 무엇이 갑자기 튀어나오더라도 이상하지 않을 것 같았다.

“그런 일은 없을 겁니다. 한두 사람도 아니고 이렇게 사람이 많은데 먼저 덤벼들 만큼 사납고 큰 맹수는 없는 걸로 압니다.”

노드가 그를 안심시켰다.

인적이 없는 곳에 내렸기 때문인지 큰길에 나가기까지는 꽤 거리가 있었다. 한참 동안 숲을 걸어 길을 찾은 그들은 오가는 사람이 없는지를 잘 확인하고 길로 나갔다. 멀리 성벽이 보이는 지점이라 칼키아가 어느 쪽인지는 금방 알 수 있었다.

“칼키아에서는 가깝네요.”

그나마 다행이라고 생각하며 지혜는 가볍게 주먹을 쥐어 자신의 허벅지를 두드렸다. 울퉁불퉁한 길을 한참 걸어서 그런지 다리가 아프고 발바닥도 욱신거리는 참이었다. 다행히 칼키아로 가는 큰길은 큼직한 돌로 반듯하게 포장되어 있었다.

달빛에 비치는 칼키아의 성벽은 펠레즈나 디파에서 볼 수 있는 창백한 은빛으로 빛나고 있어, 그곳이 위대한 도시임을 증명하는 듯했다. 본격적으로 출발하기에 앞서 미테르의 대신관 파디아가 무적택배 사람들에게 다가오더니 말했다.

"이제부터 칼키아를 떠나 레스프라트에 돌아갈 때까지는 미엄 사제가 여러분을 안내할 것입니다. 가급적 신의 사도 여러분께서는 칼키아 사람들 앞에서 말씀을 하지 마시고 저희들과 델라제 경, 외본 경의 안내에 따라주셨으면 합니다."

파디아의 말이 끝나자 미엄 사제는 앞으로 나와 박상 등에게 고개를 조아렸다.

50대를 넘긴 그는 젊은 시절 칼키아에서 얼마 동안 머문 적이 있어 그곳의 말과 풍습을 잘 알고 있다 했다. 혹시 칼키아에서 그를 알아보는 사람이 있을지도 모르므로 현재는 수염을 깎고 약간의 변장을 한 상태였다. 미엄이 앞장서고 노드와 로네스가 그 뒤에 섰으며, 나머지 사제들과 특공대원들은 무적택배 사람들과 파디아를 가운데에 두고 둘러싸는 형태로 배치되었다. 그들은 칼키아의 성벽을 바라보며 걷기 시작했다.

"저 중에 어느 정도가 사탕인가요?"

릴리가 당나귀들에 실린 짐을 돌아보고 박창에게 물었다.

"글쎄, 한 1/4쯤 될 겁니다."

"시간도 별로 없었는데 그렇게 많이 만들었어요?"

"주방 사람들에게 가르쳐 가며 같이 만들었습니다. 여러 사람이 공정을 나누어서 작업하면 시간이 많이 단축되니까요. 물론 제일 중요한 작업은 형이랑 제가 직접 해야 했지만, 그것도 눈썰미 좋고 손재주 있는 사람은 금방 따라 하더라구요. 아마 내일부터는 주방에서 자기들끼리 만들어볼걸요."

박창의 말을 들은 지혜가 놀라며 말했다.

"저만한 양에서 1/4이나 되면 너무 많이 만든 것 아냐? 피스벵 설탕만 해도 꽤나 비싼 모양이던데, 사탕은 더 비쌀 것 아냐. 그게 다 팔리기나 하겠어?"

"걱정도 팔자셔. 어느 시대나 사치품의 수요는 끊이지 않는 법이야. 게다가 완벽한 독점 생산이잖아. 장담컨대 저것보다 더 많은 양이라도 파는 건 문제없을걸."

박창은 가슴을 펴고 자신의 작품에 대한 자신감을 피력했다.

"그나저나 꽤 늦은 시간인 것 같은데 사람들이 제법 다니는군요. 길에 우리들만 있는 것이 아닌데요."

마리나가 고개를 길게 빼고 일행의 앞뒤를 살펴보더니 말했다. 그녀의 말처럼 박상 일행과 다소 거리가 떨어져 있기는 해도 짐마차며 사람들이 횃불을 밝혀 들고 대로를 다니고 있었다.

"칼키아가 칼리케아의 주요 무역항이라 그럴 겁니다. 칼키아는 칼리케아의 수도이자 가장 크고 번화한 도시라더군요."

노드가 대답했다.

그러는 동안 칼키아의 성벽이 가까워지고 있었다. 칼키아의 성벽은 펠레즈와 디파의 그것처럼 고대의 금속을 표면에 바른 것이었으나 두 도시에 비해 높이가 낮은 편이었다. 대신 매우 절도있는 양식미를 갖추고 있고, 지형을 따라 부드럽게 흐르고 있어서 얼른 보기에도 유려하다는 느낌을 주었다. 그런 느낌은 성문에 이르러 더욱 확연해졌다. 기하학적이면서도 아름다운 장식미가 느껴지는 성문의 기둥과 장식이 그들의 눈길을 끌었다. 성벽 위에는 일정한 간격으로 병사들이 배치되어 있고, 성문에도 양편에 병사들이 지키고 있었으나 성문을 드나드는 사람들을 특별히 경계하는 기색은 없었다. 그러나 이들 일행이 성문으로 다가서자 성문 앞에 서 있던 병사들이 창으로 가로막아 정지시켰다.

"잠깐 멈추시오."

무슨 일인가 싶어 박상 등이 멈칫하는데, 미엄이 재빨리 다가와 작은 소리로 속삭였다.

"큰일은 아닐 겁니다. 제가 알아서 할 터이니 염려 마시고 가만히 있으십시오."

그리고 미엄은 병사들에게 다가가 태연하게 말을 건넸다.

"무엇 때문에 그러시오?"

병사 중 한 명이 대답했다.

"무슨 일로 성에 들어가기에 무장한 사람들이 그렇게 많습니까?"

미엄은 겨우 그런 일이냐는 듯 너털웃음을 웃고 말했다.

"우리는 레스프라트에서 온 상인들이오. 세르티스 항에서 내려 물건을 일부 풀고 육로로 칼키아에 들어가는 길이오. 값나가는 상품을 운반하는데 호위하는 사람들이 있는 것은 당연한 일 아니오?"

병사들은 짐을 싣고 있는 당나귀들과 사람들, 특히 특공대원들과 전투 사제들을 주의 깊게 살펴보더니 다시 물었다.

"상인단치고도 무장이 아주 삼엄하군요. 어떤 물건을 다루기에 그러십니까?"

"피스벵 설탕이오. 게다가 레스프라트 왕실의 직인이 찍힌 최상품이라 아주 귀한 상품이지. 칼리케아가 치안이 좋은 곳인 것은 잘 알지만, 워낙 비싼 상품이니 이 정도 경호는 해야 마땅한 일 아니겠소?"

미엄은 당나귀 한 마리에 다가가더니 짐 위에 씌워놓은 천을 벗기고 그 안의 부대(負袋)들을 보여주었다. 누가 보더라도 구분이 갈 만한 고급 천으로 만든 부대였고, 각 부대마다 레스프라트의 왕실 문양이 선명하게 찍혀 있었다. 미엄은 그것으로도 부족하다고 여겼던지 부대 더미의 위에 얹힌 작은 나무 상자에서 설탕을 꺼내 병사들에게 보여주기까지 했다. 디파에서 얻은 새 공법으로 만든 설탕은 잘 가공되어져 있어 손에 붙지 않고 보슬보슬한 것이 입자가 고왔다.

"알겠습니다. 들어가십시오."

병사들은 미엄의 설명에 납득하고 선선히 그들을 통과시켜 주었다. 성벽 안쪽에는 거리를 두고 두 번째 성벽이 있었지만 박상 일행은 두 번째 성문도 무사히 통과했다.

대륙에서 손꼽히는 항구 도시이자 중계 무역으로 번성하는 곳답게 칼키아의 밤은 화사하고 번화한 분위기였다. 깔끔하게 구획이 나눠진 거리와 아름다운 건물들, 돌로 말끔하게 포장된 바닥은 도시의 부와 번영을 여실히 보여주고 있었다. 밤이 깊어가는 시간인데도 거리에는 오가는 사람들이 많았고 일정 거리마다 가로등처럼 불을 켜두어 어둡지도 않았다.

"야, 여긴 프라트보다 훨씬 더 잘 해놨네."

박창은 눈이 휘둥그레져서 거리를 둘러보았다.

변장하고 프라트 시내를 다녔던 경험이 있는 박창을 제외한 나머지 무적택배 사람들은 일반 사람들과 섞여 거리를 걷는 것이 처음이라 무척 긴장해 있었다. 그들은 건물이며 거리를 신기하게 바라보다가도 지나는 사람들과 어쩌다 눈이 마주치기라도 하면 제풀에 놀라 얼른 시선을 돌리거나 고개를 떨구곤 했다.

"어떡해? 사람들이 자꾸 우릴 이상하게 보는 것 같아."

지혜는 겁에 질려 박상에게 소곤거렸다.

"기분 탓이야. 다들 그냥 지나가고 있잖아."

박상도 불안하기는 매한가지였지만 괜찮은 척하며 그녀를 달랬다.

미엄은 칼키아 거리를 잘 알고 있는 모양으로 익숙한 태도로 일행을 안내해 갔다. 그가 멈춘 곳은 여관 간판이 내걸린 어느 커다란 건물 앞이었다.

"칼키아에 머무는 동안 이곳에 묵으면 어떨까 합니다. '붉은 귀부인'이라는 곳인데 숙박비는 비싸지만 전통있고 시설이 좋은 고급 여관입니다."

여관은 이름처럼 붉은 벽돌로 지어진 5층 건물로 현관이며 창문이 화려하게 장식되어 있고, 벽면 전체에 짙은 초록색 이파리를 가진 덩굴 식물이 장식물처럼 멋지게 덮여 있어 고풍스러운 느낌을 주었다.

"괜찮을 것 같군요."

박상이 그렇게 말하며 동료들을 보니 그들도 이견은 없어 보였다. 파디아와 다른 사람들도 미엄의 제안에 동의했다.

"방이 충분히 있는지 저희가 들어가서 알아보겠습니다."

미엄이 양해를 구하고 건물에 들어가려는데, 노드가 재빨리 그를 따라나섰다.

"저도 같이 가겠습니다."

"그러시지요."

미엄은 흔쾌히 대답하고 젊은 사제 한 명과 노드를 대동하고 여관으로 들어갔다. 잠시 후 미엄과 들어갔던 사제가 밖으로 나왔다. 그의 뒤에는 여관의 종업원으로 보이는 건장한 젊은 남자 세 명이 따르고 있었다.

"2층에 마침 좋은 방이 있다고 합니다. 지금 미엄님과 델라제 경께서 계약하고 계시니 들어가시지요. 당나귀는 이 사람들이 건물 뒤편에 있는 마구간으로 데려가 준다고 합니다. 짐도 그곳에서 풀면 된다고 하는군요."

사제가 설명했다. 그래서 그들은 여관 종업원에게 당나귀들을 맡기고 안으로 들어갔다. 여관 내부는 외관 못지않게 고급스럽고 깔끔해서 여관이라기보다는 호화 저택을 연상케 했다. 이곳은 선불제인 모양으로 그들이 들어갔을 때는 노드가 계산을 마친 뒤였고, 여관의 지배인이 그들을 맞이해 직접 방까지 안내하면서 여관의 시설에 대해 설명했다.

"1층에는 식당과 휴게실, 회의실, 대욕실과 몇 개의 개별 욕실이 있고 2층부터 객실입니다. 식사는 식당으로 내려오셔도 되고 원하신다면 방에서 하실 수도 있습니다."

일행의 방은 전부 2층에 있었고, 한 방에 보통 두 명 또는 세 명씩 묵게 되어 있었다.

무적택배 사람들의 방은 복도 끝에 몰려 있었다. 경호 문제 때문에 일부러 그렇게 결정한 것 같았다. 마리나 자매와 지혜가 3인실의 큰 방을 쓰기로 했고 박상 형제가 한 방에, 우진과 바다가 같은 방에 들기로 했다. 지배인이 열쇠를 건네고 내려간 뒤 미엄이 박상에게 물었다.

"내일은 어떻게 하시겠습니까? 예정대로 칼키아 시내에 나가서 둘러보시겠습니까?"

"별일없다면 그렇게 했으면 합니다."

박상의 대답을 듣고, 특공대원들의 통솔자 틸론이 노드에게 질문했다.

"칼키아 시내가 넓어서 걸어다닐 수는 없을 텐데 마차와 말을 빌릴 수 있습니까?"

"예. 아까 계약하면서 지배인에게 물어보니 이곳 여관의 마차도 몇 대 있고, 부족하면 마차와 말을 더 불러다 줄 수 있다고 했습니다. 내일 아침 식사를 마친 뒤 시내에 나갈 수 있게 부탁해 놓겠습니다."

"참, 우리가 가지고 온 상품은 어디에 두었습니까? 아무 곳에나 두어서는 안 될 텐데요."

박창은 행여 애써 만든 사탕을 분실하지나 않을까 염려했다. 노드는 막힘없이 대답했다.

"여관의 지배인에게 부탁해 놓았습니다. 설탕처럼 값비싼 상품은 따로 요금을 내면 경호원이 있는 특별 창고에서 보관해 준다고 하기에 그렇게 해달라고 했습니다."

방 배정과 소지품 정리가 대충 끝나자 그들은 각자의 방에 들어갔다. 박상 형제가 들어간 방은 2인실로 두 개의 침대와 거울이 달린 화장대, 옷장, 작은 테이블과 의자까지 있었다. 방 안쪽에는 작은 욕실이 딸려 있었는데, 물이 나오는 꼭지가 달린 세면대와 거울, 타월, 이동식 간이 변기까지 있었다. 욕실을 들여다본 박창이 감탄의 의미로 휘파람을 불었다.

"흐음, 여긴 욕실이군. 생각보다 잘되어 있네. 욕조가 없는 게 유감이긴 하지만."

박상이 옷을 벗으며 대꾸했다.

"목욕은 1층에 있는 목욕탕에 가서 하면 된다고 들은 것 같은데. 어차피 우리는 이용할 수 없겠지만."

"뭐, 뜨거운 물에 몸을 담그지는 못해도 여기서 대충 씻으면 되지. 그 정도라도 어디야."

박창은 욕실문을 탁 소리 내어 닫고 침대로 갔다. 그리곤 짐 속에서 출발 전에 마리나 자매가 만들어준 세안제를 꺼냈다.

"마리나 씨가 귀찮아도 얼굴이랑 목은 꼭 씻고 자야 된다고 하더라. 천연 물질로 만들어서 해는 없겠지만, 그래도 그냥 자면 피부에 트러블이 생길지도 모른다더군."

"그 이야긴 나도 들었어. 형이 먼저 씻어."

박창은 그렇게 말하고 침대에 벌렁 드러누웠다.

교대로 욕실에 가서 얼굴과 손발을 씻고 난 뒤 달리 할 일이 없어 각자의 침대에 드러누웠지만 낯선 곳에 와 있다는 불안감 때문인지 쉽사리 잠이 오지 않았다.

"내일은 어디부터 가는 거야?"

박창이 물었다.

"우선은 '고대의 기록관' 이란 곳부터 가봐야지."

"펠레즈의 '시간의 관' 같은 곳이랬지?"

"그렇다더군. 위대한 도시에는 그런 곳이 보통 있다고 하니까."

"디파처럼 거기도 지하에 고대의 시설이 있을까?"

"모르지. 가봐야 알지."

아직 자세한 것은 전혀 모르는 상태라 박상은 그렇게밖에 말할 수가 없었다.

다음날 아침 여느 때보다 일찍 일어난 무적택배 사람들은 아침 식사를 하기 전에 부지런히 얼굴과 목, 손 등에 위장 크림과 파우더를 발라 변장을 마치고 다른 사람들과 나란히 1층 식당으로 내려갔다. 미엄 등은 방에서 식사하는 쪽을 권했지만 박상 일행은 식당에 가서 먹겠다고 고집했다. 보안도 좋지만 이왕 멀리 온 김에 이곳 사람들의 생활 모습을 보고 싶기도 했고, 어차피 바깥을 돌아다닐 예정이므로 익숙해질 필요가 있다고 생각한 것이다.

1층에 있는 식당은 상당히 규모가 컸고, 그림이며 조각 등으로 아름답게 장식되어 있었다. 테이블이며 의자도 섬세한 조각이 되어 있는 것들로 고급스러운 이미지를 더해주었다. 그들이 들어가자 남자 종업원이 입구에서 그들을 맞이해 적당한 자리로 안내해 주었다. 식당 여기저기에 사람들이 앉아 있는 것으로 보아 박상 일행 이외에도 묵고 있는 사람들이 꽤 있는 것 같았다. 처음에는 다른 사람들이 자신들을 이상하게 쳐다보지나 않을까 하는 걱정에 경직되어 있던 무적택배 사람들은 별로 그런 기미가 없자 차차 긴장을 풀었다.

박상 일행이 먼저 테이블을 정하고 앉자, 미엄 등은 그 테이블을 중심으로 해서 둘러싸듯이 배석했다. 아담 등 다섯 철인간은 자리에 앉지 않고 무적택배 사람들의 뒤편에 서 있었다.

곧 종업원이 물이 담긴 잔과 함께 아침의 메뉴가 적힌 판을 한 사람 앞에 하나씩 두고 갔다. 잘 무두질된 가죽으로 겉을 씌운 메뉴판의 안쪽에는 크림색 종이에 요리의 이름과 가격이 쓰여 있었다. 메뉴판을 들춰본 박상 등은 쓴웃음을 주고받았다. 말은 귀에 꽂고 있는 이어폰을 통해 통역해서 들을 수 있지만 글자를 따로 공부한 적이 없다 보니 읽을 수가 없었다.

박상은 자신의 뒤에 서 있는 아담에게 메뉴판을 주어 음식의 이름을 소리 내어 읽도록 했다. 요리의 이름을 들어도 뭐가 뭔지 모르기는 매한가지였으나 각 요리마다 피스벵 설탕을 가미한 것과 그렇지 않은 것의 두 종류가 있었고, 피스벵 설탕을 넣은 쪽은 가격이 훨씬 비쌌다.

"여기 음식에도 설탕을 쓰고 있네."

지혜가 신기해하자 박창이 당연하다는 듯 핀잔을 주었다.

"설탕이 널리 거래되는데 당연히 그렇겠지."

"작은 소리로 말해. 통역기를 쓸 수 없으니 조심해야지."

박상이 주위의 눈치를 살피며 주의를 주었다. 지혜는 아무려면 어떠냐는 듯 말했다.

"뭐 어때? 외국 사람이 자기네 말로 말하는 줄 알겠지. 고대 기스칼어 이외에 지방어도 없지는 않다잖아. 노드 씨나 로네스 씨가 칼리케아 말을 모르는 것처럼 말이야."

"조심해서 나쁠 건 없어."

박상은 딱딱하게 대꾸했다. 그답지 않게 신경질적이기까지 한 태도였다. 지혜와 다른 동료들이 흠칫 놀라는 것을 눈치 챘지만 박상은 모르는 척했다. 안전을 보장할 수 없는 낯선 곳에 와 있는 만큼 조심에 조심을 거듭해야 했다. 잠깐 어색해진 분위기를 깨며 릴리가 말했다.

"그나저나 뭘 먹죠? 뭐가 뭔지 하나도 모르겠어요."

릴리는 알아볼 수 없는 요리 이름들을 보며 난감한 표정을 지었다. 그러자 우진이 말했다.

"고민할 것 뭐 있습니까? 이것저것 다 시켜보면 되죠. 개인 접시를 달래서 조금씩 덜어 먹어보고 입에 맞는 걸 기억해 뒀다가 나중에 써먹으면 될 것 아닙니까."

나쁘지 않겠다고 생각한 그들은 아담에게 종업원이 오면 요리 이름을 말하도록 시키고 자신들은 잠자코 앉아 있었다. 종업원이 다시 오자 아담은 메뉴에 있는 음식을 골고루 주문했다. 그 결과 테이블에는 죽과 빵, 음료, 해산물 요리, 과일 등 여러 가지 요리가 가득 놓였다.

아담이 간이 검사기로 독성 검사를 해 이상이 없는 것을 확인하자 무적택배 사람들은 개인 접시에 덜어서 전부 맛을 보았다. 생소한 요리가 많았으나 전체적으로 깔끔하고 맛도 괜찮아서 다들 기분 좋게 식사할 수 있었다.

"음식 문화는 레스프라트보다 여기가 더 발달했나 봐요. 재료도 다양하고 맛도 더 세련된 느낌인데요."

박창의 소감에 다른 사람들도 대체로 공감하는 분위기였다.

식사를 끝내고 차를 마시고 있는데 지배인이 미엄에게 다가와 마차와 말이 준비되었다고 알렸다. 여관 밖으로 나가보니 두 대의 마차와 말들이 대기하고 있었다. 무적택배 사람들과 아담, 노드, 로네스, 파디아 등이 두 대의 마차에 나누어 탔고, 특공대원들과 전투 사제들 전원은 말을 탔다. 비상시에 기민하게 대처할 수 있기 위해서였다.

"시민광장으로 갑시다."

미엄의 말에 마부들은 고개를 끄덕이고 말을 달리기 시작했다. 마차는 돌로 포장된 길을 경쾌하게 달렸다. 시민광장은 칼키아 중심에 자리한 넓은 원형 광장이었다. 마차에서 내린 무적택배 사람들의 눈에 광장 한가운데에 있는 깊고 가느다란 형태의 높은 탑이 제일 먼저 들어왔다. 박상은 탑에 대해 미엄에게 물어보도록 아담에게 지시했다.

"저것은 '칼키아의 중심'이라고 알려진 탑입니다. 칼키아가 건설되었을 당시부터 저 자리에 있던 것이라고 합니다."

미엄의 설명에 호기심이 인 박상 일행은 그것부터 살펴보기로 했다. 미엄 등은 마부들에게 광장가에서 기다리라 이르고, 무적택배 사람들을 조심스레 호위하면서 광장 가운데로 갔다. 그것은 높이가 족히 20미터는 되지 않을까 싶게 높았다. 하지만 일반적인 탑과는 어딘지 많이 달랐다. 재질은 금속제인 것이 분명했지만 전체적으로 밋밋하고 장식 없는 단순한 생김새였다. 아무리 잘 봐줘도 예술적인 가치가 있어 보이지는 않았고, 기념탑이라 보기에도 어딘지 이상했다. 그렇다고 사람이 안에 들어갈 수 있는 전망대 같은 것은 더 더욱 아니었다.

"이상한 탑이네요. 전망대나 기념탑은 아닌 것 같고, 그렇다고 예술 작품 같지도 않은데, 왜 이런 걸 구태여 광장 중앙에 놓았을까요?"

우진은 이해가 되지 않는다는 얼굴로 고개를 갸웃거렸다. 다른 사람들도 비슷한 생각을 하고 있는데 아담이 말했다.

—이것은 샤이그 소속의 시설 일부였던 것 같습니다.

"샤이그?"

의아하게 되묻던 박상은 곧 그것이 고대에 기스칼과 대치하고 있던 다른 두 세력 중 하나라는 사실을 기억해 내고 아담에게 작은 소리로 말했다.

"아담, 지금부턴 지구말로 말해."

—알겠습니다.

아담의 답을 확인하고 박상은 탑에 대해 묻기 시작했다.

"이것이 샤이그의 시설인 것은 어떻게 알 수 있지?"

"탑의 중간부에 샤이그의 마크와 이름이 있습니다."

무적택배 사람들은 아담이 말한 마크와 글자를 찾아보려고 했지만 워낙 높은 탑이어서 육안으로는 잘 보이지 않았다. 박상은 눈으로 확인하기를 포기하고 물었다.

"샤이그의 정확히 어떤 시설이었지?"

—이것 자체가 독립적인 시설이 아니고 대형 시설의 부속물인 것으로 판단됩니다.

"부속물이라니? 어떤?"

지혜가 재우쳐 물었다.

―우주에서의 통신을 위한 송수신 탑입니다.

"송수신 탑이라고?"

박상 등은 조금 허탈하기도 하고 어이없기도 해서 탑을 다시 한 번 올려다보았다. 설명을 듣고 나서인지 그런 용도의 것으로 보이기도 했다.

"그럼 지금도 통신이 가능해?"

우진이 물었다.

―모르겠습니다. 에너지가 공급되지 않아 꺼져 있는 것인지 파손된 것인지 직접 확인해 보기 전까지는 알 수 없습니다. 다만 펠레즈에 남아 있는 기록에 따르면 이 송수신 탑을 사용하는 샤이그 소속의 우주 기지로부터 협조 요청을 받고 수락한 적이 있습니다.

"어떤 협조 요청이지?"

박상이 물었다.

―난민들이 거주할 새로운 도시를 건설하는 데 필요한 에너지 보급에 대한 것이었습니다. 당시 펠레즈의 지도부는 그것을 승인하여 종합 인공위성을 통해 에너지를 공급한 것으로 되어 있습니다.

"그 외의 기록은? 이곳에 온 적은 없었어?"

혹시나 하는 기대를 품고 물어보았으나 아담의 대답은 신통치 않았다.

―기술자들 일부가 쌍방의 필요에 따라 파견 요청을 받고 몇 번 오갔다는 기록은 있습니다만 그 이상 자세한 내용은 찾을 수 없습니다.

"역시 아담 자체의 데이터가 없어져 버린 게 크게 작용하네요. 역대

총사령관들을 모시면서 있었던 일들은 아담의 데이터에 분명히 남아 있었을 텐데."

우진이 아쉬워했다. 아담을 손보았던 장본인인 지혜는 할 말이 없어 어물쩍 딴청을 피우고 있었다. 마리나가 탑에서 시선을 돌리며 말했다.

"어쨌든 아담의 설명대로라면 이 자체는 큰 의미가 없겠네요. 접촉을 해볼 수도 없고 그냥 이렇게 있을 뿐이라는 얘기니까요."

박상의 생각도 같았다.

"원래 계획대로 고대의 기록관이라는 곳에 가봅시다. 거기를 가면 뭔가 단서가 있겠지요."

무적택배 사람들은 탑에서 눈을 떼고 광장을 둘러보았다. 광장을 중심으로 커다란 건물들이 여러 개 자리하고 있어서 어느 것이 고대의 기록관인지 알 수 없었다. 미엄이 건물들에 대해 간략히 설명해 주었다.

"칼키아의 관공서를 비롯한 주요 건물은 이 시민광장 주변에 집중되어 있습니다. 저기 보이는 저 건물은 칼리케아의 의사당이고, 그 왼편에 있는 하얀 건물이 고대의 기록관입니다. 그리고 의사당 오른편에 있는 건물은 국립도서관입니다. 저쪽의 녹색 건물은 칼리케아 중앙은행이고 그 옆은……."

박상 일행의 시선은 자연히 목적지인 고대의 기록관이라는 건물에 쏠렸다. 고대의 기록관은 전체가 유백색의 돌로 지어졌으며, 펠레즈와 디파에 있던 비슷한 용도의 건물에 비해 훨씬 세련되고 독특한 건축물이었다. 현대 조각을 연상시키는 특이한 디자인으로 지구의 박물관이나 미술관에 가까운 느낌을 주었다.

"저곳부터 가봅시다."

박상은 파디아 등에게 말하고 고대의 기록관으로 걸음을 옮겼다. 그런데 그곳의 입구에서 그들은 예상치 못했던 난관에 부딪쳤다. 건물의 입구를 지키고 있는 경비병들이 출입을 막아선 것이다.

"보존 문제 때문에 보통 때는 폐쇄되어 있습니다. 일반인의 관람이 가능한 것은 특별히 지정된 개방 기간이거나 국가의 경축일에 한합니다."

굳게 닫힌 건물로 보아 경비병의 설명이 거짓이 아닌 것은 분명해 보였다. 미엄은 당황해서 물었다.

"그럼 언제가 되어야 들어갈 수 있소?"

"당분간은 안 됩니다. 다음 경축일인 재생축일까지 기다리셔야 합니다."

"재생축일은 언제요?"

"다음달 두 번째 주 제6일입니다."

그들의 대화를 듣고 있던 지혜가 박상에게 조그맣게 물었다.

"대략 언제라는 말이야?"

박상은 잠시 머리 속으로 계산해 보더니 답했다.

"지금부터 60여 일 뒤가 되겠군."

"다음달이라는데 뭐가 그렇게 길어?"

지혜는 깜짝 놀랐다. 박상은 그것도 몰랐냐는 듯이 지혜를 쳐다보며 설명했다.

"여긴 한 달이 50일이고 1주가 10일이잖아. 1년은 8개월이고."

"이곳의 한 달이 지구보다 긴 줄은 대충 알았지만 그렇게나 길었어?"

거푸 놀라워하는 지혜에게 박창이 핀잔을 주었다.

"누나는 여기 일에 도통 관심이 없었으니 몰랐겠지. 아무리 떠날 생각으로 머리가 꽉 찼대도 관심 좀 가져."

무적택배 사람들이 지구말로 소곤거리는 동안 미엄은 어떻게든 들어갈 방법을 찾아보려고 경비병에게 열심히 사정을 이야기하고 있었다.

"우린 아주 멀리서 왔기 때문에 그때까지 기다릴 수가 없소. 어떻게 방법이 없겠소?"

그러나 경비병들은 고개를 저었다.

"죄송합니다. 저희가 마음대로 조정할 수 없는 일입니다. 정해진 날 이외에 고대의 기록관에 들어가시려면 특별한 분의 소개장이 있거나 동행해야 가능합니다."

"어떤 사람의 소개장을 말하는 거요?"

"귀족회나 평민회의 의원 또는 내각의 수상 및 대신, 국립대학의 총장, 주요 종교 지도자 같은 유력 인사들의 소개장을 말씀드리는 겁니다."

"우린 초행이라 이곳에 아는 사람도 없는데, 다른 방법은 없소?"

"죄송합니다."

병사들의 태도는 정중하지만 완강했다.

"어떻게 된 일입니까, 미엄님?"

대신관 파디아가 무적택배 사람들의 기색을 살피며 미엄에게 물었다. 미엄은 송구스러워하며 고개를 조아렸다.

"죄송합니다. 제가 전에 와서 들렀을 때가 마침 개방 기간이었던 모양입니다."

노드는 골똘한 표정으로 고대의 기록관을 바라보고 있다가 미엄과 파디아에게 말했다.

"이 앞에서 계속 서 있을 수는 없으니 일단 자리를 옮겨서 다시 의논해 보는 것이 어떻겠습니까?"

"알겠습니다."

파디아도 동의하여, 그들은 그곳을 떠나 광장가 쪽에 있는 어느 고급 식당으로 들어갔다. 아침을 먹은 지 오래되지 않았기 때문에 음료를 시키고 둘러앉아 방법을 논의했지만, 한참이 지나도록 이렇다 할 묘안이 나오지 않았다. 칼리케아에서는 레스프라트나 그리어 등에 비해 상대적으로 미테르교의 교세가 강하지 못한 편이기는 하지만, 신도가 전혀 없지는 않으니 대신관인 파디아의 신분을 이용한다면 들어갈 수 있을지도 모른다는 의견도 나왔다.

그러나 그 경우 무적택배 사람들의 존재를 노출하지 않고 조용히 지내다 가는 것이 어려워질 가능성이 컸다. 미테르교의 대신관 파디아가 칼키아에 와 있다는 것 자체가 비밀을 유지하기도 어렵고 적당히 핑계 대어 설명이 되는 일도 아니었다. 그렇다고 칼리케아의 유력자에게 소개장을 받는다는 것은 지금 상황에서 더 더욱 불가능에 가까운 일이었다. 이런저런 의견이 분분한 중에 노드가 한 가지 안을 내놓았다.

"우리가 가지고 온 피스벵 설탕과 사탕을 이용해 보면 어떨까요? 상인단으로 위장하고 온 이상 어차피 팔기는 해야 할 것 아닙니까? 꽤 많은 양이니 큰 상회에 가서 거래를 할 수 있을 겁니다. 거래 상담을 하면서 소개장을 써줄 만한 사람을 아는지 물어보는 겁니다. 크게 장사를 하는 사람들은 유력자들과 선이 닿아 있는 경우가 많으니까 물건 값이라도 깎아주면 소개장을 얻어줄지도 모릅니다."

노드의 생각은 박상 등을 비롯해 다른 사람들이 생각하기에도 그럴 싸해 보였다. 다른 쓸 만한 대안이 있는 것도 아니어서 그들은 그 방법을 시도해 보기로 했다.

"그런데 어떻게 적당한 곳을 찾을 겁니까? 무턱대고 칼키아 시내를 돌아다닐 수는 없을 텐데요?"

특공대원의 통솔자 틸론이 물었다. 노드는 어렵지 않게 대답했다.

"우리가 묵고 있는 여관의 지배인에게 물어보면 될 겁니다. 이름난 큰 상회를 가르쳐 달라고 하는 거지요."

"좋은 생각인 것 같습니다."

파디아가 한결 밝아진 얼굴로 찬성했고, 무적택배 사람들도 동의했다. 그래서 그들은 대기시켜 놓았던 마차와 말을 타고 여관으로 돌아갔다.

"일찍 돌아오셨군요."

일행을 보고 깍듯이 인사하며 맞이하는 지배인에게 노드가 다가가서 말을 건넸다.

"아무래도 주된 볼일부터 먼저 끝내고 그 다음에 칼키아를 둘러보는 것이 좋을 것 같아서 광장까지만 갔다가 그냥 왔습니다. 레스프라트에서 가지고 온 설탕을 판매해야겠는데, 아직 칼키아를 잘 모르다 보니 어디로 가면 좋을지 알 수가 없군요. 상품을 나누지 않고 일괄 판매를 했으면 하는데, 규모가 크고 이름난 상회가 있으면 몇 군데 가르쳐 주십시오."

그러자 지배인이 말했다.

"그러시다면 저희가 큰 상회 여러 곳에 연락을 보내 그쪽에서 사람이 오게 해드릴까요? 고가의 상품을 가지고 불편하게 다니시는 것보다는 그쪽이 편하실 겁니다."

"상회에서 사람들이 여기까지 온다구요?"

노드가 어리둥절해서 되묻자 지배인은 당연하다는 표정으로 말했다.

"그럼요. 그런 역할도 저희가 하는 일 중의 하나인걸요. 게다가 피스벵 설탕은 수요가 많은 상품이라 어느 곳에서나 많이 확보하려 하는 것으로 알고 있습니다. 상담을 하실 때는 1층 휴게실을 이용하셔도 되고, 또 회의실을 무료로 이용하실 수도 있으니 필요하면 말씀만 하십시오."

"일행과 의논해 보겠습니다."

노드는 일행에게 와서 지배인이 한 말을 전했다. 무적택배 사람들은 솔직히 시내를 다녀보는 것도 괜찮겠다 생각하고 있었으나 다른 사람들은 경호 문제 때문인지 밖에 나가지 않고 이곳에서 상인들을 만나는 편을 선호했다. 내심 서운하기는 했지만 자신들 때문에 수고하는 사람들이라 박상 일행은 그들의 의견에 따라주었다.

그들은 지배인에게 점심 식사가 끝난 뒤 오후에 1층 회의실에서 상인들을 만날 수 있게 연락해 달라 부탁하고, 점심 식사 전까지는 각자의 방에서 쉬기로 했다.

방에 들어가 봤자 할 일이 있는 것도 아니므로 무적택배 사람들은 마리나 자매와 지혜가 묵고 있는 큰 방에 모여서 시간을 보냈다. 그곳은 다른 방보다 커서 욕실 이외에도 작은 응접실이 딸려 있기 때문에 여러 명이 있기에 좋았다. 박창은 그곳에서 아담을 보내 노드와 로네스를 데리고 오도록 했다. 두 사람이 방으로 들어오자 박창은 통역기를 꺼내어 쓰고 그들에게 물었다.

"나중에 이곳 상인들과 상품을 거래할 때 사탕에 대해서 어떻게 소개하실 겁니까?"

"사탕 말씀입니까?"

노드는 자신이 생각해도 설명이 애매한지 귀를 긁적이다가 말했다.

"글쎄요, 처음 보는 물건일 테니 견본이라도 보여주고 설명해야겠지요."

"설명만으로 이해가 되겠습니까? 백문이 불여일견이라고 먹는 종류는 뭐니 뭐니 해도 직접 먹어보는 게 최고죠."

박창은 그렇게 말하며 자신이 가져온 배낭에서 작은 유리병을 두 개 꺼냈다.

"이걸 보여주고 하나씩 맛을 보게 하십시오."

"예, 그러면 되겠군요."

노드와 로네스는 병을 받아 들었다. 그러나 박상의 진짜 목적은 그것이 아니었다. 박창은 슬쩍 두 사람의 눈치를 살피다가 본론을 꺼냈다.

"상인들과 상담할 때 저도 같이 있었으면 하는데, 괜찮겠지요?"

"예?"

두 사람이 뜻밖이라는 반응을 보이자 박창은 재빨리 덧붙였다.

"그냥 가만히 앉아서 구경만 할 겁니다. 절대 말은 안 하구요."

박상과 지혜 등이 무슨 소리냐는 듯 박창을 쳐다보았지만 박창은 그것을 무시하고 집요하게 노드를 졸랐다.

"구경만 하는 건 괜찮지 않습니까? 입 다물고 조용히 있을 테니까 그렇게 하게 해주십시오."

"저어, 다른 분들은 어떻게 하실 겁니까?"

설마 전원이 참석하는 것은 아닌가 걱정되었던지 노드는 다른 사람들의 안색을 살폈다. 박상을 비롯한 나머지 여섯 명은 관심없다는 듯 손을 내저었다. 그것을 본 박창은 노드를 안심시켰다.

"다른 사람들은 여기에 남아 있고 저만 갈 겁니다."

노드는 곤란한 기색으로 로네스를 쳐다보았다. 로네스가 어쩌겠냐는 양 체념 어린 미소를 보이자 노드는 짧은 한숨을 내쉬고 말했다.

"알겠습니다. 지배인에게 연락이 오면 모시러 오겠습니다."

그 말을 남기고 두 사람은 박창에게서 받은 사탕병을 가지고 나갔다. 그들이 나간 다음 박상은 혀를 끌끌 차며 박창을 쳐다보았다.

"굳이 따라가서 사람들의 반응을 확인해야 직성이 풀리겠냐?"

속내를 들킨 박창은 잠깐 머쓱한 표정이 되었으나 금세 당당한 자세로 돌변했다.

"생산자로서 내 작품에 대한 평가를 직접 보고 싶은 건 당연한 거지, 뭘 그래?"

"너도 참, 이런 때도 그런 것에나 신경 쓰다니… 대단하다."

지혜는 고개를 짤짤 흔들며 중얼거렸다.

잡담을 나누며 시간을 보내다가 식당에 내려가서 점심을 먹고 다시 방에 돌아와 있는데 얼마 뒤 노드가 방문을 노크했다. 책을 읽거나 두세 사람씩 잡담을 나누는 다른 사람들과는 달리 혼자서 무료하게 늘어져 있던 박창은 반색을 하며 벌떡 일어났다.

"상회에서 사람들이 왔다고 합니다."

"알겠습니다. 가시죠."

박창은 모자를 푹 눌러쓰고 노드를 따라나섰다. 박상은 걱정스런 마음에 문 앞까지 따라나가서 주의를 주었다.

"가서 입 꼭 다물고 있고 말썽 피우지 마라."

"형도 참, 내가 어린애야? 걱정 붙들어매서."

박창은 제법 의젓하게 폼을 재며 나갔다.

박창이 돌아온 것은 꽤나 시간이 지난 뒤였다. 노드와 로네스는 보고를 위해 박창과 함께 방으로 들어왔다.

"상담은 잘 끝났습니까?"

박상의 질문에 노드가 대답했다.

"완전히 끝난 것은 아니지만 성공적인 분위기로 진행되었습니다. 여섯 명이 왔던데 모두 칼키아에서 이름난 큰 상회의 지배인들이라고 합니다. 우리가 가져온 피스벵 설탕과 사탕에 큰 관심을 보이며 전부 사겠다고 했습니다. 하지만 우리가 칼키아에 오래 머물 수 없으니 가능하면 현금으로 거래했으면 좋겠다고 했더니, 상당히 큰 액수의 현금이 움직이는 일이라 자신들이 결정을 당장 내리기는 어렵다면서 일단 상회에 돌아가서 논의하고 다시 연락을 하겠다고 하더군요."

"전부 현금으로 달라고 해서 부담 때문에 거래를 그만두는 것 아닐까요?"

우진이 걱정스레 물었다. 그러자 로네스가 자신있게 말했다.

"그렇지는 않을 겁니다. 특상품인 피스벵 설탕도 그러했지만 특히 사탕에 크게 관심을 보이며 모두 몹시 몸달아했으니까요. 아직 칼키아에 소개된 적이 없는 것이어서 굉장히 신기해했습니다."

"고대의 기록관에 대해서는 물어보셨나요?"

지혜는 혹시라도 그들이 가장 중요한 목적을 잊은 것이나 아닌지 짚고 넘어갔다.

"예, 물론 그 이야기도 했습니다. 칼키아까지 온 김에 그곳을 꼭 보았으면 하는데, 방법이 없을지 알아봐 주면 고맙겠다고 말해 놓았습니다. 만일 그렇게 해주면 거래에도 도움이 될 거라고 말입니다."

노드의 대답을 듣고 박상 등은 마음을 놓았다.

"잘하셨습니다."

"늦어도 오늘 안으로 연락을 준다고 했으니 오늘 밤 내로 결정이 날 겁니다."

"알겠습니다. 그 문제는 여러분께 맡길 테니 알아서 처리해 주십시오."

"예."

노드와 로네스는 인사하고 방을 나갔다. 우진은 흥미로운 얼굴로 박창에게 말을 건넸다.

"로네스 씨가 말하는 것을 들어보니 사탕에 대한 반응이 좋았나 보지요?"

"그럼요. 한마디로 열광의 도가니였죠. 이렇게 황홀한 맛은 처음이라고까지 하던걸요. 이 별 사람들이 단맛을 좋아하는 것은 알고 있었지만, 기대 이상의 반응이었죠. 설탕만 있어도 거래가 이루어지기는 하겠지만, 사탕이 있어서 더 도움이 되는 것 같아 기쁠 따름입니다."

박창은 가슴을 펴고 의기양양해했다.

거래는 생각보다 빨리 성사의 기회를 맞았다. 여섯 상회의 지배인들이 돌아간 지 얼마 지나지 않아 그중 한 곳의 사장이 지배인을 대동하고 직접 여관으로 찾아왔다는 것이다. 노드와 로네스, 미엄 등이 그를 만나러 내려갔다가 오래지 않아 노드가 급히 무적택배 사람들이 모여 있는 방으로 왔다.

"아무래도 지금 거래가 성사될 것 같습니다."

노드의 말에 우진이 이상해서 물었다.

"다른 상회의 조건은 들어보지도 않고 말입니까?"

"지금 찾아온 상회의 사장님 자신이 칼리케아 귀족회의 의원이라는 군요. 로네스의 말로는 책도 여러 권 집필한, 저술가로도 알려진 유명한 사람이랍니다. 우리의 조건대로 전액 현금으로 거래도 가능하다고 하구요."

"그럼 고대의 기록관에 들어갈 수 있게 해준다는 건가요?"

지혜가 반색하며 말했다.

"예, 기꺼이 소개장을 써주겠다는군요."

"잘됐군요. 번거롭게 다른 사람을 거칠 필요 없이 바로 소개장을 받으면 될 테니 지체할 이유가 없겠네요."

지혜는 크게 안도하는 기색이었다. 박상 등도 같은 생각이었다. 그런데 아직 이야기가 끝난 것이 아니었다. 노드는 조금 곤란한 표정으로 말을 계속했다.

"그런데 그쪽에서 거래가 성사된 기념으로 오늘 저녁 식사라도 함께 했으면 하는데, 어떻게 할까요?"

"저녁을요?"

"예. 자리를 옮기기 번거롭다면 이 여관의 식당이라도 괜찮다면서 꼭 식사를 대접하고 싶다고 합니다."

"노드 씨나 다른 분들의 생각은 어떻습니까?"

박상이 되묻자 노드는 귀 옆을 긁적였다.

"솔직히 말씀드려 마땅히 거절할 이유는 없습니다. 우리 조건대로 현금으로 거래하고 소개장까지 바로 준다고 하니까요."

박상은 어떻게 하겠냐는 듯이 일행을 둘러보았다.

"같이 먹으면 되지, 어려울 거 뭐 있어?"

박창이 대수롭지 않게 말하자 지혜가 걱정했다.

"그러다가 우리에게서 이상한 낌새라도 채면 어떡해?"

"사람이 뭐 한둘인가? 여럿이서 만나잖아. 게다가 대낮에 밖에서 만나는 것도 아니고 식당 안이고."

"그래도 우리가 여기 말을 못하잖아."

"입 다물고 있으면 되지. 정 뭣하면 아담에게 통역하라고 시키고. 귀에 이어폰 꽂고 가면 말을 알아들을 수는 있잖아."

박창이 그렇게 말하는데 박상이 그의 말을 가로막고 일행에게 말했다.

"우리는 가지 않고 방에서 따로 식사하기로 합시다. 통역기를 쓸 수 없으니 대화할 수도 없을 것이고, 우리가 있으면 경호하는 사람들도 괜히 긴장하게 될 겁니다."

노드는 표 내지 않으려고 했지만 박상의 결정에 적이 마음을 놓는 눈치였다. 무적택배 사람들의 신분이 노출되는 위험을 감수하지 않아도 되는 셈이니 당연한 반응이기도 했다.

"소개장은 언제 써준답니까?"

바다가 노드에게 묻자 노드는 조금 전보다 한결 밝아진 얼굴로 대답했다.

"나중에 대금을 가지고 올 때 작성해서 오겠다고 했습니다. 그것이 있으면 내일이라도 당장 고대의 기록관에 들어갈 수 있답니다."

“잘됐군요. 우리는 이곳에 있을 테니 걱정 마시고 그 문제를 잘 처리해 주십시오.”

박상이 말했다. 노드는 고개를 조아리고 방을 나갔다.

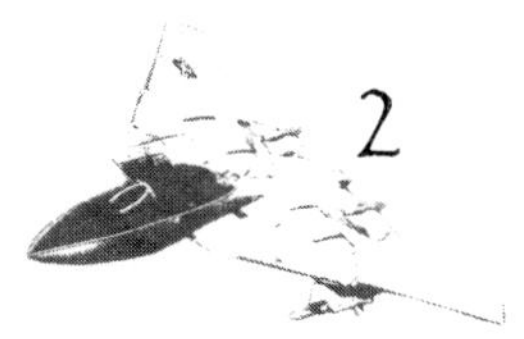

2

　이튿날 아침 무적택배 사람들과 일행은 어제 갔었던 광장으로 다시 향했다. 이번에는 전날 받은 소개장을 지참한 상태였다. 광장가에 마차를 두고 고대의 기록관으로 간 그들은 뜻밖의 상황에 직면했다. 그곳에서 그들을 기다리는 사람들이 있었던 것이다.

　"안녕하십니까?"

　그들의 모습을 보고 상대가 먼저 인사를 건넸다. 레스프라트 사람들이 문명어라 일컫는 고대 기스칼 어였다. 미엄이 어리둥절해하면서 대답했다.

　"메데스 이돈님 아니십니까? 여기는 어쩐 일이십니까?"

　누군지 모르는 낯선 사람이라 무적택배 사람들은 미엄에게 응대를 맡기고 뒤에서 조용히 지켜보고 있었다. 귀에 꽂은 이어폰을 통해 말을 알아들을 수는 있었지만 할 수는 없는 터라 밖에서는 되도록 말을 아끼고 있었다.

"구하기 어려운 귀한 물건을 저희 상회에 독점적으로 판매해 주셨는데 소개장만 써드리고 가만히 있는 것은 아무래도 결례라는 생각이 들더군요. 그래서 제가 직접 와서 안내를 해드리는 편이 낫겠다 싶어 이렇게 왔습니다."

그 말을 듣자 그가 전날 피스벵 설탕과 사탕을 전부 사들이고 소개장을 써줬다는 귀족회 의원이라는 감이 왔다. 메데스 이돈이라는 남자는 상냥하게 말하며 파디아와 무적택배 사람들에게도 살짝 목례했다. 그는 30대 초, 중반쯤으로 보였으며 말끔하고 쾌활한 인상의 남자였다. 귀족회 의원이라는 말에 어쩐지 중, 장년층 이상의 나이 먹은 사람일 것으로 생각했던 무적택배 사람들에게는 조금 의외였다.

"바쁘실 텐데 그러실 필요까지는……."

미엄이 난처해하며 정중히 거절하려 했지만 메데스는 재빨리 말을 가로챘다.

"부디 사양하지 마십시오. 물론 제가 한가한 사람은 아니지만, 그렇다고 이 정도 일을 못할 만큼 바쁘지는 않습니다."

이렇게까지 말하는데 거절하기도 곤란한 노릇이었다. 미엄이 어떻게 해야 할지 머뭇거리는 동안 메데스는 박상 등에게 다가오더니 말했다.

"어제저녁 식사에서는 뵙지 못했던 분들이시군요. 늦게나마 뵙게 되어 반갑습니다. 칼리케아 귀족회의 의원인 메네스 이돈입니다."

"아, 예."

무적택배 사람들은 당황한 기색을 애써 감추며 엉거주춤 고개를 끄덕여 인사를 받았다.

"어제 식사를 같이하셨으면 좋았을 텐데, 피곤해서 방에 계신다고 들었습니다. 피로 회복에 좋은 약이라도 보내 드리려 했더니, 일행 분들께서 정중히 사양하시더군요. 몸은 이제 좀 괜찮아지셨습니까?"

말을 알아듣고는 있지만 이쪽 말로 대답을 할 수 없어 대충 표정으로 얼버무리는데 그나마 특공대원들과 어울리며 레스프라트의 말을 조금 익힌 마라나가 대답했다.

"덕분에 괜찮습니다."

"그러시다니 정말 다행입니다."

메네스는 친근감있는 미소를 보이고 고대의 기록관을 안내하겠다고 나섰다. 미엄 등은 거절할 타이밍을 놓쳐 버려 더 만류하지도 못하고 그를 따라나설 수밖에 없었다.

"이러면 안 되는데. 안에서 비밀 입구를 찾기라도 하면 들어가 봐야 할 텐데, 이곳의 의원이 같이 있으면 떼놓고 들어가지도 못할 것 아냐."

지혜는 당혹스러워하며 박상에게 속삭였다.

"나도 알아. 하지만 무슨 핑계로 안 된다고 하겠어? 일단 들어가서 생각해 보자."

박상도 난감했지만 이제 와서 어쩔 수가 없었다.

고대의 기록관을 경비하는 경비병들이 메데스를 금방 알아보았기 때문에 따로 소개장을 제시할 필요도 없었다. 내부를 안내할 직원을 부르겠다고 하자 메데스는 점잖게 거절했다.

"고맙지만 괜찮소. 나도 이곳을 잘 알고 있고, 내가 모시고 온 특별한 손님들이니 내가 안내하도록 하겠소."

메데스는 앞장서서 안으로 들어갔다.

　고대의 기록관은 전반적으로 펠레즈의 시간의 관, 디파의 기억의 보관소와 유사한 구조였다. 1층에는 고대에 있었던 전쟁과 무서운 질병으로 인한 파국, 그리고 칼키아의 건설에 대한 기록이 벽화로 남아 있었다. 대략적인 내용 또한 앞의 두 도시의 것과 거의 같았는데, 특이한 점이라면 우주에서 거대한 물체가 칼리케아 반도 끝으로 날아와 도시가 되었다는 것을 묘사한 그림이 있다는 것이다. 그 물체는 가운데가 불룩하고 위와 아래가 좁은, 옆으로 퍼진 육각형처럼 생긴 것이었다. 메데스와 그의 수행원들을 의식해 되도록 말을 하지 않으려 애쓰던 지혜였으나 이 그림을 보고는 참지 못하고 박상에게 속닥거렸다.

　"우주에서 내려왔다더니 사실인가 봐. 펠레즈나 디파의 기록에선 이런 그림이 없었잖아."

　"그럴지도 모르겠군."

　"참 답답하네. 말만 할 수 있어도 저 사람에게 직접 물어볼 텐데 말이야."

　지혜는 답답해했다. 그런데 그런 그녀의 마음을 헤아리기라도 한 것처럼 로네스가 육각형의 물체를 가리키며 메데스에게 물었다.

　"이것이 무엇입니까? 칼키아를 건설한 고대인들이 우주에서 타고 왔다는 우주의 배인가요?"

　"그렇습니다. 하지만 우주선은 아니고 우주 기지였습니다."

　"우주선과 우주 기지는 다른 것입니까?"

　로네스는 호기심이 발동한 모양으로 질문을 계속했다.

　"용도와 규모에서 다르다고 해야겠지요. 워낙 고대의 일이라 저도 자세히는 모릅니다만, 우주선은 지금의 배처럼 우주를 항해하는 것이고, 우주 기지라고 불리는 것들은 사람들이 거주하거나 뭔가를 생산하기 위해 만들어진 시설이라 알고 있습니다.”

“그럼 우주선보다 크겠군요.”

“일반적으로 그렇다고 볼 수 있겠지요.”

“이 도시의 선조들께서 타고 온 우주 기지는 어디에 있습니까?”

메데스는 빙그레 수수께끼 같은 미소를 지었다.

“우리의 도시 칼키아가 그것입니다.”

“예?”

로네스는 어리둥절해서 그를 빤히 쳐다보았지만 메데스는 그 이상은 말하지 않고 박상 일행을 위층으로 안내했다.

밖에서 보았을 때는 꽤나 높아 보였는데 건물의 층수는 4층이었다. 각 층의 높이가 다른 건물들에 비해 높다 보니 건물이 높아진 것이었다. 2층부터 4층까지는 펠레즈와 디파의 시설이 그러했듯이 철인간들을 위한 공간이었다. 이곳에서도 철인간들은 고장난 부분을 다른 철인간의 것으로 교체해 가며 사용했던 모양으로 몸체와 팔다리의 색깔과 사이즈가 다른 것들이 많았다. 더 이상 가동이 불가능해졌을 때까지 움직였던 것을 보여주듯 철인간들은 낡고 손상되어 있었지만 그런 몸체나마 정성스레 닦이고 손질되어 고이 눕혀져 있었다.

4층까지 다 둘러본 뒤 그들은 다시 1층으로 내려왔다. 계단을 내려온 뒤 당연히 지하로 갈 것이라 생각했는데 메데스는 곧장 현관으로 향했다. 박상은 깜짝 놀라 아담에게 통역을 명하고 물었다.

―지하에는 가지 않습니까?

박상의 말을 받아 아담이 질문하자 메데스는 걸음을 멈추더니 돌아보고 말했다.

“지하요? 고대의 기록관에는 지하가 없습니다. 만들지 않은 것으로 알고 있습니다."

그의 표정이나 말투로 보아 거짓말 같지는 않았다.

박상과 지혜는 얼른 주위를 둘러보았다. 실제로 아래로 내려가는 계단도 없었고 엘리베이터처럼 보이는 문도 없었다.

"정말 지하가 없나 본데?"

박상이 중얼거리자 지혜가 핀잔을 놓았다.

"정치가의 말을 그냥 믿어? 거짓말일지도 모르잖아."

그리고 아담에게 명령했다.

"아담, 지금부터 됐다고 할 때까지 지구말로 대답해. 이 건물에는 엘리베이터가 없어?"

그러자 아담은 잠시 시간을 두었다가 대답했다.

─없습니다.

"지하는?"

─없습니다.

너무도 간단하게 나오는 실망스러운 대답에 지혜는 조금 부아가 치밀어 물었다.

"그걸 어떻게 알지?"

─방금 인공위성에 연결해서 이 건물에 대해 알아보았습니다.

아담이 없다고 하는 데야 더 둘러볼 것도, 할 말도 없었다. 실망해서 있는데 메데스가 무적택배 사람들에게 다가와서 물었다.

"뭔가 찾으시는 것이라도 있습니까?"

지혜는 어떻게 할까 망설이다가 아담을 통해 그에게 질문했다.

"칼키아를 건설한 고대의 어른들을 모신 곳은 없습니까?"

아담의 질문을 받은 메데스는 알겠다는 표정으로 고개를 주억거리고 친절하게 설명해 주었다.

"당연히 있습니다. 하지만 이 건물이 아니고 의사당 뒤편에 따로 조성되어 있는 성스러운 묘원에 모시고 있습니다. 그리고 칼키아를 설계하고 건설하신 위대한 건축가 에스트리즈 라템님은 시 외곽에 있는 라템 기념관에 따로 모셔져 있구요."

그의 말을 듣고 지혜는 박상에게 속삭였다.

"그럼 이 다음엔 그 묘지에 가자고 해봐."

박상은 어차피 아담을 통해 통역해야 할 텐데 왜 구태여 자신에게 시키는 것인지 내심 떠름해하면서 아담에게 통역을 시켰다. 메데스는 기꺼이 수락했다.

"그렇게 하십시오. 함께 가시지요."

돌아서려던 메데스는 순간 이상한 점을 느꼈던지 박상과 지혜 등을 바라보며 물었다.

"실례입니다만, 혹시 여러분께서는 문명어를 못하십니까?"

말은 못해도 알아듣는지라 박상 등이 찔끔해서 있는데, 노드가 재빨리 대꾸했다.

"이분들은 문명어를 배운 지 얼마 되지 않아 좀 서툴러서 그렇습니다."

"그렇습니까? 제가 결례를 저질렀나 보군요."

메데스는 예의 바른 미소를 머금고 고개를 살짝 숙였다. 그러나 박상 등은 혹시 그가 뭔가 눈치 챈 것은 아닌지 걱정스러워졌다. 다행히 메데스는 더 이상 질문을 하거나 말을 시키지 않고 고대인들을 모셨다는 묘지로 안내했다.

고대의 기록관을 나온 그들은 광장을 가로질러 의사당 건물을 향해 걸어갔다. 대낮이 되자 광장에는 제법 많은 사람들이 나와 있었다. 칼키아가 국제적인 무역항이라는 사실을 입증하듯 칼키아 시민뿐 아니라 외지에서 온 것으로 보이는 특이한 차림의 사람들도 상당수 있었다. 광장 주변에는 노천 식당과 찻집도 많이 있어서 광장을 바라보며 차를 마시거나 식사하는 모습들도 눈에 띄었다.

메데스의 얼굴은 칼키아 시민들에게 꽤 알려져 있는 모양으로, 그를 알아보고 인사를 건네는 사람들도 여럿 있었다. 메데스는 천성처럼 몸에 배인 상냥함으로 그런 이들에게 싹싹하게 응대해 가며 걸었다.

"저 사람은 천상 정치가 타입 같네요."

우진이 그런 그를 재미있어하며 박창에게 귓속말을 했다.

"말 잘하게 생겼잖아요."

박창은 웃으며 맞장구쳤다.

칼키아를 건설한 고대인들의 묘지라는 '성스러운 묘원'은 의사당 건물의 뒤편에 자리하고 있었다. 그곳은 고대의 기록관과는 달리 출입이 제한되지 않은 곳이어서 들어가는 데 아무런 지장이 없었다.

그곳은 작품처럼 손질된 나무와 기이한 자연석, 많은 조각품들로 치장되어 있어 흡사 조각 전시장을 방불케 했다. 발치에는 돌을 길처럼 깔아놓아 풀이나 나무뿌리를 밟지 않게 되어 있었다. 박상 등은 길게 줄을 지어 메데스를 따라갔다.

묘원의 가장 안쪽에는 칼키아 건설 당시 사람들을 이끌었던 지도자들의 묘역이 있었다. 지구의 대리석과 유사한 촉감의 하얀 돌에 돋을새김으로 새긴 직사각형의 대형 조각이 세워져 있고, 그 아래 바닥에는 각 지도자들의 이름을 새긴 정사각형 금속판들이 있었다.

"이곳이 칼키아를 건설한 지도자들을 모신 곳입니다. 그분들의 유해를 화장한 뒤 이 안에 모시고 금속판으로 밀봉한 것입니다. 말하자면 지도자들의 납골묘인 셈입니다."

메데스는 경건한 음성으로 설명하고 그 앞에 멈추어 서며 말했다.

"이곳에 오면 누구나 고개를 조아려 경의를 표하는 것이 예의입니다. 함께 묵념하시지요."

무적택배 사람들과 일행은 메데스를 따라 고개를 숙였다.

칼키아라는 도시 자체가 그렇듯이 성스러운 묘원은 화려하면서도 세심하고 조화로운 아름다움이 돋보이는 곳이었다. 그러나 이곳에서도 무적택배 사람들이 찾는 고대의 단서는 찾아볼 수가 없었다. 낙담해 있는 그들의 속내도 모르고 메데스는 묘원을 둘러보는 것이 끝나자 일행에게 점심 식사를 권했다.

"시간이 벌써 이렇게 되었군요. 점심 식사라도 같이하시지요. 여러분이 묵고 계신 붉은 귀부인도 좋은 곳이기는 합니다만, 칼키아에는 그 밖에도 멋진 식당이 많이 있습니다. 특히 이 근처에 해산물 요리를 잘하는 곳이 있는데, 해산물 요리를 싫어하지 않으신다면 그리로 안내하겠습니다."

"아, 아닙니다. 어제도 대접을 받았는데 또 그럴 수는 없지요."

미엄이 사양하려 하자 메데스는 매력적인 미소를 보이며 농담처럼 말했다.

"설마 식사도 하지 않고 이대로 헤어지자고 하시는 것은 아니겠지요?"

이런 말까지 듣고 차마 그러자고 할 수는 없는 노릇이었다. 곤란해진 미엄은 파디아와 박상 등을 돌아보았다. 메데스의 선수에 꼼짝없이 당한 듯한 느낌도 없지 않아 있었으나 도리없이 박상은 그렇게 하도록 했다.

그들은 메데스가 안내하는 식당으로 갔다. 아무 성과도 거두지 못한 것에 실망한 무적택배 사람들은 터덜터덜 힘없이 걸음을 옮겼다.

"이상하네요. 위대한 도시라면 분명히 뭔가 남아 있을 법도 한데."

우진은 뜻밖이었던지 고개를 연신 갸웃거렸다.

"그러게요. 누구한테 물어볼 수도 없고."

갑갑한 심경을 토로하던 지혜는 박상에게 말했다.

"이곳도 펠레즈처럼 지하에 뭔가가 숨겨져 있는 것 아닐까?"

"모르지. 그럴 수도 있겠지만, 일단 지하로 통하는 입구를 찾아야 들어갈 것 아니냐."

"펠레즈에선 지도자의 무덤에 입구가 있었는데, 여긴 그런 것도 안 남겨놨나 봐. 도시만 잘 만들어놓으면 뭘 해? 문명을 남길 노력을 했었어야지."

지혜는 볼이 부어 툴툴거렸다. 그때 박창이 턱으로 메데스를 가리키며 말했다.

"아담에게 시켜서 저 사람에게 한번 물어보면 어떨까? 이 도시에는 펠레즈 같은 지하 공간이 없냐고 말이야."

지혜는 이마를 찡그렸다.

"말이 되는 소리를 해. 그런 걸 왜 묻느냐고 하면 뭐라고 대답할 건데? 그리고 설령 지하로 내려가는 입구가 있다손 치더라도 그걸 이방인인 우리에게 가르쳐 주겠어?"

"그럼 어떡해? 여기까지 와서 그냥 돌아갈 거야?"

"으~ 나도 몰라. 좀 더 두고 보자."

지혜는 골치 아파하며 도리질을 쳤다.

메데스가 안내한 식당은 여관 붉은 귀부인의 식당만큼 넓지는 않았지만 고급스럽고 우아한 분위기였다. 메데스가 들어가자 식당의 지배인이 직접 나오더니 반갑게 맞이하면서 모두를 2층으로 안내했다. 트여 있는 공간에 여러 개의 테이블이 놓여 있는 1층과는 달리 2층은 여러 개의 별실로 나누어져 있었다. 지배인이 안내한 곳은 많은 수의 사람이 식사를 할 수 있도록 테이블이 길게 이어져 있는 방이었다.

노드, 로네스 등의 입장에서는 전원이 둘러앉아 박상 일행이 메데스의 시야에 들어오는 상황이 전혀 달갑지 않은 일이었지만 테이블 배치를 바꾸자고 고집할 수도 없었다. 모두가 자리에 앉았지만 아담을 비롯한 다섯 철인간들은 앉지 않고 무적택배 사람들의 뒤에 섰다.

"저분들은 앉지 않습니까?"

메데스가 묻자 노드가 대답했다.

"그 사람들은 경호하는 동안에는 식사하지 않습니다."

"그렇습니까?"

메데스는 의미심장한 시선을 그들에게 던졌으나 더 말하지는 않았다. 지배인이 추천하는 그날의 특선 요리를 주문한 뒤 메데스는 미소를 섞어 말했다.

"최근 사람들이 말하기를 피스벵 설탕이 소개된 이후 미식의 즐거움이 증가한 반면 주머니가 가벼워졌다고들 합니다. 하지만 미식이 안겨 주는 즐거움과 덕을 생각하면 결코 아깝지 않은 대가지요. 맛있는 음식은 마음의 빗장을 풀게 하여 어색함을 해소시켜 주고 불화를 녹이며 지치거나 우울한 사람에게는 활력을 주는 마법과도 같은 힘을 가지고 있지 않습니까. 그런 점에서 이 식당의 이름인 '바다의 평화' 는 실로 적절한 작명이라 할 만합니다."

"옳은 말씀!"

박창은 깊이 공감한 나머지 자신도 모르게 고개를 끄덕이며 맞장구 치다가 박상의 제지를 받고 뜨끔해서 입을 다물었다.

주문한 음식이 나올 때까지 메데스는 미엄과 노드, 로네스를 상대로 근래의 정세며 경제, 책에 대한 이야기를 나누었다. 여러 권의 책을 집 필한 것으로 알려진 문필가라던 로네스의 말처럼 그는 대단히 박학다 식했고 달변이었다.

식사가 나오자 아담은 간이 검사기로 무적택배 사람들의 앞에 놓인 음식물을 일일이 체크했다. 박상 등은 메데스에게 이런 모습을 보이는 것이 영 찜찜했지만 음식물에 항상 조심하는 편이 좋으므로 검사를 거 를 수는 없었다. 아니나 다를까, 메데스는 흥미로운 시선으로 그 모습 을 지켜보고 있었다. 그것을 느낀 것은 무적택배 사람들뿐만이 아니었 다. 노드가 재빨리 변명하듯 말했다.

"이분들이 음식에 과민증이 있어서 그렇습니다. 다른 뜻은 없으니 이해해 주십시오."

"예, 그렇군요."

메데스는 야릇한 미소를 머금고 그렇게 말하고는 넘어갔다.

해산물 요리 전문점답게 바다의 먹거리를 이용한 다채로운 요리가 식탁에 가득 올라왔다. 지구의 게나 가재 비슷하게 생긴 것도 있었고 해조류 샐러드에 생선회, 구이, 찜을 비롯한 생선 요리도 여러 종류 있 었다.

요리는 하나같이 신선하고 맛이 뛰어나서 모두 메데스가 칭송한 미 식의 즐거움에 흠뻑 빠져들 수 있었다. 식사를 하면서 메데스는 미엄 과 노드, 로네스 등을 상대로 계속 이야기를 나누었다.

"그저께 칼키아에 도착하셨다니 아직 별로 둘러보지 못하셨겠군요. 칼키아에는 언제까지 머무실 예정이십니까?"

"글쎄요, 그렇게 오래 있을 것 같지는 않습니다만."

노드는 박상 등의 눈치를 슬쩍 살피며 대답했다.

"내일이나 모레 당장 떠나시지는 않겠지요?"

칼키아에서 얼마나 머물게 될지는 전적으로 무적택배 사람들의 판단에 달린 일이라 이 질문에는 누구도 바로 대답하지 못했다. 잠시 어색한 침묵이 흐르는 가운데 로네스가 마지못해 답했다.

"아마 그렇지는 않을 겁니다."

그러자 메데스가 말했다.

"그러시다면 불편하게 여관에 머물 것이 아니라 제 집에서 지내시면서 천천히 관광을 즐기는 것이 어떻겠습니까? 레스프라트의 위대한 도시들도 그렇겠지만 칼키아는 오랜 역사만큼이나 아름답고 볼거리가 많은 도시입니다."

화들짝 놀란 미엄과 노드 등은 약속이나 한 것처럼 이구동성으로 사양했다.

"말씀은 감사합니다만, 그 뜻만 감사히 받겠습니다. 일행도 많고, 또 언제 갑자기 돌아가야 할지 일정이 분명치 않아서 말입니다."

"예. 뵌 지 얼마 되지도 않는데 그렇게 폐를 끼칠 수는 없지요."

열심히 한목소리로 극구 사양하는 그들을 바라보는 메데스의 얼굴에 묘한 미소가 어렸다. 뭔가를 꿰뚫고 있는 것처럼 느껴지는 그 미소에 은근히 불안해진 미엄 등은 불편한 심경으로 그의 눈치를 살폈다. 그런 그들에게 메데스는 여유로운 태도로 말했다.

"하지만 여관은 경호 문제도 있고, 칼키아 시내를 돌아보실 때도 여러모로 불편이 많을 텐데요.”

“예?”

무적택배 사람들과 노드 등은 일순 얼어붙어 버렸다.

“무, 무슨 말씀이신지 모르겠군요.”

한참 만에 노드가 더듬거리며 묻자 메데스는 상냥한 미소를 보였다.

“물론 조용히 계시다가 레스프라트에 돌아가려 하시는 의도는 알겠습니다. 레스프라트에 있어서 너무도 중요한 위치에 계신 분들이니만큼 만에 하나라도 신변에 위험이 발생하는 일이 없도록 조심하고 싶으신 것이겠지요. 충분히 이해되는 일이지만 오늘 고대의 기록관에 들르실 때처럼 불편한 점도 없지 않을 것입니다. 특히 고대와 관련된 시설들의 경우는 보존 문제 때문에라도 공개가 제한적인 경우가 많습니다. 제가 그런 부분에서 도움이 되어드릴 수도 있을 것 같은데요.”

계속되는 메데스의 발언에 노드, 로네스 등의 얼굴에서 핏기가 가셨다. 틸론과 르벤 등 경호를 맡은 이들은 어느새 무기를 뽑아 들 태세로 들어가 있었다. 메데스는 오히려 영문을 모르겠다는 듯 부드럽게 웃었다.

“어째서 그렇게 긴장하시는지 모르겠군요. 저는 다만 칼키아를 방문해 주신 귀한 손님을 제 집에서 모시는 영광을 얻고 싶다는 정중한 청을 드린 것뿐인데요.”

노드와 미엄 등은 자신들의 그런 반응이 오히려 메데스의 짐작을 확신으로 바꾸어주었다는 사실을 깨달았지만 이미 늦은 일이었다. 무적택배 사람들이 느끼는 놀라움과 불안도 그들 못지않았다. 지금의 이 상황이 정말 위험한 것인지, 어떻게 해야 할 것인지 감이 잡히지 않았다. 당장 이 자리를 박차고 나가 지휘차를 불러서 타고 달아나야 할까,

아니면 좀 더 앉아 있어도 될까, 짧은 순간 참으로 많은 생각들이 그들의 머리를 어지럽히고 있었다. 그때 파디아가 입을 열었다.

"인사가 늦었습니다. 저는 미테르교의 대신관인 파디아입니다. 이번에 신의 사도 여러분을 모시고 함께 왔습니다. 신의 사도 여러분께서 조용히 다녀가실 것을 희망하셨기 때문에 지금까지 신분을 밝히지 않고 있었습니다."

그 말을 듣자 메테스는 파디아에게 정중하게 고개를 조아렸다.

"미처 알아뵙지 못했습니다. 제가 그간 결례를 저지른 점이나 없었는지 모르겠습니다."

파디아는 고개를 살짝 숙여 그의 인사를 받고 엄중한 표정으로 말을 계속했다.

"의원님께서도 잘 알고 계시리라 생각합니다만, 이곳에 계신 이분들은 레스프라트에 있어서 중요한 분들인 동시에 저희 미테르교를 믿는 신자들에게 있어서는 신의 뜻을 받들어 이 땅에 온 신의 사도들이십니다. 이분들의 신변에 만에 하나 위협이 닥칠 시에는 단연코 좌시하지 않을 것입니다."

파디아에 이어 로네스도 입을 열었다.

"저는 외븐 로네스라고 하고, 옆의 사람은 델라제 노드입니다. 우리 두 사람은 베르테스 폐하의 명을 받고 신의 사도 여러분을 모시고 있는 레스프라트의 3급 행정관입니다. 이번에 신분을 밝히지 않고 비밀리에 온 것은 신의 사도 여러분께서 개인적인 관심으로 칼키아를 한번 둘러보시고자 했기 때문입니다. 파디아 대신관께서도 말씀하셨지만 신의 사도 여러분은 우리 레스프라트에 있어 대단히 중요한 분들이시고, 레스프라트는 이분들의 안전을 위해서라면 어떠한 희생도 마다하지 않을 것입니다. 그리고 알고 계실지 모르겠으나 얼마 전 레스프라트와 그리어는 혼인동맹을 맺을 것을 정식으로 발표하였습니다. 칼리케아가 레스프라트와 직접 국경을 맞대고 있지는 않다 해도 그리 멀지만은 않은 셈입니다.”

그녀의 말투는 정중했으나 그 내용에는 함부로 행동할 경우 극단적인 사태까지도 각오해야 할 것이라는 노골적인 협박이 담겨 있었다. 메데스는 정치가답게 그것을 금방 감지했다. 그러나 그는 그에 대한 즉각적인 반응을 자제하고 침착하고 여유롭게 대응했다.

“레스프라트와 그리어가 혼인동맹을 맺을지 모른다는 이야기는 저도 들은 바가 있습니다. 사실로 확정되었다면 경하드릴 일이지요. 말씀처럼 칼리케아는 레스프라트와 직접 국경을 맞대고 있지는 않지만 오랫동안 평화로운 관계를 유지해 왔습니다. 그리고 칼리케아에도 미테르교를 믿는 사람들은 많이 있구요. 어떤 일을 걱정하시는지는 저도 대충 짐작하겠습니다만, 칼리케아는 레스프라트와 마찬가지로 고대의 문명을 계승한 문명국입니다. 다른 나라에서 오신 귀한 손님에게 해를 끼치는 일은 없을 것입니다. 제가 여러분을 제 집에 초대한 것은 순수한 호의로써 여러분을 불편없이 안전하게 모시고 싶어서입니다. 칼리케아의 귀족회 의원으로서 저 자신과 가문의 명예를 걸고 그 외의 다른 뜻은 절대 없다는 것을 약속드립니다. 부디 제 선의를 오해하지 않으셨으면 좋겠습니다.”

차분하게 설명하는 메데스의 표정이며 말투에는 진심이 담겨 있어 거짓으로 보이지는 않았다. 로네스는 안도하면서 그에게 사과했다.

“저희가 조금 과민하게 반응했나 봅니다. 중요한 분들을 모시고 있어 그런 것이니 이해해 주십시오.”

"제 뜻을 알아주신다면 그것으로 충분합니다."

온화한 어투로 답한 메데스는 고개를 돌려 박상 쪽을 보고 말을 건넸다.

"이런 형태로나마 여러분을 뵙게 되어 영광입니다. 여러분에 대한 말씀은 칼키아에서도 많이 들었습니다."

박상 등은 서먹한 얼굴로 고개를 숙여 그의 인사를 받았다.

"칼키아에 어떤 일로 오셨는지는 모르겠지만 칼리케아 시민의 한 사람으로서 여러분을 환영하는 바입니다. 칼키아 방문이 즐거운 경험이 되셨으면 좋겠습니다."

"감사합니다."

문명어를 일부 아는 마리나가 일행을 대표해 답했다.

"칼키아를 금방 떠나지 않고 더 머무실 예정이라면 아무쪼록 저의 초대에 응해주시기 바랍니다. 그 편이 더욱 안전하고 쾌적한 여행이 되실 것이라 확신합니다."

메데스의 거듭되는 권유에 무적택배 사람들은 망설였다. 어쩌면 그의 말이 맞을지도 모르겠다는 생각도 들고, 그의 집에서는 변장을 하지 않고 지낼 수 있을 것이라는 생각에 솔깃하기도 했다. 그러나 노드, 로네스나 파디아 등의 의견을 들어보지도 않고 멋대로 정할 수는 없겠다 싶어 박상은 아담을 통해 대답했다.

─말씀은 감사합니다. 일행과 의논해 볼 테니 잠시 시간을 주십시오.

메데스는 흔쾌히 대답했다.

"알겠습니다. 음식이 식으면 맛이 없을 테니, 우선 식사부터 하시지요. 그 뒤에 여러분이 조용히 의논하실 수 있도록 자리를 비켜 드리겠습니다."

그리고 메데스는 아무 일도 없었던 것처럼 다른 화제로 대화를 주도하면서 분위기를 바꾸었다. 식사가 끝난 뒤 그는 약속대로 자신의 수행원들과 나가주었다.

"어떻게 하시겠습니까?"

미엄이 파디아와 박상 일행을 바라보며 물었다. 박상은 아직 어떻게 하면 좋을지 마음을 정하지 못한 상태였다. 그가 곤란한 기색으로 입을 다물고 있는데 지혜가 지구의 말로 동료들에게 말했다.

"초대에 응해보죠. 그게 나을 것 같아요. 이대로는 아무 성과도 없이 돌아가게 생겼잖아요."

"하지만 위험하지 않겠습니까? 저 사람을 어떻게 100퍼센트 신용하지요?"

마라나가 말했다. 그런데 우진이 지혜의 생각에 찬성하고 나섰다.

"본인의 말대로 사회적 지위와 체면이 있는 사람인데 그렇게 얕은 수를 쓸 것 같지는 않습니다. 그리고 레스프라트와 그리어가 혼인동맹을 맺는다는 사실도 알고 있다 하지 않았습니까? 그리어와 바로 접경하고 있는 칼리케아로서는 레스프라트를 적으로 돌리는 일을 함부로 하지는 못할 겁니다."

박창도 우진과 지혜 쪽에 가담했다.

"두 사람의 말이 일리가 있는 것 같은데요. 우리끼리 알아보는 건 아무래도 한계가 있을 거고, 또 무슨 일이 생기면 지휘차를 부르면 되잖아요. 철인간이 다섯 대나 되고 경호하는 사람들도 열 명이 넘는데, 최악의 경우라도 지휘차가 도착할 때까지는 버틸 수 있을 것 아닙니까."

"하지만 반대로 우리의 행동 하나하나가 주시의 대상이 되어서 도시의 지하를 조사할 기회조차 아예 가지지 못하게 되면 어떡합니까?"

바다가 우려를 표했다.

"처음부터 기회가 원천 봉쇄되는 것보다는 낫죠. 여기까지 온 이상 어떤 식으로든 시도는 해봐야 하지 않겠어요? 초대를 거절하면 프라트에 돌아가는 수밖에 없어요. 정체가 알려졌는데 우리끼리 여길 다니는 게 가능하기나 하겠어요?"

지혜가 반박했다. 그쯤에서 마음의 결정을 내린 박상은 지혜의 의견에 동감을 표했다.

"지혜 씨의 말이 맞는 것 같습니다. 우리만으로 조사하는 것이 어렵기도 하지만, 우리가 누군지 알고 있는데 초대를 거절한다고 해서 이 도시에서 안전이 보장되는 것은 아닙니다. 이곳에 더 머무를 필요가 있는 이상은 그의 초대를 받아들이는 편이 낫겠습니다."

"조금 불안하긴 하지만 틀린 말씀은 아니네요."

마리나가 수긍하고 릴리도 동의의 뜻으로 고개를 끄덕였다. 바다도 그 이상 반대하지는 않았다. 의견을 모은 박상은 노드 등에게 메데스의 초대를 받아들였으면 한다고 말했다.

"하지만 그렇게 되면 여러분께서 칼리케아에 와 계신 것이 모두에게 알려질 텐데요."

노드가 걱정했다. 우진이 말했다.

"오히려 그 편이 안전할 수도 있습니다. 많은 사람들이 오가는 여관보다는 개인 집이 경호하기도 나을 테구요."

노드뿐 아니라 다른 사람들도 걱정부터 앞서는 기색이었지만, 무적택배 사람들이 내린 결정을 대놓고 반대하지는 못했다. 그들은 바깥에

나가서 기다리고 있던 메데스를 불러와 초대에 감사히 응하겠다고 밝혔다. 메데스는 기쁜 낮으로 말했다.

"귀한 분들을 모시게 되어 도리어 제가 영광입니다."

그때 노드가 말했다.

"한 가지 부탁드릴 것이 있습니다. 가급적 신의 사도 여러분께서 칼키아에 와 계신 것이 외부에 알려지지 않았으면 합니다."

그러나 메데스는 머리를 흔들었다.

"우려하시는 바는 알겠습니다만 제 생각은 조금 다릅니다. 비밀이란 본디 유지가 어려운 법이고, 무리해서 숨기기보다는 차라리 공개적으로 알리는 편이 여러분께 더욱 안전할 것입니다. 그러면 어디에 가시든지 경호를 공식적으로 할 수 있고, 설령 불온한 자들이 있다손 치더라도 사람들의 이목이 집중되어 있기 때문에 움직이기가 어려울 것입니다."

듣고 보니 그의 말이 가히 틀리지 않은 것 같았다. 노드 등은 잠깐의 논의 끝에 납득했다.

"어떻게 하시겠습니까? 지금 제 집으로 가서서 쉬시겠습니까? 아니면 칼키아 시내를 더 둘러보시겠습니까?"

메데스가 물었다. 아직 한낮이라 이대로 집에 들어가기에는 이른 것 같아서 박상은 칼키아를 둘러보는 것이 좋겠다고 대답했다.

"그러면 라템 기념관에 가보시겠습니까? 칼키아를 설계한 고대의 대건축가 에스트리즈 라템님을 기념하기 위해 만든 곳입니다. 라템님은 고대의 다른 분들과는 달리 그분의 유언에 따라 성스러운 묘원이 아니라 그곳에 유해를 모시고 있습니다. 잘 조성된 공원이고, 칼키아 시내를 조망할 수 있는 높은 곳에 있어 경치도 좋습니다."

　고대인과 관련된 시설이라는 말에 귀가 번쩍 트인 무적택배 사람들은 기꺼이 그의 제안을 수락했다. 그들은 식당을 나와 대기시켜 놓았던 마차와 말에 나눠 타고 메데스를 따라 라템 기념관이라는 곳으로 갔다.

　라템 기념관은 바다에서 가까운 야트막한 언덕 위에 있었다. 그들은 언덕 아래에 마차와 말을 두고 울창한 나무숲 사이에 자잘한 돌을 깔아놓은 산책로를 따라 언덕을 걸어 올라갔다. 그곳은 마치 현대 도시의 공원처럼 꾸며져 있었는데, 실제 용도도 그러한 듯 천천히 산책을 하는 사람, 벤치에 앉아 책을 읽는 사람 등 많은 사람들이 이용하고 있었다. 언덕을 다 올라가자 둥근 광장이 나왔다. 광장가 쪽에는 잘 꾸며진 화단이 빙 둘러 있고 중앙에는 분수대가 있었다. 라템 기념관은 광장을 지나 안쪽에 있었다. 기념관 앞에는 에스트리즈 라템의 동상이 있었는데, 한 손에는 컴퍼스 비슷하게 생긴 도구를 들고 다른 손에는 작은 망치를 들고 있는 여성의 모습이었다.

　"여기서 묵념하고 들어가시지요. 라템님은 다른 고대의 어른들과는 달리 이 동상 아래에 유골을 모셨습니다. 그분의 유언에 따른 것이었지요."

　메데스의 설명에 일행은 동상 앞에서 걸음을 멈추고 그를 따라 묵념했다. 기념관 안에는 칼키아를 설계했다는 위대한 건축가이자 도시 설계자인 라템의 초상화와 당시 그녀가 직접 그렸다는 설계도와 스케치, 칼키아 시가지의 모형 등이 배치되어 있었다. 물론 무적택배 사람들의 관심은 그런 것에 있지 않았다. 이곳 역시 고대에 만들어진 곳이라면 도시의 비밀에 대해 뭔가 힌트라도 있지 않을까가 그들의 관심사였다. 그런 그들의 속을 아는지 모르는지 메데스는 열심히 설명하며 구석구

석을 안내했다. 기념관 위층에는 전망대가 있어 도시를 내려다볼 수 있게 되어 있었다.

"와~ 진짜 멋진 도시네요."

릴리가 자신도 모르게 작은 소리로 감탄했다. 높은 곳에서 바라본 칼키아는 시민광장을 중심으로 방사상으로 발달된 도로망과 말끔하게 정비된 시가지, 군데군데 조성된 푸른 공원이 잘 어우러진 도시였다. 같은 위대한 도시면서도 펠레즈나 디파가 다소 딱딱하고 경직된 느낌을 주는 데 비해 칼키아는 화사하게 치장한 귀부인 같은 느낌을 자아냈다.

"정말 큰 부두군요. 저기 저건 등대입니까?"

바다 쪽을 바라보고 있던 파디아가 멀리 바다 위로 솟아올라 있는 길쭉하고 높은 탑을 가리키며 곁에 있던 사람들에게 물었다. 메데스가 어깨를 펴고 자랑스럽게 설명했다.

"예. 저것이 바로 '칼키아의 눈'이라 불리는 등대입니다. 칼키아 건설 당시 함께 건설된 것으로써, 천 년 동안 쉬지 않고 칼키아 바다의 밤을 밝히는, 칼키아의 상징과도 같은 존재입니다. 세 종류의 불빛이 있어서 평소에는 하얀 빛을 내지만 전쟁 등 위급 상황이 발생했을 때는 붉은 빛, 폭풍이나 해일 등의 기상 이변이나 자연 재해가 일어나면 푸른 빛을 냅니다."

고대의 금속으로 표면을 바른 은청색의 등대는 별다른 장식 없이 단순하게 생긴 건축물이었다. 얼른 보아서는 밋밋해 보였지만 자세히 보니 직선으로 뻗은 것이 아니라 약간 휘어지게 뻗은 선이 묘하게 매력적이었다.

"칼키아의 등대는 아주 멀리서도 그 불빛이 보인다고 하던데 어떻게 그 빛을 내는 겁니까?"

노드가 등대에 관심을 보였다.

"우리 도시의 선조들께서 우주에서 가지고 온 거대한 보석들을 이용하는 것으로 알고 있습니다. 아까 말씀드린 세 종류의 빛은 보석들의 빛깔에 따른 것이지요."

"그런 이야기는 들은 적이 있습니다. 사람의 머리보다 큰 보석이라던데 정말입니까?"

"사실입니다. 실제로 사람의 머리보다 훨씬 크지요. 하지만 그 세 가지 보물은 항상 등대 안에 있고, 일반인들의 접근은 엄중히 차단되어 있습니다."

"그렇게 큰 보석이 있을 수 있습니까?"

로네스는 믿기 어렵다는 반응이었다.

"선조들께서 우주에서 가져온 것이라고 말씀드리지 않았습니까? 아마 지상에서는 그렇게 큰 보석덩어리가 발견된 적이 없을 겁니다."

메데스의 음성이며 태도에는 자신들의 도시에 대한 높은 자긍심이 담겨 있었다.

파디아와 노드, 로네스 등이 칼키아 시내와 부두의 풍경을 구경하느라 넋을 잃고 있는 동안에도 박상 등은 아담에게 명해 이곳 어딘가에 지하로 통하는 통로나 숨겨진 공간이 없는지 찾아보게 했다. 그러나 전망대에서 모든 구경이 끝날 때까지도 그런 곳은 찾을 수가 없었다.

전망대를 나온 뒤에는 다시 칼키아 시내로 돌아가 유서 깊은 명소들과 거리를 구경했다. 경호를 맡은 이들을 제외한 파디아와 노드, 로네스 등은 차차 칼키아 관광에 몰입해 은근히 즐기게끔 되었다. 그러나 무적택배 사람들은 그럴 마음의 여유가 없었다. 지혜는 초조해하며 박상에게 말했다.

"이러다가 관광만 실컷 하고 돌아가게 생겼어. 어떻게 하지? 정말 저 사람에게 직접 물어보기라도 해야 하려나?"

"인공위성에서 도시를 스캔한 결과가 나올 때까지 기다렸다가 그때 생각해 보자. 펠레즈처럼 대규모 지하 공간이 있다면 어딘가에 분명히 입구가 있겠지."

"지하 공간이 있다면야 찾아내는 건 어렵지 않겠지. 하지만 이 넓은 도시 어디에 입구가 있을지 어떻게 알겠어? 건물 하나하나를 다 조사해 보기는 어렵잖아."

"네 말마따나 필요하다면 해야지."

그런 걱정을 하면서도 자신들만 따로 빠져나갈 수도 없는 터라 그들은 메데스를 따라다니며 시내를 구경했다.

저녁 무렵이 되자 메데스는 자신의 집에서 천천히 저녁을 들며 여독을 풀 것을 권하고 일행을 집으로 안내했다. 여관에 있는 박상 일행의 짐은 메데스 저택의 하인들과 박상 일행의 경호원 두세 명이 가서 가지고 오기로 했다.

메데스의 저택에 도착하니 이미 이들을 맞기 위한 모든 준비가 되어 있었다.

메데스의 가족이 문 앞까지 나와 박상 일행을 정중하게 맞이해 주었다. 메데스의 어머니는 수수하고 평범한 인상이었지만, 아내 루민다는 도회적이고 세련된 외모를 가진 활달하고 사교적인 여성이었다. 그들 사이에는 두 명의 아이가 있었는데, 엄한 훈육을 받고 있는 듯 아직 열 살이 되지 않은 아이들인데도 매우 예의 바르고 얌전하게 행동했다.

저녁에는 식사를 겸해 정원에서 작은 연회가 열렸다. 메데스는 무적택배 사람들에게 양해를 구한 뒤 친구처럼 지낸다는 자신의 손아래 처남과 절친한 친구 두 명을 초대했다.

돌다리가 가로질러진 큰 연못이 있는 정원에 환하게 불을 밝히고 꽃으로 장식한 긴 테이블이 놓이고, 아이들을 제외한 메데스 부부와 그의 어머니, 박상 일행, 세 명의 손님이 나란히 둘러앉았다. 정원 한 켠에 자리하고 있는 악사들이 느린 곡조의 우아한 음악을 연주하는 가운데 향기로운 술과 멋진 요리가 제공되었다.

어차피 정체가 알려진 이상 더 숨길 것도 없다고 생각한 박상과 동료들은 불편한 변장을 지워 버리고 통역기도 착용하고 있었다. 파디아와 노드, 로네스는 무적택배 사람들과 나란히 앉아 있었으나 틸론과 르벤 등 경호를 맡은 사람들은 긴장을 늦추지 않고 경호에 임하고 있었다.

연회의 분위기가 무르익어 가는 가운데 주요리를 먹고 나자 특별한 후식이 제공되었다. 얼음처럼 투명한 유리 그릇에 사탕이 담겨져 나왔던 것이다. 메데스의 처남과 두 친구는 사탕을 보고 매우 신기해하며 그것이 무엇인지 어디에 쓰는 물건인지 바쁘게 물어댔다. 메데스는 거드름을 피우며 대답했다.

"사탕이라는 것일세. 피스벵 설탕으로 만드는 것인데, 이번에 미테르교의 신의 사도들께서 칼키아에 오시면서 처음으로 소개하신 것이네. 입에 넣고 천천히 녹여 먹으면 되네. 아직 사람들에게 알려지지 않아서 칼키아에서는 아는 사람이 거의 없을 걸세."

그의 태도에서는 칼키아에서 자신이 가장 먼저 그것을 입수했다는 사실을 얼마나 자랑스럽게 생각하는지가 여실히 드러났다. 빈틈없고 세련된 정치가로만 보였던 사람이라 박상 등에게는 그런 면이 재미있게 비치기도 했다.

"뭔지는 몰라도 예쁘군."

"그러게. 보석같이 생겼는걸. 어느 색으로 할까?"

그들은 기꺼이 하나씩 골라 입에 넣었다. 사탕을 좋아하는 것은 파디아 등 레스프라트 사람들도 마찬가지여서 다들 사양하지 않고 받았다.

"호오, 이건 굉장한걸!"

"이런 맛이 있었다니, 상상도 못한 일이야!"

"피스벵 설탕으로 이런 것도 만들 수 있다니 놀랍습니다. 이것은 틀림없이 크게 호평을 받을 겁니다."

세 사람은 저마다 감탄을 아끼지 않았다. 메데스의 얼굴에는 흡족한 미소가 번졌다. 그때까지 조용히 있던 박창은 사탕에 대한 열띤 호평에 덩달아 흐뭇해져서 대화에 가담하려고 했다. 그러나 박창이 입을 열기 전에 옆에 앉은 박상이 재빨리 눈치를 줘서 잠자코 있게 했다. 괜히 말문을 텄다가 칼키아를 방문한 목적이라든지 레스프라트에 대해 쓸데없는 이야기까지 하게 되지 않을까 우려한 것이었다.

"남녀노소 누구나 좋아할 맛이지만, 특히 노인과 아이들이 열광하겠는걸."

메데스의 친구 스트러스가 말하자 메데스는 엄격한 표정으로 말했다.

"아이들이 먹기에는 너무 사치스러워. 노인들은 공경을 받아 마땅하지만 아이들은 절제의 미덕을 배워 나갈 시기가 아닌가."

스트러스는 겸연쩍은 표정으로 수긍했다.

"맞아. 자식을 사랑한다면 매를 아끼지 말라는 말이 있지."

그때 메데스의 처남 라우가 메데스에게 물었다.

"피스벵 설탕을 신의 사도들께서 만드셨다고 들은 것 같은데, 이 사탕도 그렇습니까?"

"그렇네. 저 두 분이 만드셨다고 하네. 피스벵 설탕을 만든 것도 저 분들이시지."

메데스가 박상 형제를 가리키며 대답하자 사람들은 감탄 어린 시선으로 둘을 보았다. 박상은 박창에게 가만히 있으라고 눈치를 주며 겸연쩍은 미소로 상황을 넘기려 했다. 박상이 불편해하는 것을 눈치 챈 로네스가 메데스에게 말을 걸어 화제를 바꾸었다.

"메데스님은 귀족회의 의원이라고 하셨지요? 언제부터 의원이 되셨습니까?"

"제가 스물여덟 살 때의 일이니까, 지금으로부터 8년 전의 일이군요."

"상당히 빠른 편이시군요. 아버님께 물려받으셨나 보지요?"

그러자 메데스는 고개를 젓고 말했다.

"제 아버님은 제가 열 살 되던 해에 돌아가셨습니다. 귀족회 의원도 아니셨구요. 칼리케아의 귀족회가 칼키아의 유력 가문 인사들과 각 지역의 대표들로 구성된다는 것은 아실 겁니다. 하지만 칼키아의 명문가 출신이라고 해서 무조건 귀족회의 의원이 될 자격이 주어지는 것은 아닙니다. 오랜 전통과 더불어 그에 걸맞는 위상을 가지고 있어야 비로소 입후보할 수 있습니다. 우리 가문은 자랑스러운 역사를 가진 오래된 가문이기는 했지만, 증조부님 대부터 형편이 기울어 귀족회 의원을 배출하지 못했습니다. 아버님은 그것을 만회하고자 부단히 노력하셨는데, 안타깝게도 불의의 사고로 뜻을 이루지 못하고 돌아가셨습니다.

제가 일찍이 상업에 나선 것도 아버님의 유지를 이은 것이었습니다. 다행히 사업 운도 나쁘지 않아서 생각보다 빨리 기반을 잡을 수 있었습니다. 그런 과정에서 장인어른과 아내 루민다를 만나 많은 도움을 얻을 수도 있었구요.”

메데스는 자신의 노력으로 성공했다는 점을 은근슬쩍 과시하면서도 마지막에 처가에 대한 감사의 뜻을 끼워 넣는 것도 잊지 않았다. 메데스의 친구 소퍼가 말했다.

“메데스의 장인이신 캄렌님은 칼키아에서 모르는 사람이 없는 거상(巨商)이십니다. 사업 수완도 뛰어나지만 대단히 활력이 넘치고 친화력이 있는, 한마디로 대단한 분이시죠. 그분이 메데스를 참 잘 보셨어요.”

루민다가 상냥하게 웃으면서 말했다.

“아버님은 사람 보는 눈이 꽤나 까다로우세요. 남편이 그만큼 두드러지는 면이 있었던 거지요.”

박상 등은 보기보다 치열하게 사는 사람이구나 생각하며 메데스를 다시 보게 되었다. 그러면서 한편으로는 그의 부드럽고 겸손한 인상 뒤에 존재하는 남다른 야심과 에너지를 약간이나마 엿본 듯한 느낌도 들었다.

이튿날 아침 박상 일행과 식사를 하고 있는 메데스에게 하녀가 급한 용무로 그를 찾아온 사람이 있다고 알려왔다.

"사람이 기다리고 있다 하니 잠시 다녀오겠습니다. 계속 식사하고들 계십시오."

자리를 비웠던 메데스는 오래지 않아 돌아왔다. 혹시 자신들과 관련이 있는 일이 아닌가 싶어 다들 궁금해하고 있었지만, 메데스는 식사가 끝날 때까지 아무 말도 하지 않았다. 식사를 마친 뒤 메데스가 입을 열었다.

"오늘은 여러분을 칼키아의 등대로 모시려 했는데 뒤로 미뤄야겠습니다. 의회에서 급히 출석해 달라는 연락이 왔습니다. 아마 여러분이 와 계시다는 소문이라도 들었나 봅니다."

박상 일행이 긴장하는 것을 본 메데스는 재빨리 덧붙였다.

"아무 염려 마십시오. 여러분은 정식으로 저의 집에 초대된 손님들이시고 칼리케아에 있어서도 멀리서 온 귀한 손님들이십니다. 어제 약속드렸듯이 제가 있는 한 여러분의 안전에 절대 누가 되는 일은 없을 것입니다. 그러니 걱정 마시고 제가 다녀올 때까지 이곳을 여러분의 집처럼 생각하고 편안히 쉬고 계십시오. 제가 없는 동안 루민다가 여러분의 편의를 살펴 드릴 겁니다."

별일 아니라는 듯 태연하게 말하는 그의 태도에 박상 등은 마음을 놓았다. 귀족회 의원이라는 메데스의 신분이나 현재의 생활 모습 등으로 봐서 그의 그런 자신감이 전혀 근거없는 것으로 보이지는 않았다.

메데스가 외출한 뒤 무적택배 사람들은 운동을 겸해 정원을 산책했다. 그런데 로네스가 그들에게 다가오더니 말했다.

"저희들끼리 의논을 해보았는데, 이 집의 안주인께 양해를 구해 여러분의 지휘차와 큰 탈것을 이곳에 불러오는 것이 어떻겠습니까?"

"지휘차와 에어트럭을요?"

박상이 의아하게 되묻자 로네스는 고개를 저었다.

"예. 이왕에 여러분께서 이곳에 계신 것이 알려졌다면 더 숨길 것도 없지 않겠습니까? 메네스님을 믿고 있기는 하지만 저희로서는 만일을 대비하는 것이 좋다고 생각합니다."

그들의 입장에서는 불안을 느끼는 것도 무리가 아니라고 생각한 박상 등은 그러기로 하고 루민다에게 자신들이 타고 온 것을 저택에 가져다 놓아도 되겠는지 물어보았다. 루민다는 쾌히 수락하고 연못과 나무들이 있는 정원보다는 저택 건물 중간에 있는 중정이 좋을 것이라고 말해 주었다. 그래서 박상은 지휘차에 남아 있는 조수와 에어트럭의 수정에게 명령을 내려 자신들이 있는 곳까지 오게 했다.

얼마 뒤 지휘차와 에어트럭이 저택의 상공에 모습을 드러냈다. 집안 사람들이 놀라서 건물 밖으로 뛰쳐나와 멍하니 지켜보는 가운데 아담의 유도를 받아 두 대의 탈것은 중정에 내려섰다. 연못과 나무, 조각품 등으로 화려하게 장식된 정원과는 달리 저택의 건물 중간에 있는 중정은 짧은 풀이 깔렸을 뿐 아무것도 놓이지 않은 조용한 곳이었다.

지휘차와 에어트럭에서 수정과 조수가 내려서자 박상 일행과 떨어져서 그 모습을 지켜보고 있던 메데스 저택의 사람들은 더욱 눈이 휘둥그레져선 정신없이 바라보았다. 전신이 보석처럼 푸르게 반짝이는 수정의 외양에 놀란 것이다.

"아, 저걸 보니 나도 안심이 되네. 무슨 일이 생기더라도 얼른 저것만 타면 되잖아."

지혜는 홀가분해하며 지휘차를 바라보았다. 그런 마음은 노드 등도 다르지 않은 모양으로 다들 한결 가벼운 표정을 하고 있었다. 그때 바다가 통역기를 끄고 일행에게 말했다.

"안전이 확보되었으니 이제는 여기서 어떻게 고대 유산을 알아볼지 본격적으로 생각해 봐야 되지 않겠습니까?"

"옳은 말씀인데, 방법이 문제죠. 고대 사람들이 남긴 시설이 있더라도 통로를 찾지 못한다면 어떻게 지하에 들어가겠어요?"

마리나의 말에 다른 사람들은 고개를 주억거렸다.

"우리끼리 마냥 짐작해 봤자 소용없으니까 아예 이곳 사람들에게 물어보는 게 어떻겠습니까? 그냥 지나가는 말이나 호기심인 것처럼 여기에도 펠레즈처럼 넓은 지하 공간이 있느냐든가, 옛날에 내려왔다는 우주선이나 우주 기지에 대한 기념물은 없는가 하는 식으로요. 메데스 씨는 우리가 고대 유적에 관심을 두고 있다는 걸 알고 있잖아요."

박창이 말했다. 박상은 눈살을 찌푸렸다.

"아무리 그래도, 그렇게 속이 뻔히 보이는 짓을 하자고? 이곳 사람들의 입장에서 우리는 다른 나라에서 온 이방인인데 제대로 가르쳐 주겠어?"

그런데 뜻밖에도 지혜가 박창의 말에 찬성하고 나섰다.

"아냐. 어쩌면 그런 정공법이 나을지도 모르겠어. 창이 말대로 우리끼리 아무리 떠들어봤자 답은 안 나와. 그렇다고 인공위성이 도시 전체를 다 조사할 때까지 여기 있을 수는 없잖아. 차라리 메데스 씨에게 솔직하게 도움을 청하는 편이 나을 수도 있어. 그 사람은 신분과 지위가 있으니까 보통 사람보다 고급 정보를 가지고 있을지도 몰라."

"메데스 씨에게 이 도시의 선조들이 남긴 고대 유산을 살펴보러 왔다고 말하자구요?"

릴리가 눈이 동그래져서 지혜에게 되물었다. 지혜는 머리를 끄덕였다.

"그래요. 솔직히 우리가 여기서 뭘 가져가려는 건 아니잖아요. 우리에게 필요한 건 이쪽에 있을지 모르는 우주도랑 우주 항해에 대한 데이터고, 그런 건 데이터를 카피하면 되는 거니까 이곳의 유산에 손대는 게 아닌 거죠."

"우리가 그렇게 말한다고 해서 믿겠습니까?"

우진의 회의적인 반문에 지혜는 한 걸음 더 나간 제안을 했다.

"우리를 못 믿겠다고 하면 아예 같이 가자고 하죠. 우리가 뭘 훔쳐가려고 작정하지 않은 이상 꿀릴 것 없잖아요."

"그랬다가 이곳의 지하에서 좋은 걸 찾으면 어떻게 해? 제대로 된 철인간이나 우리 지휘차 같은 게 나오면?"

박창의 질문에 잠깐 지혜의 말문이 막히는가 싶더니 그녀는 이내 아무 일도 아니라는 듯 대꾸했다.

"우리가 도둑이야? 좋은 게 있다고 아무 데서나 다 집어오게. 우리를 지구까지 데려다 줄 우주선쯤이나 되면 몰라도 지휘차나 철인간을 자꾸 탐낼 이유가 어딨어? 우리에게 굳이 필요한 것이 아니라면 이곳 사람들에게 남겨둬야지. 고대 사람들이 자신들의 후손을 위해서 남긴 거잖아."

박창은 의외였던지 정색하고 지혜를 빤히 처다보았다.

"그 말 진심이야? 정말 그런 걸 보고도 '이건 우리 것이 아냐' 하고 깨끗이 단념하고 지나칠 수 있겠어?"

지혜는 눈을 가늘게 뜨고 박창을 흘겨보았다.

"대체 날 어떻게 보고 그런 소릴 하는 거야? 난 쓸데없이 남의 걸 탐내진 않아. 너나 나중에 딴소리하지 마."

박창은 싱글싱글 웃었다.

"나에 대해선 걱정 마셔. 원래부터 그런 것엔 욕심이 없어."

메데스에게 협조를 구하는 쪽으로 이야기가 진행되자 바다가 박상에게 물었다.

"어떻게 할 생각이십니까? 지혜 씨의 말처럼 메데스 씨에게 직접 물어보는 겁니까?"

박상은 애매한 표정으로 입을 다물고 있다가 대답했다.

"지금 섣불리 결정을 내리지 말고, 메데스 씨가 돌아온 뒤에 우선은 우리가 알고 싶은 사항을 알아낼 수 있을지 슬쩍 한번 떠보고, 정 어렵겠다 싶으면 그때 본격적으로 이야기하는 것으로 합시다. 레스프라트가 아닌 다른 나라이니만큼 가급적 신중하게 행동하는 편이 좋을 것 같습니다."

바다를 비롯해 지혜도 기본적으로 찬성하는 입장이었다. 그래서 그들은 메데스가 돌아오기를 기다리며 저택에서 시간을 보냈다.

금방 다녀오겠다며 외출했던 메데스가 돌아온 것은 정오가 되어서였다. 그는 돌아오자마자 박상 일행이 모여 있는 방으로 왔다.

"늦어서 죄송합니다. 오전 중에는 끝나지 않을까 했는데 생각보다 이야기가 조금 길어졌습니다. 제가 없는 동안 불편하신 점은 없었는지요?"

"아니오. 부인께서 잘 살펴주서서 편하게 지냈습니다."

박상이 일행을 대표해 답했다. 그러면서도 그의 머리 속은 의회에서 대관절 어떤 이야기가 오갔을지에 대한 생각으로 가득했다. 그것은 그 자리에 있는 다른 사람들도 매한가지여서 전원이 메데스의 입에서 나오는 말에 주목하고 있었다.

"의사당에 갔더니 어디서 들었는지 귀족회의 동료 의원들 모두가 여러분께서 저희 집에 와 계신 것을 알고 있더군요. 그래서 동료 의원들뿐 아니라 수상 각하와 주요 각료들, 평민회 의장님까지 뵙느라고 시간이 걸렸습니다. 모두 여러분께서 무엇 때문에 비밀리에 칼키아까지 오셨는지, 얼마나 계실 것인지, 우리 칼리케아에서는 어떻게 하면 좋을 것인지 등에 대해 많이 궁금해했습니다. 저는 여러분께서 고대 문명의 후계자인 칼키아에 대해 들으시고 한번 둘러보러 오신 것 같다고 말씀드리고, 우연히 제가 여러분을 알아뵙고 저의 집에 초대하게 되었노라고 해명했습니다. 그리고 여러분께서 저와 제 가문의 손님이라는 점을 강조했습니다. 말씀드렸듯이 저는 여러분의 안전을 약속드린 바 있고 그것을 어떻게든 지켜야 하는 입장이니까요. 비록 우리 칼리케아와 레스프라트가 직접 국경을 맞대고 있지는 않다고 하나 여러분이 레스프라트에서 얼마나 중요한 분들인지 모르는 사람이 없고, 또 고대 문명을 계승한 문명국으로서 우리 나라를 방문해 오신 귀한 손님에게 어떤 안전상의 문제도 일어나서는 안 된다고 강력히 주장했습니다. 다행히 수상 각하와 평민회 의장님께서는 제 생각에 동의해 주셨습니다. 여러분께서 칼키아에 머무는 동안 최대한의 안전과 편의를 제공하기로 결정이 내려지고, 아예 정식으로 국빈으로 맞이하자는 의견도 나왔습니다만, 제 생각에 그 문제만큼은 여러분의 의향을 확인하는 것이 먼저라고 여겨져 여러분께 여쭈어보겠다고 말하고 왔습니다.”

일행의 안전을 보장하기로 했다는 메데스의 설명에 무적택배 사람들은 일단 마음을 놓았다. 수상까지 팔아가며 메데스가 거짓말하지는 않을 것이라는 생각이 들었다. 그런데 메데스는 대단히 송구스럽다는 표정으로 다음 말을 꺼냈다.

“그래서 여러분을 뵙고 또 국빈 초대에 대한 의사도 직접 확인할 겸 오늘 저녁에 수상 각하와 평민회 의장님께서 이곳에 오기로 하셨습니다. 그 말씀까지 거절할 수는 없어서 그렇게 하기로 했습니다. 여러분께서 너그럽게 이해해 주셨으면 좋겠습니다.”

“알겠습니다. 그렇게 하지요.”

박상은 담담하게 받아들였다. 이왕 이곳에 있는 것이 알려진 바에는 차라리 정식으로 만나서 인사해 두는 것도 나쁘지 않겠다 싶기도 했다.

칼리케아의 수상과 평민회 의장이 방문하기로 함에 따라 메데스 저택은 갑자기 분주함을 더했다. 집 안 단장과 청소, 음식 준비 등으로

모두 정신없이 오가고 있었다. 박상 일행은 집안 사람들에게 방해가
되지 않게 각자 방에서 조용히 지냈다.

수상과 평민회 의장이 방문해 온 것은 초저녁 즈음이었다. 칼리케아
의 수상 겸 귀족회 의장이라는 니칼 펠로피는 삐죽하니 큰 키에 깡마
르고 날카로운 인상을 지닌 초로의 남자였다. 반면 평민회 의장 거나
브렘은 넉넉한 살집에 푸근한 느낌을 주는 중년 여인이었다. 그런데
목소리는 외모와 또 달라서 펠로피 수상은 묵직하고 깊은 저음이었고,
브렘 의장은 맑고 깨끗한 소프라노였다.

성별부터 시작해 여러모로 대조적인 두 사람의 모습에 무적택배 사
람들은 재미있다는 생각이 앞서 다소나마 긴장을 풀 수 있었다. 두 사
람 모두 메데스처럼 문명어라 불리는 고대 기스칼 어에 능통해서 대화
는 문명어로 이루어졌다.

의례적인 인사가 끝나고 그들은 식사를 함께했다. 피스벵 설탕에 대
한 이야기며 레스프라트의 정세 등에 대해 이야기를 나누며 온화한 분
위기 속에서 식사가 진행되었다. 식사가 끝날 즈음 메데스가 자리에서
일어나더니 박상 등에게 말했다.

"잠시 양해를 구하겠습니다. 실은 오늘 수상 각하와 의장님께서 이
곳에 오신 것은 레스프라트의 신의 사도 여러분과 인사를 나누는 것
외에 긴히 의논드릴 일이 있어서입니다. 중요하면서도 각별히 보안이
필요한 일이라 수상 각하와 브렘 의장님, 그리고 신의 사도 분들만 따
로 자리를 가졌으면 합니다."

메데스는 파디아와 노드 등이 무어라 하기 전에 그들에게 고개를 돌
려 재빨리 덧붙였다.

"만에 하나라도 안전에 대한 염려는 하실 필요가 없습니다. 이곳은

저의 집이고, 수상 각하와 브렘 의장님께서는 단지 신의 사도 분들과 이야기를 하러 오신 것이니까요. 칼리케아의 명예를 걸고 불미스러운 일은 절대 일어나지 않을 것을 약속드립니다.”

메데스의 말에 이어 펠로피 수상의 위엄있는 음성이 울렸다.

“칼리케아의 수상으로서 저 역시 약속합니다. 염려하시는 것과 같은 문제는 절대 없을 것입니다. 칼리케아는 손님에게 해를 끼치는 야만국이 아닙니다.”

펠로피 수상까지 그렇게 약속하자 노드 등은 반대하지 못했다. 무적택배 사람들은 수상과 평민회 의장이 의논할 일이라는 것이 무엇일까 궁금하게 여기면서 파디아와 나머지 사람들을 남겨두고 메데스를 따라 자리를 옮겼다. 아담과 수정 등의 로봇은 레스프라트 사람이 아니므로 박상 일행과 동행했다.

저택 안쪽에 있는 비밀스러운 분위기의 방에 안내된 무적택배 사람들은 긴 테이블을 사이에 두고 칼리케아 사람들과 마주 앉았다. 로봇을 제외한 전원이 착석하고 나자 펠로피 수상은 길게 심호흡하고 입을 열었다.

“번거롭게 해드려 죄송합니다. 하지만 우리 칼리케아에 있어 중요한 문제이고, 또 대외적으로 비밀이 유지되어야 하는 일이니만큼 여러분 만을 따로 뵙자고 한 것입니다. 비록 여러분께서 레스프라트에 오신 이래 줄곧 그 나라에 머물면서 많은 일을 해오셨지만, 고대의 유산을 후손들에게 전하는 귀한 소임을 하고 있으신 만큼 반드시 레스프라트 만을 위해 오신 것은 아니라 믿고 말씀드리겠습니다. 지금부터 제가 드리는 말씀은 고대로부터 전해 내려온 칼리케아의 중요 기밀이므로 반드시 비밀을 지켜주시기 바랍니다.”

　말을 마친 펠로피는 대답을 요구하듯 박상의 얼굴을 물끄러미 응시했다. 박상은 어떤 이야기가 나올 것인지 가벼운 긴장을 느끼면서 대답했다.

　"알겠습니다. 절대 다른 곳으로 새어 나가지 않게 비밀을 지키겠습니다."

　박상의 다짐을 받은 펠로피는 그제야 딱딱하게 굳어 있던 표정을 풀고 말했다.

　"감사합니다. 그럼 여러분을 믿고 솔직하게 말씀드리겠습니다. 레스프라트의 두 고대 도시 디파와 펠레즈에 가보셨으니 아시겠지만, 고대의 마지막 시기에 건설된 도시들은 당시의 가혹한 환경에서 살아남은 아이들을 지키고자 하는 목적 이외에 빠르게 소멸되어 가는 문명을 후대에 남기고자 하는 두 가지 목적을 지니고 있었습니다. 그것은 우리 칼키아도 마찬가지입니다. '고대의 기록관'에서 보셨듯이 우리 칼키아는 고대의 종말전쟁 이후 우주에서 거대한 기지를 타고 내려온 생존자들이 건설한 도시입니다. 지금의 칼키아가 있는 자리에는 큰 도시가 있었으나 종말 전쟁 때 괴멸적인 공격을 받아 완전히 폐허가 되어 버린 상태였다고 합니다. 우리의 선조들은 도시의 잔해를 치우고 그 자리에 칼키아를 건설하셨습니다."

　"그럼 선조님들이 타고 온 우주 기지는요? 그건 어떻게 하셨나요?"

　느리고 우아한 톤으로 느릿하게 이어지는 펠로피 수상의 말투에 감질이 난 지혜가 불쑥 질문을 던졌다. 갑작스러운 질문으로 말을 중단한 펠로피 수상의 한쪽 눈썹이 살짝 찡그려지며 위로 치켜 올라갔다. 박상은 책망의 눈초리로 지혜를 곁눈질하고 펠로피에게 사과했다.

　"죄송합니다. 제 동료가 실수를 저질렀습니다."

다행히 펠로피는 화를 내지는 않았다.

"아닙니다. 그럴 수도 있겠지요."

너그럽게 말한 그는 지혜의 질문에 대한 답을 포함해 이야기를 계속했다.

"칼키아의 선조들께서 최초로 직면한 문제는 그분들이 우주에서 타고 온 그 거대한 우주 기지를 어떻게 처리할 것인가였습니다. 그것은 지상에 두기에는 너무도 컸고, 바다에 두기에는 보관 때문에라도 적절치 않았습니다. 그래서 그분들은 그것을 가장 안전한 곳에 후손을 위해 숨겨두기로 하셨습니다. 그곳은 바로 폐허가 된 옛 도시의 지하였습니다."

이 말에는 박상을 비롯해 모두 놀라고 말았다.

"지하… 에 통째로 묻었다고?"

우진이 도저히 믿지 못하겠다는 표정으로 웅얼거렸다. 펠로피는 무적택배 사람들의 반응에 아랑곳없이 말을 이었다.

"선조들께서는 우주에서 가지고 온 철인간들과 장비들을 이용해 엉망으로 파괴된 도시의 잔해를 긁어내고 지하를 파 내려갔습니다. 그리하여 거대한 지하 공간을 만든 다음, 그곳에 타고 온 우주 기지를 안착시키고 그 주위를 흙으로 단단히 메웠습니다. 그리고 그 위에도 두껍게 흙을 덮어 지반을 다지고 땅을 고른 뒤 그곳에 아이들을 위한 새로운 도시를 건설했습니다. 그것이 바로 지금의 칼키아입니다."

거기까지 말한 펠로피는 자세를 고치더니 몸을 약간 앞으로 기울였다. 이제부터가 본론일 것 같은 예감에 박상 등은 더욱 긴장해서 귀를 기울였다.

"아마도 짐작하고 계시겠지만, 선조님들은 우주 기지를 아무런 이유

없이 칼키아의 지하에 묻으신 것이 아닙니다. 선조들께서는 우리 후손을 위해 고대 문명을 그곳에 남기셨습니다. 언젠가 때가 되면 그것을 열어 고대 문명을 계승하고 발전시켜 나가라는 뜻에서였습니다."

그 대목에서 지혜가 궁금증을 못 이겨 또 입을 열려 했지만 이번에는 박상에 의해 제지당했다. 지혜는 박상의 눈치를 보며 입을 다물었다. 펠로피의 말은 계속되었다.

"적절한 때가 오기 전에 함부로 입구를 열어 고대 유산을 훼손시키거나 심지어 망쳐 버리는 사태가 일어나지 않도록 선조들께서는 고대 유산을 열 수 있는 열쇠를 세 개로 분산하여 나누셨습니다. 하나는 칼키아의 최고 책임자인 수상에게, 또 하나는 일반 시민의 대표자인 평민회 의장에게, 나머지 하나는 칼키아를 수호하는 군의 총사령관에게 주어졌습니다. 세 열쇠가 모여야만 비로소 고대 유산에 접근할 수 있기 때문에 어느 한 사람의 독단적인 결정으로는 결코 열지 못하게 되어 있는 셈입니다. 고대의 어른들이 전부 돌아가시고 살아남은 아이들이 자라나서 어른이 되고, 하나의 도시로 출발한 칼키아가 성장하여 국가를 이루기까지 오랫동안 이 신성한 열쇠는 고대에 세워진 원칙에 따라 선임자에게서 후임자에게 대대로 전해져 내려왔습니다. 그런데 지금으로부터 600여 년 전 칼리케아의 질서를 거스르고 스스로 왕이 되고자 했던 배덕자 세메르의 등장으로 칼리케아는 큰 위험에 빠졌고, 그 결과 세 개의 열쇠 중 한 개가 사라지고 말았습니다. 국민의 저항에 부딪친 세메르는 결국 뜻을 이루지 못했지만, 그의 그릇된 야망으로 인해 사라진 열쇠는 다시 찾을 수가 없었습니다. 오늘 이렇게 여러분을 찾아뵙게 된 것도 바로 그 때문입니다. 여러분께서 레스프라트의 고대 도시 펠레즈와 디파의 고대 시설을 가동시켜 점검하고 재차 보존 처리를 하셨다는 말씀은 들었습니다. 그곳 사람들에게 아직 그것들을 이용할 수 있는 때가 아니라고 말씀하신 것도 압니다. 레스프라트가 그렇다면 우리 칼리케아도 아직 때를 맞이하지 못했을 것이라고 짐작하고는 있습니다만, 600여 년 전에 소실된 채 찾지 못하고 있는 열쇠가 항상 내밀한 근심거리입니다. 여러분께서 어떤 목적으로 칼키아까지 오셨는지는 모르겠으나, 이 문제에 있어 여러분의 도움을 요청드리는 바입니다.”

수상의 긴 설명이 끝났다. 박상은 무어라 대답해야 좋을지 몰라 난감한 표정으로 동료들을 둘러보았다. 다른 사람들도 박상과 비슷한 얼굴이었다. 박상은 펠로피 수상에게 말했다.

“제가 독단적으로 결정해서 대답할 수 있는 문제는 아닌 것 같습니다. 동료들과 의논해 보고 답변을 드리고 싶습니다만.”

“알겠습니다. 저희가 잠시 자리를 비켜 드리겠습니다.”

펠로피는 선선히 말하고 브렘 의장과 메데스를 데리고 방을 나갔다. 브렘 의장이 펠로피에게 염려를 표했다.

“이미 논의가 끝난 일을 두고 또다시 이런 말씀을 드려 죄송합니다만, 저분들이 정말 고대인 또는 그 후손이라고 해도 지금은 레스프라트에 머물고 있는데, 우리 도시의 기밀을 이런 식으로 노출해도 되는 것일까요?”

펠로피는 콧잔등에 주름을 지으면서 말했다.

“현재 상태로 내버려 두면 또 어쩌겠습니까? 어디선가 잃어버린 열쇠가 나타나 준다면 모를까, 이대로는 단지 지하에 고대 유산을 가지고 있다뿐이지 정작 때가 된다 하여도 이용할 방도가 없지 않습니까?”

메데스가 펠로피의 말에 동조했다.

"수상 각하의 말씀이 옳습니다. 600여 년간 찾지 못한 열쇠에 희망을 걸기에는 너무도 많은 시간이 지나 버렸습니다. 비록 만난 지 오래지 않았지만 제가 살펴본 바로는 저분들은 우리 도시의 유산을 레스프라트로 빼돌리거나 할 분들이 아닌 것 같습니다."

브렘은 고개를 나직이 끄덕이면서도 경계를 잊지 않았다.

"저도 그렇게 믿고 싶습니다. 나쁜 사람들은 아니라고 생각하지만, 조심해서 나쁠 것은 없지요. 우리는 저분들이 칼키아에 어떤 목적으로 왔는지도 모르지 않습니까."

"여부가 있겠습니까. 저분들이 우리의 청을 수락해서 지하 입구를 열고 들어갈 수 있게 되면 우리가 더불어 행동하면서 잘 지켜보도록 합시다."

펠로피가 말했다.

한편 방에 남은 무적택배 사람들은 펠로피의 제안을 두고 의견을 나누기 시작했다.

"어떻게 해야겠습니까? 이 도시의 건설자들이 후대를 위한 유산을 남기기는 한 모양인데, 열쇠가 없어졌다면 우리가 안으로 들어갈 수 있겠습니까?"

박상이 통역기를 끄고 일행에게 물었다. 열쇠 없이 들어간다는 것은 누가 생각해도 무리였다. 누구도 섣불리 말을 꺼내지 못했다. 박창이 릴리를 쳐다보면서 물었다.

"릴리 씨, 혹시 특공대식으로 침투할 수는 없을까요?"

릴리는 어이가 없던지 묘한 소리로 웃었다.

"아무리 특공대라도 첨단 시설에 막무가내로 침투하지는 못해요. 가

능한 한 내부의 정보를 알아내고, 그쪽의 감시 및 경보 장치를 회피하
거나 무력화시키면서 조금씩 전진하는 거죠. 그리고 그런 활동도 아무
나 다 하는 게 아니라 전문적으로 수행하는 대원이 있구요."

릴리의 대답을 듣고 있던 우진이 뭔가 떠올랐는지 고개를 돌려 지혜
에게 말을 건넸다.

"지혜 씨, 이곳의 기지가 펠레즈와 디파처럼 기본적인 기능은 살아
있다고 가정하면, 컴퓨터에 접속해서 뚫을 수는 없을까요?"

모두의 시선이 지혜에게 쏠렸다. 지혜는 자신없는 투로 말했다.

"글쎄요. 여긴 기스칼이 아니라 다른 나라에 속한 기지라는데 그게
잘될지 모르겠네요. 제가 전문적인 해커도 아니고 말이에요."

"내참, 여기 사람들이 우리에게 들어가 보라고 해줬는데도 방법이
없단 말이야? 이럴 것 같으면 애초부터 이곳 시설의 조사는 불가능했
던 거잖아."

박창이 투덜거리자 지혜는 부루퉁해서 쏘아붙였다.

"펠레즈처럼 지하 어딘가에 숨겨놨을 거라고만 생각했지, 여기처럼
출입구를 일원화해서 열쇠까지 만들어 남겼을 줄 누가 알았어?"

그때 아담이 말했다.

—칼키아의 고대 시설에 대해 말씀하시는 것이라면 펠레즈 총사령
관님의 명령으로 출입이 가능합니다. 칼키아는 건설 당시부터 펠레즈
와 상호 협력 관계에 있었고, 박상님 이전의 총사령관이신 고렌 메노프
님께 칼키아의 수뇌부에서 시설의 기능 점검 및 수리를 위탁한 바가
있습니다.

"뭐?"

박상 등은 어리둥절해서 아담을 쳐다보았다.

"그게 사실이야?"

박상의 확인에 아담은 분명히 대답했다.

―그렇습니다.

"그걸 왜 이제 말해? 진작 말해 줬으면 쓸데없이 의논할 필요도 없었잖아!"

박창이 짜증을 냈지만, 아담은 전혀 미안해하지 않았다.

―여러분께서 제게 묻지 않으셨습니다.

"정말로 열쇠 없이도 들어갈 수 있단 말이지?"

지혜는 못 미더운지 재차 아담에게 물었다.

―예. 열쇠가 없을 경우는 펠레즈의 총사령관과 칼키아 최고 책임자 당사자간 또는 중앙 컴퓨터 사이의 핫라인을 통해 펠레즈 총사령관의 고유 전파로 연락을 취하면 출입이 가능합니다. 단, 방문 목적은 시설의 기능 점검과 에너지 충원, 수리에 한정됩니다.

"아무튼 들어갈 수 있단 말이지?"

흥분한 지혜의 말투가 빨라졌다.

―그렇습니다.

"좋아. 딴 건 필요없고, 들어가서 그곳의 데이터에 접근해 우리에게 필요한 정보를 검색할 수 있어?"

―기본 설정을 바꾸는 일이 아니라면 가능합니다.

"분명히 들어갈 수 있는 거지?"

―칼키아의 시스템이 파괴되거나 손상되지 않은 이상 그렇습니다.

아담에게 몇 차례나 묻고도 지혜는 끝까지 확인을 거듭했다.

"그쪽 시설이 제대로 가동이 되는지 지금 여기서 확인해 볼 수 있어?"

―예, 지휘차를 통해 연락하면 됩니다.

"그래. 그럼 당장 지휘차로 가자!"

지혜가 방을 나가려는데 아담이 말했다.

―현재 지휘차가 가까운 곳에 있으므로 굳이 들어가지 않아도 이 자리에서 무선 연락이 가능합니다.

"그럼 어서 해봐."

지혜의 명령을 받은 아담은 박상을 쳐다보았다.

―핫라인으로 출입 허가를 요청하려면 총사령관님의 명령이 있어야 합니다.

"알았어. 연락해 봐."

박상의 대답을 듣고 나서야 아담은 무선으로 지휘차에 연락을 취했다. 잠시 후 아담이 말했다.

―확인 끝내고 답변을 받았습니다. 총사령관님의 방문을 환영한다고 밝혀왔습니다.

초조하게 아담을 쳐다보고 있던 무적택배 사람들은 안도의 한숨을 내쉬었다. 지혜는 몹시 기뻐하며 말했다.

"그럼 문제가 해결됐네요. 수상님께 하겠다고 말해도 되겠어요."

그래서 그들은 수정을 내보내 수상과 의장, 메데스를 불러오게 했다.

"저희가 도움이 될지 모르겠습니다만, 시도는 해보겠습니다."

박상이 수락의 말을 하자 펠로피는 기쁜 낯으로 살짝 고개를 숙였다.

"그렇게 말씀해 주시니 감사합니다. 여러분이 좋으신 때를 정해 알려주시면 준비하도록 하겠습니다."

그러자 지혜가 재빨리 말했다.

"저희는 내일이라도 좋습니다. 시간도 별로 상관없구요."

"그렇습니까? 실례가 되지 않는다면 내일 밤에 모셨으면 합니다만. 되도록 조용히 처리할 필요가 있는 일이므로 낮보다는 밤이 좋을 듯합니다."

"저희도 낮보다는 밤이 좋습니다."

사람들의 이목을 끌어서 좋을 것이 없기는 박상 일행도 마찬가지라 그들은 펠로피의 제안에 기꺼이 동의했다.

망치를 든 아그리파

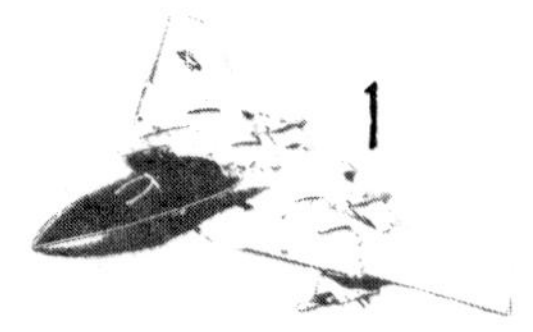

펠로피 수상과 브렘 평민회 의장이 다녀간 다음날 밤, 햇살의 잔영도 완전히 스러지고 밤의 장막이 짙게 드리운 시각에 중무장을 갖춘 여러 대의 마차가 메데스의 집에 도착했다. 준비를 갖추고 기다리고 있던 무적택배 사람들과 파디아 등은 메데스와 동행하여 출발했다. 메데스의 집을 출발한 마차가 도착한 곳은 칼리케아의 의사당 앞이었다. 의사당 건물 앞에는 펠로피와 브렘이 마중 나와서 그들을 기다리고 있었다. 두 사람의 옆에는 처음 보는 초로의 남자가 서 있었다.

"기다리고 있었습니다. 이분은 칼리케아의 전군 총사령관인 포 카이안 원수이십니다."

펠로피가 소개하자 카이안 원수는 박상 일행에게 살짝 고개를 조아렸다.

"자세한 인사는 나중에 나누기로 하고 일단 가시지요."

펠로피 수상은 시간을 지체할 수 없다는 듯 곧장 몸을 돌려 걸음을 옮겼다. 길고 높은 계단을 지나 의사당 1층 홀에 들어간 펠로피는 걸음을 멈추더니 파디아와 노드, 로네스에게 말했다.

"여기서부터는 신의 사도 여러분과 철인간들만 가실 수 있습니다. 파디아 대신관님과 다른 분들께는 쉬면서 기다리실 수 있는 별도의 공간을 마련해 두었으니 그곳에서 기다려 주시기 바랍니다. 제 수석 보좌관 에키트가 안내할 것입니다."

펠로피의 말에 이어 줄곧 그의 뒤를 따르고 있던 중년 여성이 앞으로 나서며 파디아 등에게 고개를 숙였다.

"이제부터는 제가 모시겠습니다."

노드와 로네스 등은 무적택배 사람들만 가게 하는 것이 불안하기는 했으나 여기까지 따라온 이상 자꾸 의심하는 기색을 보일 수도 없어서 잠자코 펠로피의 말에 따랐다.

펠로피 수상은 평민회 의장인 브렘과 카이안 원수, 메데스 의원, 무적택배 사람들만을 데리고 홀을 가로질러 갔다. 홀을 통과해 긴 복도를 지나자 지하로 내려가는 계단이 나왔다. 지하 1층과 2층을 그대로 지나 3층까지 내려간 펠로피는 그곳에서 커다란 방으로 박상 일행을 안내했다. 그곳은 안쪽에 넓은 단상이 있고 그 앞으로 많은 책상과 의자들이 빼곡히 배치되어 있었다.

"지하 3층은 국가의 비상사태 시에 사용하는 시설입니다. 이곳은 회의장이구요."

단상을 향해 걸어가며 브렘 평민회 의장이 설명해 주었다. 그동안 먼저 단상에 도착한 펠로피는 단상 양편을 오가며 벽에 걸려 있는 커다란 금속제 장식을 양손으로 잡고 힘껏 옆으로 꺾었다. 그러고 나서 단상 뒤의 벽으로 갔다. 그곳 벽면에는 금속으로 만든 커다란 부조가 붙어 있었다.

회의실이 전반적으로 어두워 자세히 볼 수는 없었지만 성스러운 묘원에서 본 대리석 부조와 동일한 작품인 것 같았다. 펠로피는 횃불을 비추며 부조를 살피다가 어느 지점에 손을 짚고 밀었다. 그러자 부조가 부착된 벽면이 부드럽게 밀리면서 돌아갔다. 펠로피는 반쯤 돌아가고 열린 공간 너머로 횃불을 들이밀었다. 그곳에는 아래로 내려가는 계단이 있었다.

"가시지요."

펠로피가 다시 앞장섰다. 계단은 별로 넓지 않아 두세 사람 정도만 나란히 갈 수 있을 정도였다. 나선형으로 돌아가는 계단을 따라 내려가며 우진이 일행에게 작은 소리로 말했다.

"우주 기지를 통째로 지하에 묻고 여러 개의 열쇠까지 마련하는 용의주도함에 비해 입구까지 가는 방법은 상당히 고전적이군요."

제법 긴 계단을 전부 내려가자 정사각형으로 트인 공간이 나왔다. 처음에는 어두워서 어떤 곳인지 잘 보이지 않았지만, 메데스와 카이안이 벽면에 걸려 있는 촛대에 전부 불을 켜고 나자 내부의 모습이 제대로 보이기 시작했다. 계단에서 마주 보이는 벽면은 전체가 거대한 금속판이었고, 천장과 바닥을 비롯한 다른 면은 전부 매끈거리는 재질의 붉은색 돌로 덮여 있었다. 수상은 금속판 앞에 가더니 박상 일행을 향해 돌아섰다.

"이곳이 선조들께서 남긴 고대의 유산으로 들어가는 입구입니다."

그러면서 그는 품에서 길쭉한 통을 꺼냈다. 어디서 본 것 같은 통이라고 생각하면서 지켜보는데, 역시나 펠로피가 통에서 꺼낸 것은 디파의 지식의 관에서 본 수정봉처럼 생긴 고대 문명의 보조 기억 장치였다. 카이안도 같은 통을 꺼내 들었다.

"어? 저건 이 별의 CD잖아요."

이상하다는 듯 중얼거리는 우진에게 릴리가 말했다.

"디파에서도 저걸 성문탑의 열쇠로 쓰던데, 여기도 그런가 보죠."

펠로피는 그것을 들어 무적택배 사람들에게 보여주며 말했다.

"이것이 고대로부터 내려오는 세 개의 열쇠 중 하나입니다. 어제 뵙고 말씀드렸던 것처럼 현재는 평민회 의장이 맡고 있던 열쇠가 분실되고 없는 상태입니다. 전해오는 바에 따르면 왕이 되고자 했던 배덕자 세메르가 두 개의 열쇠만으로 안에 들어가려고 시도했을 때, 두 개의 문은 열렸으나 나머지 하나의 문이 열리지 않아 실패하였다고 합니다."

펠로피의 설명을 듣고 다시 벽면을 보았지만 전체가 하나의 벽으로 보일 뿐 문이라 할 만한 것은 보이지 않았다. 무슨 뜻일까 생각하는데 아담이 박상에게 물었다.

—박상님, 안으로 들어가실 겁니까?

"그래야지."

박상이 대답하자 아담은 벽면에 다가가 금속판의 표면에 달린 계기판에 오른손의 집게손가락을 내밀었다. 그의 손가락 끝이 뚜껑처럼 열리고 안에서 바늘처럼 길고 뾰족한 금속 침이 나오더니 계기판의 구멍에 꽂혔다. 얼마 뒤 아담이 손을 치우고 물러나자 어디선가 중성적인 느낌의 기계음이 들려왔다. 고대 기스칼 어로 말하고 있는 모양으로 통역기를 통해 지구말로 통역이 되었다.

[어서 오십시오. 펠레즈의 박상 총사령관 각하, 그리고 펠레즈의 막

료 여러분. 칼키아에 오신 것을 환영합니다.]

그리고 금속제 벽면 전체가 진동하더니 움직이기 시작했다. 벽면 자체가 문이었던 것이다. 양 측면으로 금속 문이 밀려들어 가 사라지고 나자 그 너머에는 직사각형의 공간이 있고 또 다른 금속 문이 있었다. 사람들이 그 안으로 들어서자 들어왔던 문이 닫히고 천장과 바닥, 양쪽 벽면에 푸르스름한 빛이 켜졌다.

[지금부터 소독이 실시됩니다. 숫자 10을 셀 동안 눈을 감고 계십시오.]

안내 방송에 따라 사람들은 눈을 감았다. 안내 음성은 천천히 1부터 10까지 세었다.

[소독이 끝났습니다. 협조해 주셔서 감사합니다.]

그 말이 있고 두 번째 문이 열렸다. 두 번째 문 너머에는 조금 전의 공간보다 훨씬 큰 공간이 있고 또 하나의 문이 있었다.

[이곳에서 우주복을 벗어 소독 장치에 넣어주십시오.]

안내 방송이 나오자 아담이 박상에게 물었다.

—우주복을 착용하지 않았으니 지금 문을 열까요?

박상이 고개를 끄덕이려는데 우진이 재빨리 말했다.

"잠깐만요. 세 번째 문의 계기판 위에 뭔가 메시지가 있는 것 같은데요."

우진이 가리키는 곳에는 과연 문자 같은 것이 쓰여 있었다. 칼리케아의 문자인 것 같아 박상은 아담에게 고대 기스칼 어로 통역해서 읽도록 했다.

—이곳에 들어가려는 자, 다음의 말을 하늘의 소리로 전하라. 정의와 진리로 법을 수호하고 만인을 위한 국가를 건설하라.

아담이 그것을 읽고 나자 펠로피가 말했다.

"그 말씀은 저희들도 알고 있습니다. 고대의 유산을 활용할 수 있으려면 세 개의 열쇠에 더해 하늘의 목소리로 그 문구를 전해야 한다고 말입니다. 그런데 하늘의 목소리가 어떤 것을 말하는지 아직 알지 못하고 있습니다."

하늘의 목소리라는 말에는 무적택배 사람들도 머리에 떠오르는 것이 없었다.

"그것에 대해서는 나중에 이야기하기로 하고 우선 들어가지요."

박상은 그렇게 얼버무리고 아담에게 문을 열도록 했다. 아담이 계기판에 아까처럼 손을 가하자 음성이 들려왔다.

[기지 내부에 공기를 공급하고 환경을 조정하고 있습니다. 잠시만 기다려 주십시오.]

지루한 기다림 끝에 마침내 세 번째 문이 열리기 시작했다.

"드디어 이 안을 볼 수 있게 되는군요."

펠로피 수상이 떨리는 음성으로 중얼거렸다. 브렘과 카이안도 긴장하는 기색이 역력했다. 박상 일행도 긴장되기는 마찬가지였다.

세 번째 문 너머는 규모만 조금 작다뿐이지 플랫폼처럼 생긴 곳이었다. 플랫폼 앞에는 전차 차량처럼 생긴 유선형 물체 세 개가 줄 지어 서 있었다. 세 개의 차량이 서로 연결되어 있지 않은 것으로 보아 개별적으로 운행하는 것 같았다.

"이 안에서는 이걸 타고 다니는 구조인가 보군요."

우진이 전차 차량 같은 것을 가리키며 말했다. 그의 말처럼 전차 앞으로는 터널 같은 공간이 길게 이어져 있었다.

"그렇겠네요. 타봐요."

지혜는 이때만큼은 전혀 두려워하거나 경계하는 기색 없이 전차에 다가갔다. 문은 자동으로 열렸다. 지혜가 올라타자 다른 사람들도 그 뒤를 따랐다. 내부는 가운데 작은 통로를 두고 양 옆에 1인용 좌석이 죽 배치된 작은 기차 같은 구조였다. 한 차량에 열 명밖에 탈 수 없어서 펠로피 수상을 비롯한 칼리케아 사람들과 바다, 우진 등은 뒤의 차량에 탔다.

[어디로 가시겠습니까?]

전차에서 흘러나오는 안내 음성에 지혜가 대답했다.

"중앙 통제실로 가줘. 뒤의 차량도 같은 곳에 갈 거야."

[알겠습니다.]

대답을 마친 전차는 부드럽게 움직이기 시작했다. 천 년가량이나 작동되지 않던 것이라고는 믿기 어려울 정도로 매끄러운 운행이었다.

"굉장한걸. 펠레즈보다 상태가 더 좋은 것 같지 않아?"

지혜는 탄복하는 기색으로 옆에 앉은 박상에게 말했다.

"그럴지도 모르지."

박상이 엷은 미소를 지으며 답하는데, 박상의 뒷자리에 앉은 박창이 눈을 빛내며 두 사람에게 말을 건넸다.

"우리끼리니까 하는 말인데, 우리가 처음에 레스프라트가 아니라 여기에 도착했더라면 어땠을까? 뭔가 좀 달라졌을까?"

박상은 박창의 얼굴을 돌아보지도 않고 냉소적으로 대꾸했다.

"레스프라트니까 구왕궁을 완전히 박살 내는 대참사를 일으키고도 신의 사도로 등극했지, 여기 같으면 의사당 같은 곳을 부숴먹고 살아남을 성싶으냐?"

"왜? 시가지가 아니라 칼키아 앞바다쯤에 떨어질 수도 있는 거잖아?"

"그렇게 마음대로 정할 수 있을 것 같으면 애초에 여기까지 밀려오
지를 않았겠다."

"형은 왜 그렇게 매사에 삐딱해?"

"네가 매사에 태평한 거지."

잡담을 주고받는 사이 전차는 목적지에 도착했다.

"종합 통제실 역(驛)에 도착했습니다."

안내 방송을 들은 그들은 그곳에서 일제히 내렸다. 그곳의 플랫폼에
는 양쪽 끝에 아래로 계단이 하나씩 있고 벽면에는 육중한 금속제 문
이 있었다. 아담은 일행을 계단이 아니라 문으로 안내했다. 그들이 다
가서자 문은 자동으로 열렸다. 문을 지난 곳에는 긴 복도가 뻗어 있었
다. 복도의 벽면과 천장에는 묘하게 생긴 장치들이 있고, 여러 개의 격
벽이 설치되어 있어 나름대로 삼엄한 방어 체계를 갖추고 있었다. 복
도 끝에는 큰 문이 있었는데, 그들이 다가서자 안내 음성이 울리면서
문이 열렸다.

[어서 오십시오, 박상 총사령관님.]

박상은 되풀이해서 들려오는 총사령관이라는 호칭이 무척 싫었지만
기스칼의 시설이 아니라서 함부로 바꾸라고 명하지도 못하고 잠자코
들어갔다. 통제실은 생각보다 크지 않았고 비교적 간단한 구조였다.
문에서 마주 보이는 정면에 대형 모니터와 몇 개의 보조 모니터가 있
고, 그 아래에 오퍼레이터들의 자리가 있었다. 통제실 뒤편에는 홀로
그램 장치로 짐작되는 구체가 있고, 약간 거리를 두고 옆에는 컴퓨터
모니터가 달린 의자가 여러 개 있었다.

사람들이 들어서자 자동으로 홀로그램 장치가 켜지더니 형상이 생
겨났다. 광택이 감도는 초록색의 인간 형상으로 가슴이 약간 돌출된

것 같기도 했지만 성별은 따로 없는 모습이었다.

[안녕하십니까, 펠레즈의 박상 총사령관님. 저는 샤이그의 제6호 우주 자원 기지 칼키아를 담당하고 있는 중앙 컴퓨터 하든입니다.]

홀로그램의 생김새처럼 성별을 감지할 수 없는 중성적인 음성이었다. 박상이 답하기 전에 펠로피 수상이 다급히 나서더니 말했다.

"나는 칼리케아의 현재 수상 다스 펠로피요. 그리고 이쪽의 여성 분은 현재의 평민회 의장 거나 브렘이고, 이쪽 남성이 칼리케아의 전군 총사령관 포 카이안 원수요. 세 개의 열쇠 중 평민회 의장의 열쇠가 없어져 부득이하게 이분들께 도움을 청해 함께 들어온 것이오."

펠로피가 중앙 컴퓨터라는 존재에 대해 제대로 인식하고 있는지는 알 수 없어도 그의 태도에서는 이 기지에 자신들의 존재를 알려야겠다는 절박함이 엿보였다. 박상 일행은 그가 먼저 볼일을 보도록 지켜보기로 했다. 홀로그램이 대답했다.

[말씀은 알겠습니다. 그러시다면 수상님의 열쇠와 책임자 카드를 인식 장치에 삽입하여 주십시오.]

"알았소."

홀로그램 장치에 다가선 펠로피는 그곳에서 수정봉을 꽂는 장치를 찾아내 자신이 가진 열쇠를 그곳에 꽂았다. 그리고 자신의 목덜미를 더듬더니 옷 안에서 긴 줄에 달린 작은 가죽 주머니를 꺼냈다. 가죽 주머니에서 타원형의 얇은 금속판을 조심스럽게 꺼낸 펠로피는 행여 먼지라도 붙었을세라 소맷자락으로 살짝 닦아낸 뒤 수정봉 옆에 있는 홈에 끼워 넣었다.

[인지되었습니다, 펠로피 수상 각하.]

그 대답을 듣고 펠로피와 브렘 등은 크게 마음을 놓는 기색이었다.

펠로피는 한결 여유를 되찾고 말을 계속했다.

"조금 전에 말했듯이 평민회 의장의 열쇠가 없어져 현재까지 찾지 못하고 있소. 그것을 다시 만들 수 있소?"

[가능합니다. 대형 CD를 제2 CD용 장치에 넣어주십시오.]

컴퓨터의 대답에 펠로피와 브렘 등은 어리둥절한 표정이 되었다. 컴퓨터가 말한 용어를 이해할 수 없었던 것이다. 그때 지혜가 수정이 들고 있는 가방에서 큰 수정봉이 담긴 통을 꺼내 펠로피에게 내밀고 장치를 가르쳐 주었다.

"이것을 쓰세요. 여기에 집어넣으시면 될 겁니다."

그제야 의미를 파악한 펠로피는 통을 받아 들었다.

"감사합니다."

펠로피는 통에서 수정봉을 꺼내 지혜가 가르쳐 준 곳에 그것을 꽂아 넣었다.

[요청하신 새로운 열쇠를 제작 중입니다. 잠시 기다려 주십시오.]

컴퓨터가 새 열쇠를 만드는 동안 박창은 지혜에게 물었다.

"저 수정 작대기를 왜 CD라고 부르는 거야?"

지혜는 딱하다는 눈빛으로 가볍게 눈을 흘기며 말했다.

"그걸 질문이라고 하는 거야? 지구말로 번역해서 그렇게 들리는 거지, 설마 저 사람들이 CD라고 말하기야 하겠어?"

"아, 그런 거군."

박창은 머리를 긁적이며 겸연쩍게 웃었다.

조금 뒤 컴퓨터가 새 열쇠의 완성을 알리고 수정봉을 밀어냈다. 펠로피는 새로 만들어진 열쇠를 통에 담아 브렘 의장에게 내어주고 중앙 컴퓨터에게 질문했다.

"한 가지 더 물어볼 것이 있소. 이곳에 들어오는 세 번째 문에 특정 문구를 하늘의 목소리로 전하라는 말이 있는데, 그것이 대체 무슨 뜻이오?"

[그것은 그 문구를 인공위성을 통해 이 기지로 전송하라는 뜻입니다.]

"인공위성?"

의아한 얼굴로 눈만 끔뻑이고 있는 펠로피에게 우진이 설명을 시도했다.

"펠로피 수상님, 인공위성이라는 것은 하늘 높은 곳에 쏘아 올리는 기계 장치를 말하는 겁니다. 소리나 그림, 메시지 등을 먼 곳까지 전달하기 위한 장치입니다. 제가 생각하기에 그런 정도의 것을 만들 수 있을 만큼 문명이 발전했을 때 비로소 이곳의 유산을 활용할 수 있다는 의미로 칼키아의 선조들께서 만들어놓은 제약인 것 같습니다."

"하늘에 쏘아 올리는 장치라는 말이지요?"

펠로피는 그렇게 되뇌다가 뭔가 짚이는 것이 있는지 고개를 주억거렸다.

"세 개의 열쇠만 가지고는 문은 열 수 있으되 이 안에 들어올 순 없다는 말씀은 저도 전임 수상으로부터 들은 바가 있습니다. 때가 되기도 전에 함부로 드나들다가 고대의 유산을 훼손시킬 수도 있기 때문이라더군요."

그리고 펠로피는 홀로그램 장치에서 물러서며 무적택배 사람들에게 말했다.

"제 용무는 이로써 대충 끝난 것 같습니다. 지금의 우리로서는 활용할 수도 없고 보아도 잘 모르니 다음의 일을 부탁드립니다."

박상 등은 고개를 숙여 답을 대신했다.

"이곳의 컴퓨터에 대해서는 나도 아직 잘 모르니까 내가 직접 조작하기는 어렵고, 아담을 통해서 알아봐야겠어요."

지혜는 통역기를 끄고 일행에게 말한 뒤 통역기를 다시 켜고 아담을 데리고 앞으로 나섰다.

"아담, 기지의 중앙 컴퓨터에 접속하고 이제부터 나의 지시에 따라 필요한 정보를 검색하도록 해."

─알겠습니다.

아담은 손가락 끝의 장치를 계기판에 접속했다. 펠로피와 브렘, 카이안, 메데스는 박상 일행과 조금 떨어진 곳에 서서 홀로그램을 바라보고 있었다.

"먼저 이 기지 전체의 기능을 점검하도록 해. 이상이 있는 곳은 자체적으로 복구하도록 하고."

─예, 기능 점검 명령을 내렸습니다.

지혜가 다음 말을 하려는데 아담이 박상에게 물었다.

"박상님, 칼키아 중앙 컴퓨터로부터 에너지 충원 요청이 들어왔습니다. 어떻게 할까요?"

"할 수 있다면 해줘야겠지."

─알겠습니다. 종합 인공위성을 통한 에너지 공급에 들어갑니다.

"아담, 이제 질문해도 되겠어?"

지혜는 조금의 시간도 아깝다는 듯 서둘렀다.

─말씀하십시오.

"이 기지는 어떤 시설이었지? 우주에 있던 시설이 맞아?"

─그렇습니다. 이 기지는 샤이그 소속의 디타이 형 우주 기지로, 태

양계의 제7행성 라카드 권역 제8구역에서 자원 채굴 및 가공을 주된
기능으로 하는 시설이었습니다.

"자원 채굴 및 가공?"

의아하게 중얼거리던 지혜는 통제실을 둘러보고 납득하는 표정이었
다. 통제실 자체부터 군사용이나 연구용 기지의 것으로 보기에는 규모
가 작고 단순한 것이 사실이었다.

"이동 능력이 있다고 들은 것 같은데, 실제로 이곳까지 기지 자체가
이동해서 온 거야?"

─그렇습니다. 우주에서의 궤도 유지와 자원 현황에 따른 이동 목적
때문에 자체적인 이동 능력을 보유하고 있었습니다만, 현재는 제거되
고 없습니다.

"그렇겠지, 지하에 묻고 나면 소용없는 기능이니까."

혼잣말로 중얼거린 지혜는 더 깊은 내용을 질문하려다가 열심히 자
신들을 지켜보고 있는 펠로피와 메데스 등을 의식하고 질문을 바꾸었
다.

"현재 이 기지에는 어떤 시설들이 남아 있지?"

─기지의 통제와 유지·보수를 위한 시설과 문명의 보존을 위한 보
관 구역이 있습니다.

지혜는 못마땅한 것이라도 있는지 이마에 주름을 지으며 입술을 오
므렸다.

"왜 그래?"

박상이 이상해서 물어보자 지혜는 골똘한 표정으로 말했다.

"별건 아니고 질문을 바꿔보려고. 이런 식으로 하나하나 물어서 알
아보려면 시간이 오래 걸리겠어."

질문 방식을 궁리하느라 잠시 생각에 잠겨 있던 지혜는 이윽고 아담에게 명했다.

"이 기지의 전체 구조를 홀로그램으로 보여줘. 전체의 모양과 대강의 구조를 볼 수 있게 말이야."

―알겠습니다.

곧 홀로그램의 모습이 바뀌었다. 측면에서 본 모습이 육각형으로 보이는 반투명한 입체 도형이었다. 입체 도형의 상층부 한 지점에는 붉은색으로 표시된 곳이 있었다.

―이것이 기지의 전체 모습입니다. 붉은 지점은 현재 여러분이 계시는 이곳 통제실입니다.

아담의 설명을 듣고 다들 관심을 보이며 모두 홀로그램 장치를 에워싸고 들여다보았다. 펠로피 등은 말할 나위도 없었다. 처음에 붉은 지점만 있던 입체 도형에 다음으로 노란색으로 표시되는 영역이 생겨났다.

―다음으로 황색 구역은 사무 구역으로 컴퓨터실과 회의실, 사무실, 엔지니어실 등 기지의 관리·보수를 위한 시설이 자리하고 있습니다.

노란 구역의 가운데 지점에는 검은색 구역이 있었다.

―흑색 구역은 에너지 관리 구역입니다. 비상 발전 시설 및 외부로부터 공급된 에너지를 저장하는 축전 시설과 기지 전체에 에너지를 변압·공급하는 시설이 있습니다.

사무 구역과 에너지 시설의 아래에는 초록색이 띠를 이루고 폭넓게 나타났다.

―녹색 구역은 기지 사무국과 자원 관련 시설의 근무원 및 가족들을 위한 거주 구역입니다.

녹색 구역 아래 기지의 약 2/3는 푸른색으로 채워졌고, 그 사이에 밝은 보라색이 드문드문 들어 있었다.

─보라색 구역은 도크 시설입니다. 거주 구역과 연결된 일반 공항 외에 우주에서 자원 채굴 작업을 하는 작업선들을 위한 전용 도크들입니다. 청색 구역은 우주 광산에서 채굴한 자원의 제련 및 가공을 위한 공장 시설과 창고로 이루어져 있었습니다만, 현재는 개조되어 문명의 보관소로 바뀌어 있습니다.

"어떤 것들이 남겨져 있지?"

우진이 물었다.

─문명의 보존과 전달을 위해 수집·선정된 각종 데이터와 자료, 일상생활용품과 도구 등으로 이루어져 있습니다.

"우주선은?"

이번에는 바다의 질문이었다.

─우주선은 목록에 없습니다.

"무기 같은 건?"

박창이 물었지만, 그것도 없는 것이었다. 그때 홀로그램을 물끄러미 들여다보고 있던 지혜가 아담에게 물었다.

"거주 구역은 어때? 그곳도 다른 용도로 개조되었어?"

─거주 구역에는 별다른 조치가 취해지지 않은 것으로 되어 있습니다.

그러자 지혜는 고개를 들고 사람들에게 말했다.

"기지의 기능 점검이 끝나기까지 아직 시간이 많이 남아 있는데, 여기서 지루하게 기다리지 말고 그동안 거주 구역을 둘러보시는 건 어떨까요? 이왕 들어왔으니 어떤 것들이 있는지 봐두는 것이 좋지 않겠습니까?”

펠로피와 브렘 등은 기다렸다는 듯이 얼른 찬성했다.

“그 편이 좋겠습니다.”

지혜는 박상에게 다가가더니 통역기를 끄고 작게 말했다.

“난 아담이랑 여기 남아서 항해 기록이랑 우주도 같은 걸 찾아볼 테니까 넌 다른 사람들이랑 가서 둘러보고 와. 우리 것도 아닌데, 저 사람들이 지켜보는 데서 우리 마음대로 뒤지면서 찾아보기는 그렇잖아.”

“그건 좋지만, 내부 구조를 모르는데?”

“아까 올 때처럼 전차에서 안내하겠지. 정 모르겠거든 통신으로 아담에게 물어봐도 될 거고.”

“알았어.”

박상은 고개를 끄덕이고 펠로피에게 말했다.

“안지혜 씨는 이곳에서 기지의 기능 점검이 제대로 되고 있는지 지켜봐야 하니까 남겨두고 저희와 안을 둘러보러 가시지요.”

“그렇게 하시지요.”

펠로피는 군말없이 응했다. 자신들의 선조가 후손을 위해 어떤 것을 남겼는지, 또 어떻게 살고 있었는지에 대한 호기심과 궁금증은 그들이 박상 일행보다 더할 터였다.

“참, 바다 씨는 남아서 절 도와주세요.”

지혜의 말에 바다는 오히려 잘됐다는 표정이었다. 그에게는 이곳의 고대 시설을 둘러보며 다니는 것보다 지구 귀환에 도움이 될 정보를 찾는 것이 훨씬 의미있고 마음 편한 일이었다.

“그럼 가시죠.”

박상이 펠로피 수상에게 말하고 앞장섰다. 박상을 따라 나가려던 펠

펠로피는 갑자기 뭔가 중요한 것을 떠올린 모양으로 홱 돌아서더니 지혜에게 물었다.

"참, 아까 제가 저곳에 넣었던 열쇠를 꺼내도 되겠습니까?"

그래도 되는 것인지 몰라서 지혜는 아담을 쳐다보았다. 아담이 답했다.

—예. 가져가셔도 무방합니다.

아담의 대답이 있자 수상의 열쇠와 금속 카드가 삽입구에서 밀려 나왔다. 펠로피는 그것을 소중히 간직하고 박상 일행을 따라나섰다.

통제실을 나가 플랫폼으로 가보니 전차는 그곳에 그대로 있었다. 전차를 타자 안내 음성이 울렸다.

[어디로 가시겠습니까?]

"거주 구역."

[거주 구역의 어느 역입니까?]

역의 이름 같은 것을 알 리 없어 박상이 망설이는데 박창이 말했다.

"역 같은 걸 정할 필요 없이 거주 구역 전체를 천천히 둘러보면 되잖아."

그 말이 그럴듯하다고 생각한 박상은 동생의 말대로 했다. 전차의 문이 닫히고 출발했다. 차창 밖으로 보이는 드문드문 불이 켜진 터널 벽을 멀거니 바라보고 있던 박창이 말했다.

"우주에서 날아온 기지라기에 뭔가 대단한 게 있으려나 했더니, 우리에게는 별 소용이 없을지도 모르겠네. 우주선이 남아 있는 것도 아니고, 태양계 내에 있던 기지라니 항해 기록도 큰 의미 없잖아."

"모르지. 디파 같은 경우와 다르기는 하지만 이곳도 나중에는 일종의 타임캡슐 역할을 했던 것 같으니까. 이곳에 남겨진 데이터 중에 디파에 있는 것과 다른 우주도가 나올 수도 있잖냐."

"제발 그랬으면 좋겠다. 여기 들어오려고 애쓴 걸 생각하면 아무 소득 없이 빈손으로 나가기는 너무 억울해."

"지혜가 애쓰고 있으니까 기다려 보자."

한동안 터널을 내달린 전차는 이윽고 환하게 트인 공간으로 나갔다. 차창 밖의 풍경도 일변해서 건물이며 도로 등이 보이기 시작했다.

"거주 구역으로 나온 모양인데?"

박창은 자세를 고치고 창에 바짝 붙어서 바깥을 내다보았다. 이들이 타고 있는 전차는 지면보다 꽤 높은 위치에 있는 가공 철도를 달리고 있는 모양으로, 거리의 풍경이 아래로 내려다보였다.

"형, 다음 역에 내려서 근처를 한번 둘러보자. 이렇게 위에서만 봐서는 알 수가 없잖아."

박창이 말했다.

"우리 마음대로 결정할 수는 없으니까 이쪽 수상님의 의견을 물어보자."

박상은 헤드폰에 달린 통신기로 뒷차량에 타고 있는 우진에게 연락해 박창의 제안을 펠로피 수상에게 물어보도록 했다. 펠로피는 시원스레 동의했다. 그래서 그들은 다음 역에 전차를 세웠다. 거주 구역의 플랫폼은 사무 구역의 플랫폼에 비해 훨씬 커서 지구의 일반적인 역과 비슷한 규모였다.

"엘리베이터가 있긴 한데, 과연 제대로 가동이 될까?"

박창이 엘리베이터를 찾아내고 중얼거리는데 박상이 계단으로 걸어가며 동생을 불렀다.

"계단으로 내려가자. 여긴 특수 시설이 아니니까 조심하는 편이 좋아."

계단을 내려가니 아래층에도 플랫폼이 있었다. 전차가 서 있지는 않았지만 플랫폼의 크기나 높이, 선로의 폭으로 봐서 이들이 타고 왔던 위층의 전차보다 큰 종류가 운행했던 것으로 보였다.

"우리가 타고 온 건 사무·관리 구역의 직원들이 타고 다니는 출퇴근용이었고, 이쪽이 거주 구역 사람들이 타고 다니던 일반 전차였나 보군요."

우진이 자신의 짐작을 말했다.

그곳에서 다시 계단을 내려가니 지상이었다. 역사를 나가자 바로 거리가 나왔다. 기지 전체에 전기가 공급되고 있는 듯, 거리는 대낮처럼 환했고 공기도 지하라고는 믿을 수 없을 정도로 신선했다.

"이곳이 깊은 땅속이라니 믿기 어렵습니다."

카이안 원수가 멍한 얼굴로 사방을 둘러보며 감탄했다.

"정말 그렇군요. 바람까지 불고 있어요."

평민회 의장 브렘은 엷은 바람을 타고 부드럽게 흔들리는 자신의 머리칼을 보고 놀라워했다.

"그러게 말입니다."

펠로피도 손을 뻗어 손끝에 스치는 공기의 흐름을 느끼며 신기함을 감추지 않았다.

"하늘도 있군요."

메데스는 빛이 쏟아져 내려오는 천장을 올려다보며 중얼거렸다. 그의 말처럼 그곳의 천장은 맑은 봄날을 연상시키는 옅은 푸른색 하늘의 모습을 하고 있었다. 구름과 태양이 없다는 것이 진짜 하늘과 다른 정도였다. 메데스를 따라 하늘을 쳐다보고 있던 박창이 나지막이 한숨지었다.

"저걸 보니 고향 생각이 절로 나네. 달빛시의 하늘에는 구름도 있었는데."

잠시 그 자리에서 멈춰 서서 주위를 둘러보던 그들은 다음 순간 약속이나 한 것처럼 일제히 걸음을 옮겨 천천히 거리를 걷기 시작했다. 그 지역은 주택가인 모양으로 자동차가 달렸을 것으로 짐작되는 도로와 넓은 인도가 있고 그리 크지 않은 아담한 건물들이 늘어서 있었다. 진공 상태로 보존되고 있었던 때문인지 거리에는 먼지 하나 없이 깨끗했으나, 풀 한 포기, 작은 벌레 한 마리 남아 있지 않은 인공적인 말끔함이 삭막하게 느껴지기도 했다. 그곳 전체를 지배하고 있는 쓸쓸한 듯 두려움을 자아내는 정적이 어느새 그들의 마음까지 스며든 것인지 모두 조용해져서 말없이 걷고 있었다.

"꼭 유령 도시 같은걸."

별안간 박창이 부르르 몸을 떨었다. 추워서 그런 것은 아니었다. 이곳의 공기는 적당히 쾌적한 봄날 같았다. 한기의 원인은 텅 빈 도시에서 풍겨 나오는 으스스하고 오싹한 분위기였다.

"이렇게 길로만 다닐 것이 아니라 주변 건물에 들어가 보는 건 어떻겠습니까?"

우진이 분위기를 바꾸기 위해 제안했다. 다른 사람들도 조금씩 무서운 기분이 들던 참이라 기꺼이 동의했다. 그들은 근처의 건물 중 하나에 들어갔다.

"와, 진짜 텅 비었네요."

현관문을 열고 안을 보자마자 릴리가 조그맣게 중얼거렸다. 거실이었을 것으로 짐작되는 넓은 공간과 윗층으로 가는 계단 등이 있었지만,

내부는 텅 비어 있었다. 천장에 조명 기구는 달려 있었지만 집 안까지
는 전기가 들어오지 않는지 건물 안은 약간 어두웠다.

"여기가 부엌쯤 되겠네요."

박창은 거실 반대편의 공간을 살피더니 말했다. 아무것도 없는 거실
과는 달리 그곳에는 개수대가 남아 있었다. 혹시 물이 나올까 싶어 수
도꼭지에 손을 대보았지만 물이 나오지는 않았다. 개수대 아래의 서랍
에도 그릇이나 주방 도구는 전혀 없었다.

한편 지혜는 욕실에 가보았다. 벽과 바닥이 다른 곳과는 달리 약간
까끌까끌하면서도 방수가 되는 재질로 되어 있었고, 샤워기와 욕조로
보이는 것이 있어 용도는 바로 알아볼 수 있었다. 화장실은 욕실과 별
도로 있었는데, 지구의 양변기와 비슷한 구조였다. 거실 안쪽에는 큰
방이 두 개 더 있었고, 2층에는 두 개의 방과 욕실, 화장실이 있었다.
모든 방은 깨끗이 비어 있었다.

"마치 마음먹고 짐을 정리해서 이사 나간 것처럼 말끔히 비어 있군
요."

우진이 빈 방을 보고 하는 말에 지혜가 대답처럼 말했다.

"그랬을 수도 있죠. 여기도 펠레즈나 디파처럼 어른들이 먼저 죽고
아이들만이 남게 되었을 텐데, 그런 상황에서 아이들에게 조금이라도
필요하다 싶은 것들은 다 내어주지 않았겠어요?"

그 집 이외에도 두어 곳을 더 둘러보았지만, 전부 같은 상황이었다.
주방과 욕실 등에는 그나마 개수대와 욕조 같은 것이 남아 있었지만,
그 밖의 것들은 모두 비워지고 없었다. 빈 건물을 구경하는 것도 지겨
워져서 그들은 다시 거리로 나왔다.

꽤 많은 사람들이 거주한 곳이었던 모양으로 그곳에는 학교, 병원,

공원, 대형 상가 등 웬만한 시설이 다 있었다. 비록 남아 있는 것은 빈 거리와 건물들뿐이었지만, 이 별의 고대 사람들의 생활 모습과 흔적을 엿보는 것은 나름대로 흥미로웠다. 특히 펠로피를 비롯한 칼리케아 사람들은 벅찬 흥분과 감동에 휩싸여 피곤한 줄도 모르고 열중해 있었다. 지혜의 작업이 끝날 때까지 어떻게 시간을 끌어야 할지 하는 고민은 전혀 필요없는 것이었다.

전차를 타고 지나면서 거리를 내려다보다가 관심 가는 곳에 내려서 살펴보기를 여러 차례, 무적택배 사람들이 슬슬 지쳐 가는데도 펠로피와 브렘 등은 전혀 그런 기미가 없었다. 그런 그들에게 가자고 말하기도 미안해서, 나중에는 지혜가 오라고 연락해 오기를 기다리는 지경이 되었다. 마침내 지혜가 박상에게 통신으로 연락을 해왔다.

"상아, 어디야? 아직 거주 구역에 있어?"

"응."

"다 둘러봤어?"

"전부는 아니지만 많이 돌아봤어."

"그래? 볼 게 꽤 있던 모양이지? 이쪽도 대충 끝났어."

지혜의 목소리가 밝은 것 같아 박상은 기대를 담아 물었다.

"좋은 정보라도 있어?"

"글쎄. 쓸 만한 정보가 있긴 했지. 자세한 이야기는 나중에 해줄게. 일단 돌아와. 시간이 꽤 지났어."

"알았어. 여기 수상님과 이야기해 보고 지금 갈 수 있으면 갈게."

지혜와의 통신을 끝낸 박상은 펠로피의 의향을 확인했다. 펠로피 등도 이 정도면 충분하다고 생각했던지 돌아가는 것에 동의하여 그들은 전차를 타고 지혜와 바다가 있는 중앙 통제실로 갔다.

"거주 구역은 어떻던가요? 볼 만한 것이 있었어요?"

통제실로 들어오는 동료들에게 지혜가 물었다. 대답한 것은 우진이었다.

"예, 말끔하게 잘 보존되어 있더군요. 시가지며 건물도 멀쩡하고, 조명, 공기의 정화 상태도 다 괜찮았습니다."

"여기서 살펴본 바로도 그래요. 아직 점검이 다 끝난 건 아니지만 전반적으로 아주 잘 보존되어 있는 것 같아요."

지혜의 말을 들은 펠로피 등의 안색이 환해졌다.

"감사합니다."

펠로피가 고개를 숙이며 인사하자 지혜는 당황하여 자신도 얼른 고개를 숙였다.

"기지의 기능 점검이 다 끝난 겁니까?"

마리나가 물었다.

"아뇨. 앞으로도 꼬박 이틀은 더 걸릴 거예요. 워낙 큰 기지라서 전반적으로 점검하려면 시간이 그 정도 걸려요."

"끝날 때까지 여기서 지켜보고 있어야 해?"

은근히 걱정하며 박창이 묻자 지혜는 머리를 흔들었다.

"아니, 중앙 컴퓨터에 점검 명령을 내려놓고 나가 있어도 돼. 긴급히 수리가 필요하거나 프로그램 에러가 있는 경우는 우리에게 연락하게 하면 되니까."

"다행이군. 여기서 먹고 자고 할 수는 없잖아."

박창이 말하는데, 펠로피가 제안했다.

"그러시다면 점검이 끝날 때까지 의사당 지하 3층에서 머물도록 하십시오. 그곳은 비상시의 대피 시설이라 침실, 식당, 화장실 등이 모두

갖춰져 있습니다. 혹시 시간이 걸릴지도 모른다 싶어서 여러분이 지내
실 수 있게 준비를 시켜놓았습니다."

날마다 메데스의 집을 왕래하는 것도 불편한 노릇이라 박상 일행은
펠로피의 제안을 받아들였다. 기지의 나머지 구역은 밤이 되면 같이
들어와서 살펴보기로 하고 중앙 컴퓨터에 계속 점검하도록 명령을 내
린 뒤 그들은 그곳을 나왔다.

지하 3층에는 펠로피의 말처럼 며칠이고 지내기에 불편이 없게끔 준
비가 되어 있었다. 밤에 다시 오겠다며 칼리케아 사람들이 의사당으로
올라간 뒤 무적택배 사람들은 한 방에 모여 지혜로부터 기지의 중앙
컴퓨터를 조사한 결과를 들었다.

"기지 자체의 항해 기록은 별것 없었어요. 이 기지의 이동 능력은
궤도를 유지하거나 약간의 거리를 이동하기 위한 것이지 워프 기능도
없고 장거리 항해에는 적합하지 않았거든요. 하지만 당시 기지의 소장
이 남긴 기록에서 유용한 정보를 얻을 수 있었어요."

"워프 기능도 없이 어떻게 여기까지 왔어? 설마 몇 년씩 우주를 떠
다니며 온 건 아니겠지?"

박창이 냉큼 물었다.

"안 그래도 지금 얘기할 참이야. 방해하지 말고 조용히 듣고 있어."

지혜는 인상을 팍 쓰며 박창에게 으르대고 설명을 계속했다.

"정상적인 경우였다면 태양계 내의 주요 거점에 설치되어 있는 워프
게이트를 통해 이동했을 터지만, 기지가 지상으로 내려오기로 결정하
고, 이동을 개시했을 당시는 이미 전쟁과 원인 모를 질병으로 많은 시
설이 파괴되거나 통제 불능 상태여서, 워프 게이트를 이용할 수가 없었

대요. 그래서 사방에 도움을 요청하는 전파를 보내는 한편 이동 능력
이 없는 인근의 다른 시설의 생존자들을 받아들여 가며 지상을 향해
이동하던 중에 적국 중 하나인 마이테움의 우주 탐사선 룬드 라데츠호
와 조우했어요. 당시 세 개의 세력은 태양계 외부의 우주 개발을 위해
워프 기능을 갖춘 장거리 우주 탐사선을 경쟁적으로 우주에 내보내는
프로젝트를 진행했었는데, 그중 하나가 마침 그 무렵 태양계에 귀환했
던 거예요. 전쟁이 일어나기 전에 태양계를 떠났었던 룬드 라데츠호의
승무원들은 모든 것이 엉망으로 바뀌어 버린 상황에 당혹해하면서도
기지 사람들의 절박한 요청을 받아들여 이 기지를 달 근처까지 데려다
주었어요. 그리고 도움이 필요한 다른 우주 기지나 시설이 있을지 모
르니 태양계 내부를 더 둘러보고 나중에 이 별의 마이테움 지역으로
가겠다고 하며 헤어졌다고 되어 있어요."

그 말을 마지막으로 지혜의 설명은 끝났다. 혹시 더 말할 것이 있을
지도 몰라 기다리고 있던 박상 등은 조금 맥 빠지는 표정들이 되었다.

"그걸로 설명이 끝난 건가요?"

마리나가 실망의 눈빛으로 말했다.

"네, 일단은요."

"그 우주 탐사선의 행방은요?"

우진이 물었다. 지혜는 어깨를 으쓱해 보였다.

"그건 아직 몰라요."

지혜의 대답에 박창은 기가 차다는 얼굴로 투덜거렸다.

"도대체 뭐가 유용한 정보라는 거야? 그 우주선이라도 여기 있으면
또 몰라."

"그런 우주선이 있었다는 것과 이름을 알았잖아. 이제부터라도 찾아

야지. 과거에 마이테움에 속한 지역을 중심으로 해서 찾아보는 거야. 마이테움의 위대한 도시 같은 곳에 그런 우주선이 왔거나 지나갔다는 식의 기록이 남아 있을 수도 있고, 이 도시처럼 지명으로 남을 수도 있고 말이야. 어쨌든 이 정도 정보라도 없는 것보다는 낫지 뭘 그래.”

“하지만 그 우주선이 지금까지 제대로 남아 있겠습니까? 대형 우주선이었다면 마땅히 집어넣을 곳도 없고 보관이 쉽지 않을 텐데요?”

우진은 다소 회의적이었다. 그러자 바다가 말했다.

“우주선 자체가 무사히 남아 있다면 그 이상 없겠지만, 항해 기록을 구할 수 있다면 그것만으로도 가치가 있어. 그런 유의 우주 탐사선은 미지의 우주를 탐사하는 것이 주목적이니까, 지식의 관에 있는 우주도에 담겨 있지 않은 정보가 있을 가능성이 커.”

“지혜 누나, 그 우주선이 어떻게 생겼는지는 기록에 없어? 모양도 모르고 찾기는 막연하잖아.”

박창은 여전히 못 미더운 눈치였다. 지혜는 의기양양하게 미소 지으며 수정봉이 든 길쭉한 통을 들고 흔들었다.

“걱정 끊으셔. 그 정도 정보는 여기에 다 들어 있으니까. 소장의 기록과 항해 일지, 당시의 교신 내용과 영상 자료, 다 담아놓았어. 나중에 지휘차에 가서 보여줄게.”

지혜는 이번에 얻은 정보가 정말로 자신들에게 도움이 될 것이라 확신하고 있는 모습이었다. 그러나 박상 등은 과연 이것이 희망적인 정보인지 아니면 또 다른 고난의 신호탄인지 가늠이 되지 않는 상태였다. 바다로 말하자면 그는 희망이라고 믿고 싶은 쪽인 것 같았다. 잠시 후 릴리가 말했다.

“그렇다면 우리가 여기에 온 목적은 벌써 달성한 셈이네요.”

지혜는 고개를 주억거렸다.

"그런 셈이죠. 하지만 우리가 해줄 수 있는 일은 하고 가기로 해요. 전혀 소득을 얻지 못한 것도 아니고, 기지 전체의 점검쯤은 마치고 돌아가도 늦지 않으니까요."

박창도 그 말에는 찬성했다.

"그렇게 하죠. 뭐, 덕분에 우리도 오늘 좋은 구경했잖아요. 우리 볼 일도 봤으니까 점검이 끝날 때까지 이 도시의 선조들이 후손을 위해 어떤 것들을 남겨놨는지나 마음 편히 둘러보고 다니면 되겠네요."

반대하는 사람이 없어 그들은 그렇게 결론을 내리고 각자 침실을 정해 자러 갔다. 낮에 메데스의 집에서 낮잠을 충분히 자두었지만 밤새 활동한 때문인지 피곤했던 것이다.

2

무적택배 사람들이 의사당에 들어간 지 이틀째 밤이 되었다. 칼리케아의 의사당은 여느 때보다 삼엄한 경비가 이루어지고 있었다. 의사당 내부뿐 아니라 바깥에도 평소보다 많은 병력이 배치되어 사방을 물샐틈없이 감시하고 있었다.

밤도 깊어 새벽까지 영업하는 술집과 몇몇 가게를 제외하고는 대부분 깊은 잠에 빠져들었을 시각, 의사당의 정문에 이상한 물체가 환하게 빛을 내쏘면서 빠르게 접근해 왔다.

경비를 서고 있던 병사들은 갑작스러운 괴물체의 출현에 화들짝 놀라 창을 앞으로 내밀고 경계 자세를 취했다. 병사들의 앞에 도달한 물체가 멈추더니, 그 안에서는 사람 같은 형상이 모습을 드러냈다. 물체가 쏘아내는 빛 때문에 눈을 가늘게 뜨고 있던 병사들은 상대의 모습을 보고 더 더욱 놀랐다.

"처, 철인간… 이다!"

병사들에게 다가온 철인간은 고풍스러운 칼리케아 어로 병사들에게 말했다.

—주인님을 뵈러 왔습니다. 통과를 허락해 주십시오.

병사들은 침을 꼴깍 삼키고 철인간의 모습을 아래위로 훑어보았다. 남성형 철인간으로 아이보리와 옅은 황색이 어우러진 몸체와 뚜렷하게 각이 진 윤곽의 개성적인 얼굴을 가지고 있었다.

"주인님이라니, 누구를 말하는 걸까?"

"레스프라트에서 오신 분들 아닐까?"

공식적으로 발표된 적은 없지만 레스프라트의 신의 사도들이 칼키아에 와 있다는 이야기는 이미 많은 사람들에게 퍼져 있었고, 의사당의 경비가 부쩍 강화된 것도 그와 관련이 있다고 짐작하고들 있었다. 잠깐 동안 머뭇거리던 병사들은 닫혀 있던 철문을 열어주었다.

—감사합니다.

철인간은 깍듯한 태도로 고개 숙여 인사하고 다시 물체에 올라타 안으로 들어갔다. 병사들은 호기심을 이기지 못해 고개를 돌려 철인간이 탄 물체의 움직임을 눈으로 좇았다. 의사당 건물 바깥에 그것을 세운 철인간은 큼직한 배낭을 집어내서 어깨에 둘러메더니 거침없이 의사당 안으로 들어갔다.

의사당 내부를 경비하고 있던 병사들도 놀라고 당황하기는 마찬가지였다. 실제로 움직이는 철인간을 보는 것은 처음이어서 어떻게 대처해야 할지 알 수 없었던 것이다. 소란은 펠로피 수상의 수석 보좌관 에키트가 나와서야 진정되었다.

에키트는 주인을 만나러 왔다는 철인간의 말을 무적택배 사람들을 지칭하는 것이라 짐작하고 그를 지하 3층으로 안내했다.

"그분들께서는 지금 다른 곳에서 작업을 하고 계십니다. 이곳에 앉아서 기다려 주십시오. 나오실 시간이 되면 제가 안내하겠습니다."

—감사합니다. 그렇게 하겠습니다.

철인간은 공손히 인사하고 에키트가 지정한 자리에 앉았다.

그 시각 무적택배 사람들은 펠로피 등과 기지의 아래쪽을 둘러보고 있었다. 이번에는 지혜와 바다도 함께 동행하고 있었다. 사무 구역과 거주 구역을 오가는 전차의 선로는 그 아래의 지역에도 이어져 있었다. 공장과 창고 시설이 있었다는 그곳은 아담이 말했던 것처럼 다른 용도의 장소로 개조되어 있어 본래의 시설물은 전혀 남아 있지 않았다. 현재의 그곳은 여러 개의 거대한 창고들로 구성된 보관소였다.

그들이 둘러본 첫 번째 창고는 일반 도서관이라는 이름이 붙어 있었는데, 수많은 서적과 지도, 화보, 팜플렛 등의 각종 인쇄물과 음반 등이 항목별로 분류, 정리되어 있었다.

박상 일행은 대충 둘러보고 나올 요량이었지만, 펠로피와 메데스 등은 그것들을 살펴보느라 거지반 넋을 잃고 있었다. 설령 이곳에서 며칠을 머무른다 해도 극히 일부밖에 볼 수 없을 것이라는 사실을 주지시켰지만 조금이라도 더 보고자 하는 그들의 열의를 꺾기에는 역부족이었다. 이러다가 이곳에서 밤을 새겠다 싶어 몇 번을 재촉한 끝에 간신히 다음 장소로 이동하게 되었지만, 칼리케아 사람들은 미련을 버리지 못하고 자꾸 아쉬워했다.

"아아, 여기서 다만 이삼 일 만이라도 지낼 수 있다면 얼마나 좋겠습니까? 이런 눈부신 보물들을 눈에만 담아두고 가야 하다니……."

메데스가 비감 어린 음성으로 안타까움을 토로하자 펠로피는 진심
으로 동감하며 고개를 주억거렸다.

"나도 그렇소. 정말이지 평생을 보내도 아깝지 않을 곳이오."

떨어지지 않는 발걸음을 억지로 옮기는 그들을 보고 박상 등의 마음
이 약해지기 전에 지혜가 서둘러 쐐기를 박았다.

"이곳이 이렇게 잘 보존된 것은 오랫동안 사람들의 출입이 없었기
때문입니다. 공개 시간을 최소한도로 제한하고 다시 이전처럼 보존해
두어야 정말 필요한 때 활용할 수 있습니다. 점검이 끝나는 동시에 닫
아야 하니까 다른 곳도 둘러볼 생각이 있으시다면 지금 나가야 합니
다."

"알고 있습니다."

펠로피는 아쉬움의 한숨을 쉬며 고개를 끄덕였다.

다음 창고에는 정보 열람실이라는 이름이 붙어 있었는데, 그 안은
기업체나 기관에서 썼음 직한 대형 컴퓨터와 여러 대의 개인용 컴퓨터
들이 배치되어 있는 컴퓨터실과 각종 데이터가 담긴 수정봉들이 가득
정리된 데이터 보관실로 구성되어 있었다.

"기지의 중앙 컴퓨터가 있는데, 무엇 때문에 굳이 따로 이런 곳을 만
들었을까요?"

마리나가 고개를 갸웃거리며 의문을 표했다. 지혜가 통역기를 끄고
그에 대한 자신의 추측을 들려주었다.

"이곳의 중앙 컴퓨터는 기지 전체를 관리하는 것이 주된 역할이라
그럴 거예요. 또 성능상으로도 디파의 지식의 관에 있는 컴퓨터처럼
고성능에 대용량도 아닐 테구요. 디파의 시설은 정부 차원에서 문명을
담는 프로젝트로 진행한 거지만, 여긴 민간 기지였잖아요."

“지혜 씨, 이 컴퓨터들이 잘 돌아가는지 확인해 보지 않아도 되겠습니까?”

우진이 물었다.

“나도 사실 가동시켜 보고 싶지만, 그런 식으로 일일이 다 만져 보려면 시간이 너무 걸려서 안 돼요. 아쉽지만 어쩔 수 없이 컴퓨터의 작업에 맡겨둬야죠.”

지혜는 서운한 표정으로 컴퓨터실을 둘러보고는 돌아섰다.

정보 열람실 다음에는 조력자의 방이었다. 이름만으로는 어떤 곳인지 알 수 없어 궁금해하며 안에 들어간 사람들은 그곳에서 깜짝 놀라고 말았다.

“철인간이잖아?”

박창의 부르짖음이 아니라도 모두의 시선은 입구에서 정면으로 보이는 벽면에 고정되어 있었다. 그곳에는 다섯 대의 철인간이 직사각형의 큰 통 안에 든 채 세워져 있었다. 지혜는 눈이 휘둥그레져서 종종걸음으로 달려갔다. 통의 전면이 유리처럼 투명한 재질이어서 뚜껑을 열지 않고도 안에 든 철인간의 모습을 잘 볼 수 있었다.

“세상에… 완벽해! 이것들은 진짜 제대로 된 철인간들이야.”

지혜는 홀린 듯이 그들을 응시하며 중얼거렸다. 통에 있는 철인간들은 아담을 비롯해 무적택배 사람들이 보유하고 있고, 지금껏 보아온 철인간들과는 달리 완전한 모습을 하고 있었다. 남성형 두 대, 여성형 세 대였는데, 하나같이 얼굴이며 몸과 팔다리가 아름다웠고 비록 의복을 걸치지는 않았지만 화사하고 조화로운 색채와 디자인을 지니고 있어 그 자체로도 충분히 미학적이었다.

“이야, 이것들은 진짜 작품이었겠는데요. 절대로 대량 생산품은 아니었겠어요."

우진도 입을 다물지 못하고 감탄했다. 무적택배 사람들은 잠시 다른 일을 잊고 조각품처럼 섬세한 철인간들을 정신없이 들여다보았다. 펠로피 등 칼리케아 사람들은 말할 나위가 없었다. 그들은 감격한 나머지 눈물을 글썽이기까지 했다.

"정말이지… 우리의 선조들께서는 후대를 위해 가능한 한 모든 것을 남기셨군요."

탄식처럼 말하는 브렘 의장의 목소리가 가늘게 떨리고 있었다.

지혜는 칼리케아 사람들의 눈치를 슬쩍 살피더니 통역기를 끄고 박상에게 소곤거렸다.

"저기 있잖아, 이거 한 대만 시험 삼아 기동시켜 보면 안 될까?"

"무슨 소리야?"

박상이 멀뚱하니 되묻자 지혜는 두 손을 모으고 애걸조로 말했다.

"이렇게 완벽한 건 처음 보잖아. 어떻게 움직이는지만 보자. 응?"

박상은 고개를 돌려 철인간들을 보더니 자신도 통역기를 껐다. 그리고 그답지 않은 엄한 말투로 말했다.

"안 돼. 아까 네가 한 말을 잊었어? 점검은 이곳의 중앙 컴퓨터가 하도록 맡겨두고 우린 그저 둘러보기만 하고 나가면 돼."

"그치만 이런 건……."

지혜가 설득하려는데 박상은 차갑게 그녀의 말을 잘랐다.

"이건 우리 것이 아니야. 아담의 경우는 부득이하게 빌려서 사용하고 있지만, 우리가 지구에 돌아가게 되면 펠레즈에 돌려줄 것이고, 당장 우리에게 필요한 것이 아닌 이상 탐내선 안 돼."

박상의 태도는 이론의 여지없이 단호하여 지혜는 더 말을 꺼내지 못하고 입을 다물었다. 박상은 다시 통역기를 켜고 아무 일도 없다는 듯 다른 곳을 둘러보았다. 그곳은 철인간들을 보관하고 수리하기 위한 공간인 모양으로, 전반적으로 지휘차의 수리실과 비슷한 구조였다. 다섯 대의 철인간들을 동시에 수리할 수 있게 대형 선반이 다섯 개 있고 각종 장비가 구비되어 있었다. 그곳에는 수리실 외에도 내부 통로로 연결된 두 개의 큰 방이 더 있었는데, 한 곳에는 철인간들의 부품이, 다른 한 곳은 철인간들용으로 보이는 각종 용품들이 일목요연하게 정리되어 있었다. 그곳을 보고 있는데 아담이 사람들에게 말했다.

―여러분, 기지를 나가실 시간이 되었습니다.

"벌써 그렇게 되었나?"

놀라는 펠로피에게 카이안 원수가 공감을 표했다.

"그러게나 말입니다. 들어온 지 얼마 되지 않은 것 같은데, 벌써 새벽이 된 모양이군요."

그들은 더 둘러보고 싶은 욕심에 아쉬워하면서도 걸음을 돌렸다. 무적택배 사람들은 낮에 죽 쉴 수 있지만, 펠로피 수상과 다른 칼리케아 사람들은 낮에도 해야 할 일들이 있기 때문에 조금이라도 지장이 덜 가도록 나갈 시간을 미리 정해놓았던 것이다.

전차를 타고 입구로 가는 도중에도 지혜는 줄곧 시무룩해 있었다.

"왜 그래, 누나? 아까 보았던 철인간들을 생각하는 거야?"

박창이 놀리듯이 묻자 지혜는 입을 삐죽이며 구시렁거렸다.

"생각할수록 부러워서 그래. 그런 좋은 것들이 고스란히 남아 있다니. 어떻게 펠레즈에는 딴 건 잘 남겨놨으면서 철인간은 그런 게 하나도 없었나 몰라."

"왜? 아담이 있잖아. 여기 있는 것들이 생긴 게 아무리 멀쑥해도 아담만한 녀석은 없을걸.”

지혜는 뜻밖이라는 표정으로 박창을 쳐다보았다.

“네가 웬일이야? 누더기라고 놀릴 때는 언제고.”

“그거야 생긴 걸 가지고 해본 말이지. 아담 녀석, 성능 좋은 거야 경험으로 아는 거잖아.”

“그건 그래.”

지혜도 그 점만큼은 인정했다.

“그래, 괜한 욕심일 수도 있지. 하지만 과학자의 입장에선 너무 탐이 나고 관심이 가. 단지 겉모습이 멀쩡하다고 해서 그런 것만은 아냐. 아담과는 달리 군용이 아니니까 기능이나 프로그램에서 차이점도 분명히 있을 거잖아.”

그런 이야기를 하며 지혜는 은근슬쩍 박상의 눈치를 살폈지만, 박상은 그들의 대화를 듣지 못하는 것처럼 무심한 표정으로 차창 밖을 바라보고 있을 따름이었다. 지혜는 뚱한 얼굴로 박창에게 소곤거렸다.

“상이는 평소에는 얌전한데, 이럴 때는 묘하게 단호하다니까.”

박창은 키득거리며 머리를 까딱였다.

“형이야 원래 바른 생활 사나이잖아. 그리고 형이 그렇게 한 것도 일리가 있어. 이 도시의 수상이랑 원수가 두 눈 시퍼렇게 뜨고 지켜보고 있는데 그냥 안 나오면 어떡할 거야?”

“누가 가지고 나오자 그랬어? 한번 움직여나 보자는 거였지.”

지혜가 항변하는데, 박상이 한마디 던졌다.

“견물생심이라고. 보기만 하고도 정신을 빼앗기는데, 잘 가동하는 걸 봤으면 더할 것 아니냐. 단번에 미련을 끊어야지 질질 끌어서 좋을 것 없어.”

가히 틀린 말은 아니어서 지혜는 불만스러운 대로 입을 다물었다. 그러는 동안 전차는 기지의 입구에 도착했다. 무적택배 사람들과 칼리케아의 네 사람은 기지를 나와 의사당 지하 3층으로 올라갔다. 비밀 입구를 통해 지하 3층 회의실 벽으로 나와 회의실의 불을 끄고 밖으로 나오니 펠로피 수상의 수석 비서 에키트가 복도에서 기다리고 있었다. 그런데 그녀의 옆에는 처음 보는 철인간이 서 있었다.

"몇 시간 전에 의사당으로 신의 사도 여러분을 찾아온 철인간입니다."

에키트의 말을 들은 무적택배 사람들은 영문을 몰라 어리둥절해졌다. 눈앞에 있는 철인간은 그들 모두 생전 처음 보는 것으로 방금 전 지하에서 보고 온 철인간들처럼 아주 말짱한 모습을 하고 있었다.

ㅡ안녕하십니까, 주인님.

철인간은 또렷한 고대 기스칼의 언어로 인사하며 박상 일행에게 머리를 조아렸다. 박상 등은 더 더욱 놀랐다.

"글쎄, 우리는……."

박상이 당황하여 자신들은 주인이 아니라고 말하려는데, 갑자기 지혜가 박상의 입을 손바닥으로 틀어막더니 통역기를 떼고 속살거렸다.

"지금 무슨 소리를 하려는 거야? 그냥 가만히 있어."

"하지만 이건……."

지혜의 말을 이해하지 못하고 박상이 다시 말하려 했지만, 그마저 지혜에게 가로막혔다. 지혜는 무시무시한 눈빛으로 박상을 노려보며 으름장을 놓았다.

"쓸데없는 소리 하지 말고 얼른 인사를 받아. 절대적으로 받아야 해!"

지혜의 박력에 밀린 박상은 저도 모르게 고개를 까딱이고 철인간의
인사를 받았다.

"어… 오느라 수고 많았다."

펠로피 등은 새로 등장한 철인간이 박상 일행 소유의 것이 아니라고
는 짐작조차 못하고 다른 일을 걱정하고 있었다.

"무슨 급한 일이 생겨서 찾아온 것입니까?"

펠로피는 지금 하고 있는 작업에 지장이 생기는 것은 아닌지 걱정이
되어 박상에게 물었다.

"전혀 그런 일은 아니니 괜찮습니다."

박상에 앞서 지혜가 대답했다.

"그렇다면 다행입니다. 어제에 이어 오늘도 정말 수고가 많으셨습니
다. 낮 동안 푹 쉬시고 필요한 것이 있으시면 언제든 여기 있는 사람들
에게 말씀해 주십시오."

펠로피는 무적택배 사람들에게 인사하고 다른 세 사람과 위로 올라
갔다. 그들이 가고 나자 박상 일행은 새 철인간을 데리고 급히 방으로
들어갔다. 문을 닫기가 바쁘게 지혜는 숨 돌릴 틈도 없이 철인간에게
이것저것 물어댔다.

"어디서 왔지? 넌 뭘 하던 철인간이야? 어떻게 우릴 알고 여길 온 거
지? 이름은 뭐지?"

"누나, 그러다 숨넘어가겠다. 하나씩 물어."

박창이 핀잔을 주었지만 지혜의 흥분은 쉽게 가라앉을 성질의 것이
아니었다. 철인간은 차분한 태도로 지혜의 질문에 대답했다.

―저의 이름은 '다리'이고, 건축가이신 에스트리즈 라템님을 모시
고 있었습니다. 그분이 돌아가신 뒤에는 유해가 모셔진 라템 기념관의

지하에 보관되어 있었습니다. 라템님께서는 칼키아 기지의 입구가 열리면 제가 기동하도록 조치해 놓으셨습니다. 그리고 기지를 기동시킨 분을 새로운 주인으로 모시도록 명하셨습니다. 그에 따라 이곳으로 찾아온 것입니다.

"기지를 연 것이 우리인 건 어떻게 알았지?"

우진이 물었다.

—제가 보관되어 있던 시설의 시스템은 칼키아의 중앙 컴퓨터와 연결되어 있습니다. 기지의 입구가 열리게 되면 관련 정보가 즉시 전송되게 되어 있습니다. 그것을 통해 펠레즈의 총사령관님 이하 막료 여러분에 대한 정보를 받았습니다.

"너의 주된 기능은 뭐야? 군용은 아닌 것 같은데."

릴리가 물었다.

—예, 저는 군용이 아닙니다. 저는 에스트리즈 라템님을 위해 제작된 주문 제작품으로서 그분의 조수이자 비서 역할을 담당했습니다.

"어째서 넌 기지 안의 보존 시설에 있지 않고 따로 있었지?"

마리나는 미심쩍은 얼굴로 물었다.

—그 이유는 저도 모릅니다. 저는 다만 라템님의 명령에 따랐을 뿐입니다.

"구체적으로 어떤 명령이지?"

바다도 질문 대열에 합류했다.

—새 주인님을 잘 보좌하여 라템님께서 남기신 귀중한 데이터를 후세에 전하고 되살리는 것입니다.

기이하게도 그 말을 입에 담는 순간 철인간의 얼굴이며 태도에서는 일종의 확신 같은 것이 느껴졌다.

"어떤 데이터야?"

지혜의 눈이 기대로 빛나고 있었다.

─라템님께서 보유하고 계셨던 개인적인 자료들을 포함한 건축에 대한 것들입니다.

"…건축에 대한 데이터라고?"

뭔가 대단한 것인 줄 알고 잔뜩 기대했다가 순간적으로 김이 빠져버린 지혜는 허탈하게 중얼거렸다. 그런데 철인간은 고개를 빳빳이 치켜들고 당당하고도 확신에 찬 태도로 주장했다.

─그렇습니다. 건축이야말로 인류의 경험과 지식의 축적이 집약되어 있는 문명의 꽃입니다.

뜬금없는 발언에 무적택배 사람들은 기가 막혀서 철인간의 얼굴을 빤히 쳐다보았다. 인간이라면 당연히 쑥스러워하거나 눈길을 피하겠지만 철인간이어서 그런지 그는 끝까지 당당했다.

"자기 생각일 리는 없고 아마 그 라템이라는 사람이 했던 말이겠지?"

박창이 묻자 지혜는 당연하다는 투로 말했다.

"그것밖에 더 있겠어?"

"그나저나 이 녀석을 어떻게 하죠? 따지자면 이것도 칼키아에 남겨진 유산이라고 할 수 있을 텐데요."

릴리가 철인간을 쳐다보며 말했다. 그러자 지혜가 말했다.

"그것들과는 다르죠. 칼키아에 남기는 것이라면 구태여 다른 장소에 둘 필요가 없었어요. 이건 칼키아와는 별개로 남긴 것이라고 보는 편이 맞아요."

"무엇 때문에 그랬을까요?"

우진이 고개를 갸웃거렸다. 지혜도 그것까지는 짐작이 되지 않던지 애매한 태도를 취했다.

"그것까지 알 수는 없지만, 이 철인간을 다른 것들과 구별해서 둔 것은 아무튼 분명해요."

"그래서 결론이 뭐야?"

박창이 물었다. 지혜는 기다렸다는 듯이 말했다.

"제 발로 찾아온 걸 굳이 다시 지하에 집어넣을 필요는 없다고 생각해요. 우리가 지구에 돌아갈 때까지만 맡아두는 걸로 해요."

"군용도 아니고 건축 전문 철인간이라는데 우리에게 꼭 필요한 것도 아니잖아?"

박상이 이의를 제기하자 지혜는 갑갑해했다.

"꼭 필요한 건 아니지. 하지만 있어서 안 될 이유라도 있어? 정직한 것도 좋지만 지나치면 결벽증이야. 기왕에 낯선 행성에 떨어져 지내는 거, 새로운 것이라도 좀 배워서 가겠다는 게 뭐가 나빠? 내 것으로 삼겠다는 것도 아니고, 우리가 돌아갈 때까지만 두자는데 그것까지 안 된다고 할 이유가 뭐야?"

말을 하다 보니 화가 나던지 지혜의 말은 점차 빨라지다가 마지막에는 거의 따지는 투였다. 지혜의 기세에 박상은 밀리고 말았다. 다른 사람들로 말하자면 어떻게 처리하든 크게 상관하지 않는 분위기여서 새로 온 철인간은 지혜의 주장에 따라 당분간 데리고 다니기로 했다. 자신의 뜻이 관철되자 지혜의 기분은 금방 풀어졌다.

"드디어 손상없이 멀쩡한 철인간을 입수했어."

그녀는 철인간의 전신을 훑어보며 흐뭇해했다. 그때 박창이 지혜에게 물었다.

"그런데 이 녀석의 이름이 뭐였지?"

"글쎄, 뭐였더라?"

다른 일로 흥분하느라 분명히 이름을 들은 것 같은데도 기억이 나지 않았다. 그러자 철인간이 자신의 이름을 재차 밝혔다.

—다리입니다.

"다리?"

박창과 릴리는 푸훗, 웃음부터 터뜨렸다. 처음에는 두 사람이 웃는 이유를 모르고 있던 다른 사람들도 곧 까닭을 알고 웃음을 머금었다.

"어쩌다 발음이 비슷할 수도 있는 거지, 그걸 갖고 뭘 그래?"

지혜는 대수롭지 않게 넘기려 했지만, 박창은 그 정도로 포기하지 않았다.

"그래도 다리는 좀 그렇지. 그냥 다리라고 하면 누구의 다리인지, 어디의 다리인지 헷갈릴 것 아냐?"

박창의 너스레에 릴리, 우진의 웃음소리가 더욱 커졌다. 지혜는 얄미워 죽겠다는 듯 박창을 째려보았다.

"박창, 언제까지 이름 갖고 장난칠 거야?"

박창은 싱글싱글 웃으며 말했다.

"그러지 말고 우리가 부르는 이름을 따로 만드는 게 어떨까? 다리라는 이름은 헷갈릴 우려도 있고, 또 전 주인인 라템이 워낙 유명한 사람이니 그녀를 수행한 철인간에 대해서도 이 도시 어딘가에 기록이 남아 있을지도 모르잖아."

"그런가?"

박창의 뒷말에는 지혜도 그럴 수 있겠다 싶었던지 조금 심각해졌다.

"그럼 이름을 뭘로 하지?"

그럴싸한 이름을 붙이려고 생각하는데 박창이 철인간 다리를 가리키며 다른 사람들에게 물었다.

"그런데 이 녀석 말이에요, 어디선가 본 것 같지 않아요? 처음부터 왠지 낯설지 않은 느낌이 들어요."

그의 말을 듣고 우진과 마리나 자매 등도 고개를 끄덕였다.

"그리고 보니 그런 감도 없지 않아 있네요."

"우리가 아는 누군가랑 닮은 것 같아요."

"누구지?"

다들 고개를 갸우뚱거리고 있는데 릴리가 갑자기 큰 소리로 외쳤다.

"맞다! 아그리파!"

생뚱맞은 그녀의 발언에 다른 사람들이 멀뚱멀뚱 쳐다보자 릴리는 흥분한 어조로 설명했다.

"왜 있잖아요? 학교 미술실에 있는 석고 두상들 중에 얼굴 각지고 딱딱하게 생긴 아저씨 말이에요."

그녀의 설명을 들은 사람들은 그제야 탄성을 발하며 철인간 다리의 이목구비를 찬찬히 살펴보았다.

"진짜네. 석고 데생할 때 쓰는 그 아저씨와 닮았어."

지혜조차도 딴소리 못하고 인정할 만큼 철인간 다리는 석고 두상으로 잘 알려진 고대 로마의 군인 아그리파와 닮아 있었다.

"건축가를 위한 철인간보다는 군용에 더 어울릴 얼굴인데 아쉽네요."

마리나의 농담에 박창이 킥킥 웃으며 보탰다.

"전 주인인 라템의 취향이 드러나네요. 주문 생산품이라니까 생김새에 대해서도 주문이 있었을 것 아닙니까."

그런 까닭에 새로 합류한 철인간은 만장일치로 '아그리파'라는 새로운 이름을 얻게 되었다. 철인간의 새 이름을 정한 무적택배 사람들은 다음날의 작업을 위해 그쯤에서 이야기를 끝내고 잠자리에 들었다.

"이 녀석의 성능을 당장이라도 이모저모 살펴보고 싶지만 기지의 점검이 하루 더 남았으니까 그 다음으로 미뤄야겠지. 칼키아에 와서 정보도 얻고 새 철인간도 생겼으니, 이 정도면 나쁘지 않은 수확인걸."

지혜는 뿌듯한 얼굴로 아그리파를 바라보았다.

셋째 날, 무적택배 사람들과 펠로피 수상 일행은 전날 밤처럼 전차를 타고 남은 지역을 둘러보았다. 철인간들을 보관해 놓은 구역의 다음 장소는 자동차 전시장을 방불케 하는 곳이었다. 본래 공장이었던 곳이라 그런지 천장이 아주 높은 창고였는데, 창고 내부의 절반가량은 다시 2층으로 나누어져 있었다. 층 없이 트인 쪽에는 이 기지의 거주 구역을 운행했을 것으로 보이는 기관차와 객차 한 량이 있고, 2층 구조로 된 곳의 아래층에는 각기 다른 크기와 디자인을 가진 아홉 대의 자동차와 세 대의 모터바이크가 보관용 덮개에 싸인 채 늘어서 있었다.

내부의 커다란 문으로 연결된 옆 창고에는 자동차 정비를 위한 시설과 각종 장비에다 큰 부품 창고까지 딸려 있었다. 칼리케아 사람들은 물론이고 무적택배 사람들도 감탄과 호기심으로 그것들을 살펴보았다. 앞서 보았던 다섯 대의 철인간들처럼 이곳에 남아 있는 자동차들은 대규모 생산 라인에서 만든 것이 아닌, 인간의 손길이 느껴지는 엄선된 작품들처럼 보였다.

"이 문명의 자동차들도 지구처럼 바퀴가 없네. 디자인이 독특한데? 이거, 다 움직이는 거겠지?"

박창은 차에 지대한 관심을 보이면서 지혜에게 물었다. 지혜는 당연하다는 투로 말했다.

"그렇겠지. 껍데기만 됐을 것 같으면 정비 시설을 둘 필요도 없을 테니까."

철인간이나 다른 것들에는 거의 무관심으로 일관하던 바다도 유독 자동차에만은 흥미를 보였다. 그는 은빛의 미끈한 몸체를 가진 자동차를 유심히 살피고 있었다.

"그 차가 마음에 드시나 봐요?"

마리나가 조금은 신기한 마음에 바다에게 물었다. 바다는 차에서 눈을 떼고 겸연쩍은 듯 말했다.

"그렇다기보다 어쩐지 낯이 익은 느낌이 들어서요."

바다의 말에 우진이 알겠다는 표정으로 말했다.

"아, 그러고 보니 소라 씨가 전에 이 비슷한 차를 타고 공항으로 바다 형을 마중 나온 적이 있었던 것 같네요."

바다는 씁쓸한 미소를 지을 뿐이었다. 그때였다.

"이야, 여기 와봐요! 이것 굉장한데요!"

사람들과 떨어져서 혼자 2층에 올라갔던 박창이 큰 소리로 사람들을 불렀다. 계단을 따라 2층으로 가보니 그곳에는 유리로 만든 진열대 안에 각종 차량의 모형이 사진과 함께 진열되어 있었다. 진열대 아래는 책장처럼 되어 있어서 자동차에 관한 잡지며 서적, 카탈로그 등이 빼곡히 꽂혀 있었다.

"진짜 멋지군요! 마치 자동차 박물관 같아요!"

우진의 감탄에 이어 릴리가 탄성을 내질렀다.

"와, 귀여워라! 너무 앙증맞고 예뻐요."

정교한 만듦새와 선명한 색채를 가진 자동차 모형은 사람들의 눈길을 끌기에 충분한 것이었다.

"지식의 관이 국립 박물관이라면 여긴 못해도 생활사 박물관쯤은 되겠군. 잡다한 듯하면서도 굉장히 아기자기한걸."

박상은 놀라움 반 감탄 반 섞어 중얼거렸다.

밑에 있는 진짜 자동차도 그랬지만 여기서도 볼 것이 너무 많아 당초 예상보다 시간이 더 걸렸다.

"새벽이 오기 전에 점검이 모두 끝날 텐데, 그 안에 대충이라도 다 둘러볼 수 있을지 모르겠네."

혼잣말로 시간 걱정을 하는 지혜에게 우진이 갑자기 생각난 것처럼 물었다.

"지혜 씨, 이 기지에는 우리가 들어온 입구 이외에 다른 출입구는 없습니까?"

"그런 건 왜요?"

"여기를 돌아보니까 데이터 이외에도 여러 가지 물품을 많이 남겨놓은 것 같은데 우리가 이용한 입구로는 그런 물건들이 드나들 수 없을 것 같아서요."

"다른 출입구도 물론 있어요. 이 기지가 우주에 있었을 때 자원 채굴을 하는 작업선들이 이용했던 크고 작은 도크가 여러 개 있는데, 그 중 몇 개를 터널 형태로 외부와 이어놓았더군요. 그런 입구는 대체로 도시 곳곳에 조성되어 있는 공원과 녹지 공간에 있는 모양이에요. 하지만 바깥에서 입구를 열지 못하고 이 안에서만 입구를 열 수 있게 되어 있기 때문에 실질적인 입구는 우리가 들어온 그곳뿐이라고 할 수 있죠."

　우진이 질문했을 때부터 지혜의 대답에 귀를 기울이고 있던 수상 펠로피가 뭔가 깨달은 표정으로 고개를 끄덕였다.

　"안지혜님의 말씀처럼 칼키아에는 건설 당시부터 조성되어 있는 여러 개의 공원이 있습니다. 도시가 아무리 발전하고 땅이 부족해지더라도 그곳들만은 절대로 손대서는 안 된다는 방침이 대대로 전해오고 있었는데, 그런 까닭이 있었군요."

　"정말이지 고대 어른들의 치밀함에는 정말 감탄을 거듭할 따름입니다."

　브렘이 경탄하며 펠로피의 말을 받았다.

　자동차관의 다음 장소에는 생활관이라는 이름이 붙어 있었다. 그곳은 대형 창고 전체를 2층 구조의 모델 하우스처럼 만들고, 그 안에 온갖 종류의 가구와 가전제품들로 꾸며놓았다. 현관부터 시작해 침실과 거실, 욕실, 부엌까지 완벽하게 갖춰진 그곳은 없는 것이 없어서 당장이라도 거주가 가능해 보일 정도였다. 기술적인 지식뿐 아니라 자신들의 문화와 생활에 대해서도 후손들에게 빠짐없이 남기고자 했던 고대 칼키아 사람들의 집념 어린 노력이 느껴지는 곳이었다.

　"여기야말로 진정한 생활사 박물관이군요. 꼼꼼하다 못해 집요할 정도인데요. 이렇게까지 꾸며놓다니."

　우진은 그저 놀랍다는 얼굴로 머리를 설레설레 흔들었다.

　"진짜 존경스러울 정도네요."

　박창도 우진의 평에 공감했다.

　앞에서 시간이 걸린 만큼 여기서는 대충 보고 나가려 했지만, 그것도 생각처럼 되지는 않았다. 무적택배 사람들도 그렇지만, 칼리케아의 네 사람이 너무 정신없이 몰입해 있어서 금방 떠날 수가 없었던 것이다.

"지금 당장 이용할 수 없는 이상, 점검이 끝나는 즉시 이곳 전체를 다시 진공 상태로 밀봉해 두는 게 좋아요. 그러니까 아무리 아쉽더라도 오늘로 이곳을 나가야 합니다."

지혜의 다짐을 받으며 펠로피 등은 잘 떨어지지 않는 걸음을 옮겼다. 시간의 압박을 느끼며 그들은 서둘러 마지막 장소로 이동했다. 마지막 장소는 각종 가전제품과 생활용품들을 품목별로 전시해 놓은 전시관의 형태였다. 그곳을 얼마쯤 둘러보는데 기지의 중앙 컴퓨터로부터 점검이 완료되었다는 보고가 들어왔다. 하지만 동이 트기 전까지는 아직 시간이 얼마간 더 남아 있었다. 그래서 그들은 남은 시간을 최대한 활용해 마지막 전시관을 둘러보고 중앙 통제실로 갔다.

고대인들이 기지를 굳게 닫아버린 이후 한 번도 열리지 않고 유지되었기 때문인지 전반적으로 보존 상태는 양호했고 크게 수리를 필요로 하는 곳은 없었다. 지혜는 자신들이 나가서 입구를 봉쇄하는 즉시 전처럼 기지 내부의 공기를 전부 빼 진공 상태를 유지하도록 중앙 컴퓨터에 지시를 내리고, 다른 사람들과 그곳을 나왔다. 플랫폼에서 전차를 타기 전 펠로피 수상은 감회 어린 얼굴로 천천히 주위를 돌아보더니 말했다.

"이제 우리가 이곳에서 나가고 나면 또 언제가 되어야 다시 문이 열리게 될까요?"

그의 음성은 감격 때문인지 가늘게 떨리고 있었다. 아무도 펠로피의 질문에 대답하지 못했다. 그것은 어쩌면 시간만이 알 수 있는 일인 것처럼 여겨졌다.

두 대의 전차에 나누어 타고 입구에 도착해서 그토록 오랫동안 이곳의 비밀을 지켜왔던 세 개의 육중한 금속제 문을 지나 나올 때까지, 네 명의 칼리케아 인들은 지난 사흘간의 일들을 회상하는 듯 입을 굳게 다물고 생각에 잠긴 모습들이었다. 마침내 마지막 문이 굳게 닫히고 나자 펠로피와 다른 세 사람은 저마다 진한 아쉬움이 묻어나는 표정으로 한숨을 내쉬고 그것을 한동안 바라보았다. 그리고 그들은 일제히 몸을 돌려 무적택배 사람들을 향해 말했다.

"칼리케아를 대표하여 여러분께서 베풀어주신 호의와 노력에 깊은 감사를 드립니다. 앞으로 칼리케아는 영원히 여러분을 고마운 벗으로 기억하고 감사와 존경의 마음으로 대할 것입니다."

펠로피의 인사말이 끝나고 네 사람은 정중히 고개를 숙였다. 무적택배 사람들은 당황해서 머리를 조아려 인사를 받았다.

"여러분의 향후 일정이 어떻게 될지는 모르겠으나 폐가 되지 않는다면, 부디 며칠간만이라도 칼키아에 더 머물러 주십시오. 정식으로 자리를 마련해 모시고 싶습니다."

박상 일행은 펠로피의 간곡한 청을 받아들이기로 했다. 사흘간 밤낮을 바꿔 지낸 탓에 피곤해서라도 바로 떠나기는 어려울 것 같았다.

의사당에서의 볼일은 그것으로 끝났기 때문에 무적택배 사람들은 메데스의 집으로 가기 위해 지하에서 올라왔다. 의사당 1층의 홀에는 신관들과 노드 등이 모여서 기다리고 있었다.

"용무는 다 마치셨습니까?"

파디아가 반갑게 맞이하며 말을 건넸다.

"예, 덕분에."

박상의 대답을 듣고 노드가 칼리케아 사람들의 눈치를 살피며 한시름 놓았다는 표정으로 말했다.

"건강하신 것 같아 다행입니다."

"겨우 사흘인데요, 뭘."

박창은 하품을 삼키며 말했다. 메데스가 상냥한 미소를 지으며 말했다.

"마차가 밖에서 기다리고 있을 것입니다. 제 집에 가서 편히 쉬시지요."

메데스와 마차가 있는 곳으로 나온 사람들은 마차들 사이에 끼어 있는 이질적인 물체를 보고 깜짝 놀랐다.

"자동차… 잖아?"

박상이 놀라 중얼거리는데 아그리파가 말했다.

―제가 타고 온 것입니다.

그 말을 들은 지혜의 얼굴이 활짝 피었다. 그녀는 메데스 등 다른 칼리케아 사람들이 눈치 채지 못하게 황급히 표정을 가다듬고 아그리파에게 말했다.

"그, 그래. 아그리파, 넌 그걸 타고 우릴 따라오도록 해."

그런 지혜에게 박창이 이상하다는 얼굴로 물었다.

"왜? 같이 타고 가지 그래?"

지혜는 통역기를 끄고 대꾸했다.

"나도 그러고 싶은 마음이 굴뚝같지만, 혹시라도 이상하게 보면 어떡해? 우리가 원래부터 가지고 있는 것처럼 보이려면 지금 타는 건 그렇지."

"별 세세한 것까지 다 걱정하네. 이런 걸 두고 도둑이 제 발 저린다고 하는 거라니까."

"도둑이라니! 우리가 어째서 도둑이야? 잠시 빌리는 거지……."

발끈하던 지혜는 그래도 뭔가 찔리던지 말끝을 흐렸다.

메데스의 집으로 돌아온 무적택배 사람들은 도착하자마자 잠자리에 들었다가 정오가 조금 지난 시각에 일어났다. 사흘 동안 바뀐 낮밤을 바꾸기 위해 약간 무리해서라도 일찍 일어난 것이다. 지혜는 잠이 덜 깨어 푸석한 얼굴을 하고서도 일어나자마자 아그리파와 그가 타고 온 자동차의 성능을 조사한다고 나섰다. 다른 사람들도 호기심에 그녀를 따라가서 지켜보았다.

아그리파의 자동차는 지구로 따지자면 일반적인 승용차라기보다는 미니 버스 같은 것에 가까웠다. 운전석과 조수석의 뒤에 두세 명이 더 앉을 수 있는 좌석이 있고, 그 뒤의 트렁크 부분에는 생소한 장비가 가득 들어 있었다. 메데스의 집안 사람들도 지켜보고 있는 터라 지혜는 장비를 꺼내보지는 못하고 아그리파를 데리고 차 안으로 들어가서 설명을 들었다. 그런데 차를 나오는 지혜의 표정은 어딘지 맥이 풀려 있었다. 그녀는 통역기를 끈 상태에서 일행에게 말했다.

"측량 기계랑 또 뭐더라? 하여간 전부 건축과 토목에 관한 장비였어요."

박상 등은 아그리파가 보여준 특징상 그런 것이 아닐까 대충 짐작하고 있었기 때문에 새삼 놀라지도 않았다.

"재미있는 녀석이긴 한데, 우리에게는 별 소용이 없네. 우리가 대규모 공사를 벌일 일도 없고 말이야."

박창은 아그리파를 쳐다보며 픽 웃고 넘어갔다.

"그러게요. 이 녀석도 그대로 기지 지하에 넣어둬도 무방했을 것 같은데, 어째서 굳이 따로 장소를 마련해 놓아두었을까요?"

마리나는 아무리 생각해 봐도 모르겠다며 고개를 갸우뚱거렸다. 다른 사람들도 똑같이 느끼는 의문이었지만 현재로서는 마땅한 답이 없었다. 지혜는 어깨를 움츠리며 낸들 알겠냐는 표정을 지었다.

"그건 에스트리즈 라템 본인만이 알 수 있는 거겠죠."

아그리파는 예의 진지한 듯 무표정한 얼굴로 무적택배 사람들의 시선을 받고 있었다. 지혜는 아그리파에게서 눈을 떼고 또다시 아쉬움을 토로했다.

"제가 정말 궁금하고 아쉬운 건 칼키아에는 여러 대의 철인간을 후대에 남겼는데, 어째서 펠레즈나 디파에는 전부 다 써버렸을까 하는 거예요. 디파는 아예 한 대도 없었고, 펠레즈는 아담 한 대뿐이었잖아요."

그러자 우진이 말했다.

"재건 세력의 중심이 펠레즈의 경우는 군인들이었고 칼키아는 민간인들이어서 그런 것 아닐까요. 펠레즈는 지도자 자체가 총사령관이라는 군대식 계급을 가지고 있지 않습니까? 군대라는 조직은 명령 계통이 엄격해서 융통성이 부족한 대신 어떤 일이든 집행이 확실하죠. 그러니 철인간이나 기타 장비를 일괄적으로 징발해서 전부 사용 가능한 한계점까지 사용해 버렸을 겁니다. 디파의 경우는 민간 주도였다고는 해도 펠레즈의 영향을 크게 받아서 비슷한 노선을 취했을 테구요. 반대로 칼키아는 우주에 있던 기술자와 관리직 사람들, 그 가족들 등 구성원들이 전부 민간인들이었으니 집행부를 구성해 비상사태에 대처하는 경우에도 군 조직처럼 강력한 강제력은 발휘하지 못했을 겁니다. 주요 인사의 소유였다든지 아니면 특별히 작품성이나 가치가 인정되는 물건은 사용하지 않고 후대에 남기는 결정 같은 것도 그래서 가능했을 거구요."

대체로 우진의 추측에 수긍하는 분위기인데, 박창이 실실 웃으며 보탰다.

"군인들이 원래 단순하고 무작스러운 데가 있잖아요. 상관이 까라면 까야지, 그 앞에서 딴소리 못하잖아."

"교양있고 지적인 군인들도 많이 있습니다."

박창의 말이 귀에 거슬렸던지 바다가 점잖게 반박했다. 박창은 여전히 웃음 띤 얼굴로 대꾸했다.

"그건 저도 압니다. 개인적으로 그런 경우는 많이 있는데, 집단이 되면 좀 달라져서 그렇죠."

바다는 납득하지 않는 눈치였으나 굳이 논쟁을 하고 싶지는 않은지 더 따지지는 않았다.

아그리파와 자동차를 살핀 뒤 저녁 식사를 할 때까지 흩어져서 쉬고 있던 무적택배 사람들은 저녁을 먹고 나서 지휘차의 통제실에 모여 이별의 과거 문명 시절의 지도를 모니터에 불러내 놓고 다음 계획을 의논했다.

원래는 칼키아 다음에 이 대륙에 있는 다른 위대한 도시를 더 다녀볼 생각이었으나, 칼키아의 항해 기록에서 나온 마이테움의 우주 탐사선 룬드 라데츠호의 행방부터 찾는 것으로 방향을 바꾼 지금은 계획을 새로 짤 필요가 있었다. 지혜는 이전에 로네스에게 받은 노트를 뒤적거리면서 말했다.

"이건 고대 문명과 관련이 있는 지역을 로네스 씨가 조사해 준 건데, 이쪽 대륙이랑 옛 샤이그의 영역에 대해서는 비교적 정보가 있는 편이지만, 마이테움 쪽은 지명 같은 걸 제외하고는 거의 전무하다시피 해요. 마이테움은 이곳과 바다를 사이에 두고 멀리 떨어진 대륙이라서 그런 모양이에요."

지혜의 말을 듣고 릴리가 우진에게 말을 건넸다.

"우진 씨, 전에 디파에서 정보를 찾아봤을 때 마이테움 지역에서 여러 가지 시설이 모여 있는 곳이 있다고 했었죠? 무슨 섬이라고 했던 것 같은데."

"거기요? 바로 저깁니다."

우진은 그곳을 기억하고 있었던 모양으로 몸을 일으켜 모니터에 나타난 지도의 한곳을 가리켰다. 그것은 레스프라트, 아메트 등이 속한 대륙과 옛 마이테움 대륙 사이의 바다에 있는 여러 개의 섬이었다.

"그 이야기라면 저도 들은 기억이 나네요."

지혜는 컴퓨터를 조작해서 그곳을 선택해 크게 확대시켰다. 섬들이 화면에 확대되면서 주요 시설을 나타내는 여러 개의 표시가 생겨났다. 그곳에는 우진이 말했던 것처럼 조선소와 해군 기지, 공항 등이 있었다. 섬들 중 가장 큰 섬인 다쉬트와 거기서 가까운 탈라 섬은 인공 도시로 연결되어 있었고, 공항은 그 인공 도시에 있었다.

"저 인공 도시는 일종의 신도시였던 모양입니다. 지금은 어떻게 남아 있을지 모르지만, 고대에는 상당히 잘 개발된 지역이었던 것 같습니다."

우진이 설명했다. 그의 설명을 듣고 지혜가 동료들에게 제안했다.

"이 다음에는 저기부터 알아보면 어떨까요? 일단 이쪽에서 가장 가까운 마이테움 지역이고, 조선소에 해군 기지, 큰 공항도 있었다니까 룬드 라데츠호가 거기에 들렀거나 흔적이 남아 있을지도 모르잖아요. 그게 아니라도 마이테움 지역에 대한 정보라도 얻을 수 있을 테구요."

“무적택배호의 수리는요?”

릴리가 물었다.

“새 금속을 가지고 제대로 된 철판을 만드는 것이 관건인데, 우리가 칼키아에 와서 며칠 지나지 않았으니까 그사이 벌써 해결되었으리라고 보는 건 무리예요. 아직은 시간이 더 걸릴 거라고 봐야죠. 한 군데쯤 더 다녀본 뒤에 무적택배호의 수리를 해도 늦지 않을 거예요.”

“그래요. 뭐라도 해보죠. 이번에도 칼키아에 왔으니까 그나마 이 정도 정보도 얻고 새 철인간도 생겼잖아요.”

마리나가 지혜의 생각에 찬동했다.

“가는 건 좋은데, 이곳에서 바로 출발할 겁니까?”

바다가 지혜와 박상 쪽을 돌아보며 물었다. 박상은 대답하지 않고 지혜를 쳐다보았다. 잠깐 생각하던 지혜가 대답했다.

“프라트에 들렀다가 가는 편이 좋겠어요. 다쉬트 군도 지역은 칼리케아와는 달라서 레스프라트와 아무 연관이 없는 곳인데, 무슨 일이 있을지 모르니 식량이나 필요한 물품을 충분히 준비하고 가야죠. 그리고 파디아님이랑 로네스 씨들에게도 시간적인 여유를 주고 알려줘야지 우리가 마음대로 끌고 다니기도 그렇구요.”

지혜의 의견에 따르는 쪽으로 결정이 나려는데 박창이 말했다.

“이왕 준비하는 김에 그곳에 대해서 어느 정도 알아보고 가는 게 좋지 않겠어요? 아무것도 모르고 가는 건 불안하잖아요.”

“어차피 프라트에 들를 거니까 그때 로네스 씨에게 알아봐 달라고 하죠.”

지혜가 간단하게 넘기려는데 우진이 말했다.

“아까 지혜 씨가 레스프라트 사람들은 옛 마이테움 지역에 대해서는 잘 모르는 것 같다고 하셨지 않습니까. 여기서 메데스 씨에게 물어보는 것도 나쁘지 않을 것 같은데요. 칼리케아 사람들은 해상 무역을 많이 한다니까 레스프라트보다는 정보가 있을지도 모르지요."

"하지만 저긴 지도상으로 봐선 칼리케아보다는 레스프라트나 아메트에서 가까운걸요."

릴리가 고개를 갸웃거리자 우진이 반박했다.

"지리상의 거리보다는 해상 활동을 활발히 하는 쪽이 접촉 가능성이 더 크죠. 어쩌면 옛 마이테움 지역에 대해서도 레스프라트보다는 정보를 많이 가지고 있을지도 모르구요. 옛날부터 상인들만한 정보통은 없다지 않습니까?"

우진의 말이 타당하다고 생각한 박상은 더 끌 것 없이 그쯤에서 결론을 내렸다.

"일단 프라트에 돌아갔다가 디쉬트 군도에 가보는 것으로 하고, 그전에 여기서 그곳에 대한 정보를 구해봅시다. 로네스 씨에게도 물어보고 메데스 씨에게도 알아봐 달라고 부탁합시다. 물어보는 거야 어려울 것 없으니까요."

"그런데 지명이 바뀌지는 않았나요? 칼키아 같은 경우는 옛날 지명과 전혀 다른 것 같던데."

마리나가 지혜에게 물었다.

"한번 보죠."

지혜는 모니터에 현재의 지도를 불러냈다. 다행히 섬의 이름 정도는 알려져 있었던지 표기되어 있었는데, 고대의 이름이 그대로 남아 있었다.

"이름 때문에 헷갈릴 일은 없겠군요. 내일 아침에 메데스 씨를 만나면 물어봅시다. 여기서 너무 오래 있으면 사람들이 궁금해할 테니 이만 나가죠."

박상이 일어나자 다른 사람들도 그 뒤를 따랐다.

이튿날 아침, 메데스를 만난 박상은 그에게 다쉬트 군도에 대해 들어본 적이 있는지 물어보았다.

"다쉬트요?"

처음에는 얼른 떠오르지 않는지 애매한 투로 그 이름을 몇 번 되뇌던 메데스는 이내 고개를 주억거렸다.

"거기라면 먼바다에 있는 곳 아닙니까?"

"그렇습니다. 여러 개의 섬 중에 제일 큰 섬입니다."

그렇게 말하며 박상은 지도를 펼쳐 메데스에게 보여주었다. 그편이 가장 확실할 것 같아서였다. 지도를 보자 메데스는 더욱 확실하게 알겠다는 표정이 되었다.

"여기는 해적 섬으로 알려져 있습니다. 옛날부터 꽤 악명이 높은 편이지요."

"해적 섬이오?"

해적 섬이라는 말에 지혜의 얼굴이 일그러졌다.

"칼리케아의 배들도 그쪽까지는 잘 가지 않기 때문에 저도 그다지 자세히 알지는 못합니다. 그리고 그쪽의 해적질도 우리 대륙보다는 주로 상대적으로 거리가 가까운 헤이프 대륙을 상대로 한 것이구요."

"해적의 소굴이라면 무서운 곳이겠군요."

박창이 묻자 메데스는 고개를 끄덕였다.

"그렇다고 봐야겠지요."

지혜의 낯빛은 점점 침울해졌고 박상도 걱정스러워졌다. 다쉬트에 가보는 것을 심각하게 재고해야 할지도 모른다고 생각하는데, 메데스가 박상에게 말했다.

"생각해 보니 제 가까이에 다쉬트에 직접 다녀온 사람이 있었습니다. 바로 제 장인어른이시죠. 그분이 젊었을 때의 일이기는 합니다만. 그렇지 않아도 여러분을 한번 뵈었으면 하시는데, 괜찮으시다면 자리를 마련할까요?"

박상 일행이 마다할 이유는 없었다. 아무래도 직접 가본 사람의 이야기가 가장 신빙성있을 터였다.

그날 저녁, 메데스의 장인과 처가 식구들이 메데스의 집으로 찾아와 자리를 함께했다. 칼리케아에서도 손꼽히는 무역상이라는 메데스의 장인 캄렌은 풍채가 좋고 호방한 인물이었다. 50대 후반인 그는 걸걸하고 힘있는 목소리와 활달한 언동으로 좌중을 휘어잡았다. 다쉬트에 대한 이야기가 나오자 캄렌은 힘들여 물어볼 것도 없이 이야기를 술술 풀어놓았다.

"그러니까 그건 내가 서른네 살 때니까 큰사위 메데스와 같은 나이 때의 일입니다. 친구들 몇 명과 의기투합해서 먼 대륙으로 새로운 항로를 개척해 보자고 배를 한 척 빌려서 항해에 나섰지요. 주위에서는 위험하다고 말렸지만, 우리로서는 도전해 볼 만하다고 생각한 것이, 새 항로를 잘만 개척하면 크게 사업을 확장할 수 있을 거라는 꿈이 있었던 겁니다. 그래서 크고 튼튼한 새 배와 노련한 선원들을 모아서 헤이프로 향했습니다."

캄렌의 배는 먼바다로 나가면서 예기치 못한 기상 악화와 폭풍우를 겪기도 했으나 무사히 이겨내고 헤이프를 향해 한동안 순조롭게 나갔다. 그러나 성공을 눈앞에 둔 듯싶었던 그들의 항해는 뜻밖의 상황에 직면했다. 어느 날 갑자기 해적선이 나타나 그들을 가로막은 것이었다.

"멀리서 해적선 한 척을 확인하고 처음에는 닻을 펼쳐 전속력으로 벗어나려 했지요. 그리고 그것이 가능하리라 믿었구요. 칼리케아의 배는 사실 우리 대륙에선 당할 나라가 없는 우수한 성능을 자랑하고 있으니까요. 그런데 놈들의 배는 정말로 빠르더군요. 미친놈들처럼 고함을 질러대고 기세를 올리면서 쫓아오는데……."

캄렌은 흥분하여 손짓 발짓까지 해가며 해적선들과 벌인 숨가쁜 추격전을 설명했다. 메데스를 비롯한 그의 가족들은 수없이 들은 이야기인 듯 조용히 미소를 짓고 있었다.

"오랫동안 해적질을 해와서 그런지 배를 모는 솜씨며 상대를 요리하는 수완이 보통이 아니더군요. 놈들의 배가 빠르기도 했지만 교묘하게 우리의 배를 자기들 패거리가 있는 쪽으로 몰아가는 바람에 결국 우리는 세 척의 해적선 사이에 포위되고 말았습니다. 싸우려 해도 놈들의 숫자가 워낙 많았고 바다 한가운데라 달아날 곳도 없어 우리는 항복하는 수밖에 없었습니다. 놈들은 우리를 자기들의 배 밑창에 가두고는 상품을 실은 채 우리 배를 자신들의 섬으로 끌고 갔습니다."

캄렌과 친구들이 끌려간 곳은 해적들의 섬 중 하나인 체레스 섬이었다. 그곳에서 그들은 배와 상품을 모조리 빼앗기고 본국에서 몸값을 지불할 때까지 억류되어 있었다. 캄렌은 칼리케아에서도 알려진 대상(大商) 가문의 아들이었기 때문에 높은 몸값을 지불할 수 있는 가치가 인정되어 비교적 편하게 지낼 수 있었다. 억류라고는 해도 감옥에 갇힌 상태는 아니었고, 감시인을 붙인 상태로나마 바깥을 다닐 수도 있었다.

"…우리에게 심한 짓은 하지 않았습니다. 비싼 몸값을 받을 걸 생각해서인지 자기들 딴에도 예의를 갖춰주는 것 같더군요. 음식도 곡물류가 없다는 것을 빼고는 그리 나쁘지 않았습니다. 거기 사람들은 곡물을 거의 안 먹나 보더군요. 그럼에도 불구하고 체격들은 좋습니다. 매일 바닷바람을 쐬고 살아서 그런지 햇빛에 타서 피부도 반질반질 윤이 났구요. 곡물을 먹지 않는 대신 바다에서 나는 건 뭐든지 다 먹어서 물고기는 기본이고 온갖 해조류에다 조개류, 심지어 표면이 미끈거리고 기분 나쁘게 생긴 요상한 것들까지 못 먹는 것이 없을 정도입니다. 해조류도 날것으로 먹는 외에 찌거나 국을 끓이거나 햇빛에 말려서도 먹습니다. 우리에게 나오는 음식도 대개 생선 요리에다가 조개류나 바다풀을 곁들인 것이 많았구요. 칼리케아에도 바다 요리가 많이 있고 어릴 때부터 먹어와서 좋아하는 편이지만, 몇 달씩 바다 음식만 먹었더니 나중에는 질리더군요. 집에 돌아오면 평생 바다 음식은 꼴도 보기 싫어질 줄 알았는데, 얼마 지나지 않아 또 먹게 되더군요. 게다가 우습게도 그 섬에서 먹었던 몇몇 조개나 생선이 나중에는 그리워지기까지 하더군요. 그런데 우리 쪽 바다에서는 나지 않는 것들이라 구할 길이 없어요."

"아버님, 야킨 술 이야기는 안 하십니까?"

메데스가 엷게 미소 지으며 넌지시 보태자 캄렌은 너털웃음을 웃었다.

"아, 그렇지. 야킨 술. 그곳에서 맛본 여러 가지 먹거리 중에서도 가히 최고라 할 수 있지요. 곡물이나 과일이 아니라 그쪽 섬에서만 나는 무슨 풀 같은 걸로 빚은 술이라고 하던데, 그게 맛이 아주 기가 막힙니다. 화끈하고 얼얼한 것 같으면서도 뒷맛이 아주 개운하고 산뜻했죠. 특이한 향이 나는데 그것도 좋구요. 아마 그게 상품으로 나오면 꽤 값 어치가 나갈 겁니다. 값을 비싸게 치르더라도 마실 만한 가치가 있거 든요.”

캄렌은 야킨이라는 술에 대한 찬사로 자신의 모험담을 마무리했다. 캄렌의 입담 덕분인지 해적 섬이라는 말에서 느껴졌던 애초의 무서운 이미지가 조금은 덜어지는 기분이었다. 지혜는 그곳에 대해 정보를 얻 어볼 요량으로 그에게 물어보았다.

“거긴 전부 해적들뿐이고, 전혀 질서가 없나 보죠?”

“그렇지는 않습니다. 사람들이 사는 곳이니 비록 덜 문명화되었더라 도 질서라 할 만한 것이 있기는 합니다. 각 섬마다 왕이 있고 관료와 군대도 있습니다. 자기들끼리 결속할 필요가 있어서 그런지 연합체를 이루고 있는데, 가장 규모가 큰 다쉬트 섬의 왕이 대장 격으로 왕중왕 이란 의미에서 대왕이라고 불린다더군요.”

“설마 군대가 해적 노릇을 한단 말입니까?”

바다가 믿을 수 없다는 듯 물었다.

“그건 잘 모르겠습니다. 해적질을 생업으로 삼고 있는 자들이 있는 것은 분명한데, 군대가 해적을 겸하는지는 제가 확인해 본 것이 아니라 서요. 또는 겸한다고 해도 해적으로 나설 때는 군인티를 내지 않는지 도 모르지요.”

그 문제에 관해서는 캄렌도 분명하게 말하지는 못했다.

“그곳은 칼키아처럼 고대 문명을 잇지 못한 모양이지요?”

우진이 지나가는 말처럼 물었다.

“그렇다고 봐야겠지요. 고대 문명을 계승하는 행운을 가진 도시나

나라가 그리 흔한 것은 아니니까요. 고대 문명과 관련이 있는지 여부
는 모르겠습니다만, 다쉬트의 대왕에 대해서는 흥미로운 이야기를 들
었습니다. 다쉬트의 대왕은 고대로부터 물려받은 커다란 배에서 살며
일생 땅에 발을 디디지 않는다는 겁니다.”

“고대의 배에서 산다구요?”

지혜가 솔깃해했다.

“그렇다고들 하더군요. 저도 들은 이야기입니다만.”

지혜에게 대답하던 캄렌은 문득 장난스러운 미소를 머금더니 무적
택배 사람들에게 물었다.

“다쉬트에 흥미를 가지고 계신 모양인데, 설마 그곳에 가시려는 건
아니시겠지요?”

정곡을 찌르는 그의 질문에 박상 등은 얼른 대답하지 못하고 있었
다. 굳이 대답을 듣고자 한 것은 아니었던지 캄렌은 여전히 웃음 띤 얼
굴로 말했다.

“거긴 비싼 몸값을 지불해 줄 가족이라도 있다면 모를까, 문명인들
이 가서 있을 만한 곳은 못 됩니다. 아무리 자기들끼리 왕이니 대왕이
니 칭호를 붙이고 서열을 지어봤자 해적은 해적이니까요.”

캄렌의 말투에서는 가벼운 경멸이 묻어났다. 이런 과하다 싶을 정도
의 문화적 자부심은 펠레즈나 디파 같은 위대한 도시 사람들에게 드러
나는 공통적인 특징이기도 해서 무적택배 사람들은 적당히 가감해서
들었다.

캄렌은 그 뒤에도 이어지는 박상 등의 질문에 자신의 경험과 추측을
적절히 섞어가며 열심히 답해주었다. 해적들의 소굴, 비싼 몸값, 시끄
럽고 소란스러운 항구의 풍경, 거친 바다 사나이들과 억척스런 여자들

등의 말들이 무시무시한 분위기를 자아내기는 했지만, 문화적 수준에 대한 인식을 제외한다면 캄렌은 비교적 객관적인 관찰자여서 그곳 역시 사람들이 살아가고 생활을 영위하는 곳이라는 느낌이 들었다.

무적택배 사람들은 이튿날 칼리케아의 수상 펠로피가 마련한 연회에 참석하고, 이틀간 더 머물다가 프라트로 돌아갔다. 작별 인사를 나누는 자리에서 메데스는 박상에게 몇 권의 책을 건네주었다.

"다쉬트에 대해 관심을 두고 계신 것 같아 쓸 만한 책이 있는지 찾아보았습니다. 정식으로 교류가 이루어지지 못한 지역이라 상세한 정보를 구하기는 어려웠습니다만, 그나마 조금이라도 연관이 있다 싶은 책을 몇 권 골라봤습니다. 이중에는 제 장인어른처럼 인질로 그곳에 잡혀 있었던 사람의 여행기도 있는데, 참고가 되었으면 좋겠습니다."

"그동안 신세 진 것만 해도 죄송한데, 이런 것까지 챙겨주시니 감사합니다."

박상은 고맙게 그것을 받았다. 메데스는 밝게 웃으며 말했다.

"새로운 상품도 볼 겸 가까운 시일 내에 프라트에 한번 가볼까 합니다. 그때 찾아뵙거든 모르는 척이나 하지 마십시오."

"그럴 리가 있습니까? 프라트에 들르시면 꼭 연락 주십시오."

박상은 진심을 담아 그렇게 대답하고 동료들과 지휘차에 올랐다. 마리나와 릴리는 에어트럭을 운전했고, 아그리파는 자신이 타고 온 자동차를 탔다.

■제18장
해적의 섬

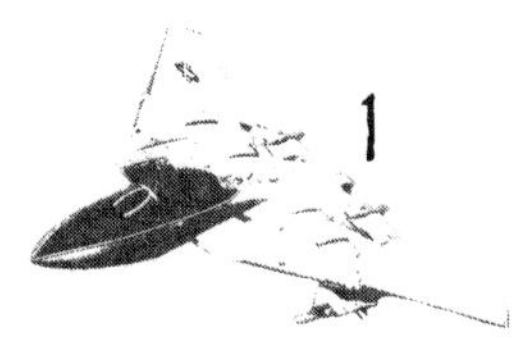

프라트로 돌아온 무적택배 사람들은 하루 쉬고 다음날 노드와 로네스에게 일러 다쉬트 군도에 대해 조사해 달라 부탁하고 자신들도 준비에 들어갔다. 그런데 반나절도 지나지 않아 로네스가 급한 보고가 있다며 찾아왔다.

"다쉬트 섬, 국가 명으로는 뷜리텐에서 보낸 사절단이 지금 프라트에 와 있답니다. 나흘 전에 그들의 배가 프라트에 들어와 포구에 정박하고 있다고 합니다."

로네스의 말에 박상 일행은 어리둥절해졌다.

"그곳과 레스프라트는 교류가 없다고 하지 않았습니까?"

박상이 물었다.

"예. 뷜리텐에서 사절이 온 것은 이번이 처음입니다. 레스프라트의 새로운 시작과 베르테스 폐하의 즉위를 축하한다면서 뷜리텐 왕의 친서와 함께 많은 선물을 가지고 왔다고 합니다. 그런데 단순한 축하 사절만은 아닌 모양으로, 레스프라트에 양국이 우호적인 관계를 맺고 헤이프까지 피스벵 설탕을 판매할 수 있는 새로운 항로를 개척하여 상호 간에 이익을 추구하자는 제안을 해왔다고 들었습니다. 사절들은 뷜리텐이 대양을 항해할 수 있는 큰 배를 많이 가지고 있고 무역의 안전을 보장할 해군도 충실하며, 헤이프까지의 긴 항로 도중 식량과 물을 공급할 중간 기지의 역할도 충분히 해낼 수 있다며 양국의 협력이 서로에게 큰 이익이 될 것이라고 자신했답니다."

"그 사람들이 설탕에 대해서는 어떻게 알았답니까?"

설탕이라는 말에 귀가 트인 박창이 물었지만 로네스가 그것까지 알고 있을 리는 없었다.

"레스프라트에서는 그 제안을 어떻게 하려고 한답니까?"

·우진이 물었다.

"아직 결론을 내리지 못하고 논의 중인 상태인 것으로 압니다. 전반적으로는 긍정적으로 검토하는 분위기인 것 같기는 한데, 다쉬트 군도의 나쁜 평판을 이유로 반대하는 이들도 있는 모양입니다."

"그곳이 해적들의 섬이라는 소문이 여기까지 나 있나 보지요?"

"저도 그런 이야기는 책에서 읽기도 하고 들은 적도 있습니다. 레스프라트의 배가 그렇게 먼바다까지 나가는 일은 거의 없기 때문에, 직접적인 경험담이라기보다는 다른 나라 사람들의 이야기를 통해 알려진 사실이기는 합니다만."

그때까지 잠자코 이야기를 듣고 있던 박상이 로네스에게 물었다.

"다쉬트 섬, 아니 뷜리텐이라고 했던가요? 그곳의 사절이 언제까지 프라트에 머물 것 같습니까?"

“그것은 잘 모르겠습니다. 현재는 레스프라트 정부의 답을 기다리는 중일 테니까요.”

“그러면 그 이야기가 어떻게 처리될 것인지 잘 지켜보고 있다가 결론이 내려지면 우리에게 알려주시기 바랍니다.”

박상은 그렇게 당부하고 로네스를 내보냈다. 로네스가 나간 뒤 박상은 일행과 그 문제를 의논했다.

“어떻게 하는 것이 좋겠습니까? 뜻밖의 일이지만 우리에게는 기회라면 기회인 것 같은데요.”

우진이 가장 먼저 자신의 생각을 밝혔다.

“일단은 레스프라트의 결정을 기다려 봐야 하지 않겠습니까? 긍정적인 방향으로 결정이 내려지면 우리가 다쉬트에 가는 것도 훨씬 쉬워질 테고, 반대의 경우에는 또 그때대로 방법을 궁리해 봐야겠죠.”

“일이 잘 풀리면 아예 그쪽 사절들과 동행해서 가보는 건 어떨까요?”

지혜가 뜻밖의 제안을 했다.

“다쉬트의 사절을 데리고 간다고?”

박상이 어리둥절해서 되묻자 지혜는 태연하게 대꾸했다.

“그래. 그러면 그 핑계로 그쪽 왕궁에 가서 왕에게 협력을 얻을 수도 있을 것 아냐? 캄렌 씨가 말한 것처럼 사람들이 거칠다면 우리들끼리만 다녀서는 트러블이 발생할지도 모르는 일이잖아. 하지만 왕을 만나서 정식으로 인사를 하게 되면 왕의 손님이 되니까 다른 곳을 다닐 때도 안전이 보장되겠지. 다쉬트 섬의 왕이 대왕이라고 캄렌 씨가 말했었잖아.”

“그래도 될까?”

박상은 고개를 갸웃거렸다.

"그러려면 베르테스님에게 사전에 양해를 구해야겠네요."

마리나가 말했다. 지혜는 머리를 끄덕였다.

"당연히 그래야죠. 어차피 우리끼리 그냥 가도 베르테스님에게 알려지기는 마찬가지예요. 우리가 어디를 가든 노드 씨랑 로네스 씨가 보고 안 할 것 같아요?"

"베르테스님이 그렇게 하도록 허락해 주겠습니까?"

바다의 걱정에 지혜는 걱정할 것 없다는 투로 말했다.

"다쉬트랑 교역 관계를 트기로 결정한 뒤라면 굳이 반대할 이유가 있겠어요? 우리들끼리 몰래 가는 것보다는 그 편이 안전할 텐데요."

"그러다가 그쪽에서 우리를 붙잡고 몸값이라도 받아내려고 들면 어쩌지?"

박창이 농담 반 진담 반식으로 말하는데, 우진이 머리를 흔들었다.

"그럴 리는 없을 겁니다. 그쪽에서 먼저 레스프라트에게 사절을 보내고 적극적으로 나서기까지는 많은 계산과 검토를 거쳤을 겁니다. 설탕을 비롯한 이쪽 대륙의 주요 산물을 헤이프와 중계하는 역할을 맡겠다는 것은 국가적으로 중요하고 장기적인 플랜일 텐데, 그걸 몸값 욕심 따위로 망칠 정도면 이미 국가가 아닌 겁니다."

"만약 레스프라트에서 다쉬트의 제안을 거절하면 어쩌죠?"

릴리가 물었다.

"그럴 때는 칼키아에 갈 때처럼 분장이라도 하고 가야죠. 안전이 보장된 곳만 다니려고 하면 갈 수 있는 곳이 없어요."

지혜가 말했다. 그래서 무적택배 사람들은 레스프라트가 다쉬트 군도의 제안에 대해 결론을 내릴 때까지 기다려 보기로 했다.

그로부터 며칠 후, 노드와 로네스는 레스프라트가 뷜리텐에 사절을 보내기로 했다는 소식을 알려왔다. 양국의 동맹 체결 여부는 사절단이 뷜리텐에 다녀온 뒤에 정식으로 결정을 내린다는 것이었으나 뷜리텐의 제안을 긍정적으로 받아들인 우호적 결정이었다. 일부의 반대 의견에도 불구하고 레스프라트에게 있어서 손해 될 것 없다는 현실적인 판단이 우세했던 것이다.

무적택배 사람들은 노드와 로네스에게 자신들이 조만간에 뷜리텐에 가야 할 일이 있으며, 괜찮다면 사절단과 동행해서 가고 싶다는 의사를 베르테스에게 전하도록 했다. 두 사람을 통해 그 이야기를 전해 들은 베르테스는 재상 레히트와 외무대신을 역임하고 있는 벨틴을 불러 그 문제를 상의했다.

"신의 사도들께서 근래에 부쩍 바깥 활동이 잦으시군요. 칼리케아의 수도 칼키아는 위대한 도시니까 그렇다 치더라도 뷜리텐에는 무엇 때문에 가시려는 걸까요? 뷜리텐이 제대로 된 국가로서 탈바꿈하려 노력하고 있다고는 하나 거친 천성이 쉽게 바뀌지는 않을 터이고, 자칫 위험할 수 있지 않겠습니까?"

레히트는 이해되지 않는다는 반응이었다. 그의 이런 태도는 다쉬트 군도가 가진 해적 소굴이라는 오명에서 기인한 것이었다. 뷜리텐 국왕의 제안에 대해서도 레히트는 그다지 탐탁해하지 않았다. 해적 세력과 손을 잡는 것은 국가적인 위신에 문제가 될 수도 있다는 것이 당초 품고 있던 그의 생각이었다. 그러나 벨틴 외무대신은 다른 생각을 가지고 있었다.

"그리 부정적으로만 보실 일은 아닌 것 같습니다. 이번에 온 사신들을 보더라도 문화적 소양이 풍부하고 세련된 인사들입니다. 교육이 부족하고 열악한 환경으로 인해 비천한 성정을 지닌 자들도 물론 있겠지만, 어느 나라나 그런 자들은 얼마간 존재하지 않습니까."

벨틴은 뷜리텐의 사절들과 접한 시간이 상대적으로 많아서인지 호의적인 태도를 보였다. 베르테스도 벨틴의 말에 수긍하며 차분한 어조로 레히트에게 말했다.

"레히트 재상께서 우려하는 것을 모르는 바는 아닙니다만, 뷜리텐과의 동맹은 우리 레스프라트에도 여러모로 도움이 되는 일입니다. 우선 피스벵 설탕을 비롯해 메도쿰으로 만든 무구 같은 상품을 보다 넓은 시장에 내놓는 것은 장기적으로 상업적 이득을 확대시켜 줄 것이고, 또 뷜리텐의 해군력은 유사시 레스프라트의 취약점을 보완해 주는 역할을 해줄 수도 있을 것입니다. 우리 레스프라트는 전통적으로 해군이 약한 데다 아메트가 쓸 만한 배들을 대부분 걷어가 버렸기 때문에 현재 해군이 전무한 것이나 마찬가지입니다. 그런 점에서도 뷜리텐에게서 취할 점이 있을 것으로 여겨집니다."

그럼에도 레히트는 뷜리텐을 신뢰할 수 없다는 입장을 견지했다.

"사신을 보내는 것은 이미 충분한 논의를 거쳐 결정된 일이니 그 일에 대해서는 저도 더 이상 말할 생각은 없습니다. 다만 신의 사도들께서 그곳에 가서서 자칫 위험한 일이나 당하지 않으실지 우려됩니다."

베르테스는 짧은 한숨과 더불어 말했다.

"신의 사도들께서 왜 뷜리텐에 가시려고 하는지는 그분들을 모시고 있는 델라제 경과 외븐 경도 설명을 들은 바가 없는 모양이니, 나로서도 알 길이 없습니다. 하지만 지난번 칼키아 방문이 그러했듯이 가신다는 것을 막지는 못할 것 같습니다."

그러자 벨틴이 말했다.

"어떻게 해도 가실 것이라면 차라리 그분들의 말씀처럼 뷜리텐의 사절과 우리 레스프라트가 보내는 사절이 동행하여 가시는 편이 좋을 수도 있겠습니다. 그러면 뷜리텐 왕의 정식 손님이 되는 셈이니 그곳에서의 안전은 그쪽이 책임져 줄 것이 아닙니까? 신의 사도들께서도 그런 점을 생각하고 말씀하신 것이 아닌가 싶습니다만."

베르테스는 납득의 의미로 조용히 고개를 저었다. 레히트는 별로 마음에 들지는 않는 기색이었으나 베르테스의 말처럼 무적택배 사람들의 행동에 하라 마라 간섭할 수 없는 노릇이라 잠자코 있었다. 세 사람의 의견이 대충 모아졌다고 판단한 베르테스는 벨틴에게 말했다.

"벨틴 경께서 뷜리텐의 사절들을 만나 신의 사도 여러분의 제안에 대해 알려주고 그들의 의견을 들어보시오."

"그리하겠습니다. 뷜리텐의 적극적인 자세로 보아 거절하지는 않을 것이라 봅니다."

"그래야겠지."

그 이야기가 마무리 지어지자 레히트는 벨틴에게 다른 이야기를 꺼냈다.

"그리어에서는 아직 연락이 없습니까?"

"아직 사절단이 그리어로 가고 있는 중일 것입니다. 프라트를 출발한 지 열흘도 안 지났지 않습니까?"

벨틴의 대답에 레히트는 머쓱해했다.

"그렇게밖에 지나지 않았습니까? 한참 지난 것 같은 기분이 들어 드린 말씀이지 채근하고자 한 것은 아니니 벨틴 경께서 이해해 주십시오."

"저야 괜찮습니다. 하지만 정작 당사자인 폐하보다도 재상께서 더욱 마음이 급하신 것 같습니다."

벨틴은 베르테스를 슬쩍 곁눈질하며 의미심장한 웃음을 지었다. 레히트는 겸연쩍게 벨틴을 따라 웃으며 변명처럼 말했다.

"국가적으로나 또 폐하 개인적으로나 중요한 일 아닙니까? 당연히 마음이 급할 밖에요."

베르테스는 두 사람의 말을 흘려들으며 복잡한 표정으로 다른 생각에 잠겨 있었다. 결혼을 앞둔 신랑이라고는 해도 지금의 그는 기대보다 걱정할 일들이 더 많아 편안하게 신부를 기다릴 입장이 아니었다. 피스벵 설탕의 등장으로 팍팍한 재정의 숨통이 트였다고는 하지만, 피스벵의 산출량이 한정되어 있어 무한정 생산할 수는 없었다. 현재 많은 곳에서 피스벵 나무를 새로 심고 있지만 수명이 긴 대신 늦게 열매를 맺기 시작하는 피스벵의 특성상 그 성과를 보는 것은 한참 후의 일이었다. 그런 와중에 디파 토벌을 했고, 지금은 새로운 합금 메도쿰을 생산하기 위한 시설 확충과 쿠네이의 개발을 진행하고 있으며, 자신의 결혼이라는 큰 행사까지 겹쳐 있었다. 베르테스의 골똘한 표정을 본 레히트가 물었다.

"왜 그러십니까, 폐하. 무슨 걱정이라도 있으십니까?"

레히트의 목소리에 베르테스는 상념에서 벗어났다.

"아닙니다. 잠시 앞으로 할 일에 대해 생각하고 있었습니다."

레히트는 미소를 지었다.

"요즘 늦게까지 업무를 보시는 일이 잦다고 하던데, 국정에 힘쓰시는 것도 좋지만 건강도 챙기셔야 합니다. 건강은 한번 잃으면 다시 되찾기 어려운 법이니까요."

“알겠습니다.”

베르테스는 선선히 대답했다. 재정이 어려운 것이야 레히트도 잘 알고 있는 바이고, 자꾸 거론해서 좋은 것은 없었다.

한편 뵐리텐의 사신들은 무적택배 사람들의 제안을 기꺼이 수락하고, 뵐리텐에 출발하기 전에 레스프라트의 신의 사도들을 만나 인사를 나누고 싶다는 의사를 전달해 왔다. 박상 등은 뵐리텐에 대한 사전 정보도 얻고 자기들이 그곳에서 할 일에 대해 양해를 얻어둘 필요도 있겠다는 생각에 응하기로 했다.

노드의 안내를 받아 무적택배 사람들이 있는 옛 왕궁으로 올라온 뵐리텐의 사절들은 복장이며 차림새에서도 이곳 사람과 차이가 났지만 피부색이 레스프라트 쪽 사람들보다 밝은 편이었고 머리칼은 짧고 곱슬곱슬한 특징이 있어 확연히 구분되었다. 그들은 박상 일행에게 공손히 절하고, 가지고 온 몇 가지 선물을 내놓으며 뵐리텐까지 동행하게 되어 영광이라고 유창한 고대 기스칼 어로 인사를 했다.

“이쪽 말을 할 줄 아시는군요.”

지혜가 신기한 마음에 그렇게 말하자 사절단의 단장 비스킨이 대답했다.

“모두가 할 줄 아는 것은 아니고 저와 몇 사람만 조금 합니다. 이쪽 대륙에서 가장 널리 쓰이는 말 중 하나인지라 교양 삼아서 배워둔 것입니다.”

비스킨을 비롯한 뵐리텐의 사절들은 해적의 나라에서 연상되는 거칠고 조잡한 이미지와는 많이 다른 우아하고 세련된 분위기여서 박상 일행은 조금 마음을 놓았다.

"저희가 갑자기 뷜리텐에 가겠다고 해서 많이 놀라셨겠습니다."

박상이 건네는 말에 비스킨은 가벼운 미소를 머금었다.

"솔직히 의외의 말씀이기는 했습니다. 하지만 저희뿐 아니라 뷜리텐 전체에 크게 도움이 될 것이라 생각하고 있습니다. 다쉬트 군도에 대해서는 아마 나쁜 소문부터 접하셨을 겁니다. 섬 지역이라 식량과 물자가 부족하다 보니 일부에서 약탈로 생계를 꾸리는 일도 없지 않아 있었으니까요. 또 각 섬의 왕들이 그것을 묵인 또는 방조해 온 사실도 부인할 수는 없구요."

생각밖으로 솔직 담백한 그의 발언에 오히려 놀란 것은 박상 일행 쪽이었다. 비스킨은 차분하고 부드러운 어조로 말을 계속했다.

"하지만 현재 뷜리텐은 작년에 새로 즉위하신 쿠데리안 폐하의 지도 하에 기존의 느슨한 체제에서 벗어나 진정한 국가로 거듭나기 위한 노력을 기울이고 있습니다. 이번에 레스프라트에게 협력 관계를 제안한 것도 그런 노력의 일환입니다. 레스프라트도 아메트로부터 국권을 회복한 것을 계기로 많은 부분에서 새롭게 출발한 것으로 알고 있습니다. 양국이 편견을 넘어 건설적인 협력 관계를 구축하자는 쿠데리안 폐하의 제안을 다행히 레스프라트의 베르테스 국왕 폐하와 여러분들께서 긍정적으로 받아들여 주셔서 참으로 기쁘게 여기고 있습니다."

박창이 통역기를 끈 상태에서 박상에게 소곤거렸다.

"그럼 이젠 해적 노릇은 안 한다는 얘긴가 보지?"

"낸들 아냐."

상황에 걸맞지 않은 질문을 하는 동생을 째려보며 박상은 퉁명스레 대꾸했다. 그때 지혜가 비스킨에게 물었다.

"뷜리텐에는 여러 명의 왕이 있다고 들었는데, 다른 왕들께서도 동의하고 계신 일인가요?"

비스킨의 표정이 잠깐 미묘하게 경직되는가 싶었으나 금세 평온한 표정으로 되돌아가 대답했다.

"그것은 한참 이전의 이야기입니다. 지금 뷜리텐의 국왕은 쿠데리안 폐하 한 분뿐이십니다. 쿠데리안 폐하의 선왕이신 마이넴 대왕께서 즉위 직후부터 착수하신 대업으로 다쉬트 군도의 느슨한 연합체가 하나의 보다 통일된 형태의 국가로 바뀌어 지금의 뷜리텐이 된 것입니다."

"그럼 지금은 다른 섬에 왕이 없다는 말씀이세요?"

릴리가 놀라며 물었다.

"그렇습니다."

비스킨은 분명하게 잘라 말했다. 무적택배 사람들로서는 뜻밖의 정보였다. 칼키아의 캄렌이 다쉬트 군도에 갔었던 이십여 년 전과는 다른 큰 변화가 일어난 것이 틀림없었다. 하지만 놀라운 한편으로는 그편이 안전상으로는 더 나을지도 모르겠다는 생각이 들기도 했다.

"우리가 뷜리텐에 가고자 하는 것은 그곳에 남아 있는 고대의 유적들을 둘러봤으면 해서입니다. 특별한 이유가 있는 것은 아니고 그저 잠깐씩 돌아보기만 하면 됩니다."

"고대의 유적들이오?"

의아한 표정을 짓던 비스킨은 이내 수긍하는 태도를 보였다.

"말씀처럼 다쉬트 군도에는 고대의 유적이라고 할 만한 곳이 몇 군데 있기는 합니다. 쿠데리안 폐하께 말씀드려 여러분이 하시는 일에 최대한 편의를 제공할 수 있도록 하겠습니다."

"감사합니다."

"결례가 아니라면 제 쪽에서 한 가지 여쭙고 싶은 것이 있습니다만."

이번에는 쿠데리안이 질문을 했다.

"말씀하십시오."

"레스프라트의 벨틴 외무대신께 말씀을 들었습니다만, 여러분과 뷀리텐으로 갈 때 저희가 타고 온 배가 아니라 다른 수단을 통해 가게 될 것이라 하시더군요. 고대의 탈것이라 아주 속도가 빨라서 하루 안에 그곳에 도착할 것이라고 말씀하시더군요."

"여기 오실 때 바깥에 세워져 있는 크고 검은 물체를 보셨을 겁니다. 그것을 타고 가게 될 겁니다. 프라트에서 뷀리텐의 수도까지 얼마나 걸릴지는 저희도 잘 모르겠습니다만, 하루가 넘지는 않을 겁니다."

박상의 말을 들은 비스킨은 주저하는 기색을 보이다가 말했다.

"그렇게 되면 저희의 당초 예정보다 매우 빨리 돌아가게 됩니다. 여러분을 모시고 고대의 탈것을 타는 경험은 물론 대단히 영광된 일입니다만, 너무 갑작스레 수도로 돌아가게 되어 쿠데리안 폐하나 여러 사람들이 준비할 시간을 갖지 못하고 당황해할 것이 염려됩니다."

그런 문제는 미처 생각지 못했던 터라 박상은 잠깐 말문이 막혔다. 비스킨의 지적처럼 이들의 방문을 예상도 못하고 있는 사람들 앞에 불쑥 나타나는 것은 큰 실례일지도 몰랐다. 그때 마리나가 통역기를 끄고 박상에게 제의했다.

"그렇다면 모두가 출발하기 이틀 전쯤에 저와 릴리가 이분들 중 한 사람을 데리고 먼저 가 있으면 어떨까요? 거리가 머니까 엔진이 작은 에어카보다는 에어트럭을 타고 가면 될 것 같은데요."

타당한 생각인 것 같아 박상은 비스킨에게 그녀의 의견을 그대로 전했다. 비스킨은 쾌히 받아들였다.

"그렇게 해주신다면 저희로서는 감사할 따름입니다. 레스프라트에서도 사신을 한 명쯤 먼저 보낼 수도 있으므로 벨틴 경과 상의하여 사람을 정해지는 대로 알려 드리겠습니다."

"기다리고 있겠습니다."

이야기를 마치고 뷜리텐의 사신들이 돌아간 뒤, 무적택배 사람들은 그들이 주고 간 선물을 풀어보았다. 총 세 개의 상자 안에 여러 가지 물건이 빛깔 고운 천으로 곱게 싸여 있었다. 그중 작은 상자를 열어본 지혜가 탄성을 올렸다.

"어머, 예뻐라."

그 안에 든 것은 어른의 주먹 두 개를 합친 크기의 붉은 덩어리였다. 수많은 꽃잎이 모여 이루어진 것처럼 세밀한 주름과 물결 무늬가 들어 있었고, 군데군데에 윤이 나는 검은 빛깔의 구슬을 박아놓아 더욱 아름다웠다.

"돌일까? 딱딱하고 까칠까칠한데."

박창이 표면을 손가락으로 만지면서 웅얼거리는데 바다가 그것을 살펴보더니 말했다.

"산호 같은 것 아니겠습니까? 그냥 돌은 아닌 모양이고, 그렇게 보이는데요."

그렇게 보니 그런 것 같기도 했다. 상자에는 그 밖에도 보석으로 장식한 단검과 상아처럼 하얀 재질의 소재를 깎아 만든 아름다운 조각, 조개 껍질을 가공해 만든 장식품 및 장신구 등이 있었다. 무적택배 사람들은 그것들을 칼키아에서 받은 선물들과 같이 모아뒀다가 나중에 처리를 결정하기로 했다.

"이렇게 좋은 물건을 많이 받았는데, 우리가 갈 때도 뭔가 선물을 가져가야 하는 것 아닐까요?"

릴리가 걱정하자 우진이 말했다.

"레스프라트의 사신들이 가져가지 않겠습니까?"

"그건 그렇겠지만 그래도 빈손으로 가기는 좀 미안할 것 같아요."

그러자 박창이 안을 내놓았다.

"정 그러면 사탕이랑 아르데 소스라도 많이 만들어서 가져가 보죠. 먹어서 없어지는 것이기는 하지만 우리 스스로 준비할 수 있는 거니까."

"그럴 필요까지 있을까? 상대가 어린애도 아니고 먹는 걸 주는 건 좀 그렇지 않아?"

지혜가 애매한 표정으로 고개를 갸웃거렸다.

"그저 성의를 표시하는 거지. 그렇다고 우리가 달리 가져갈 만한 것을 가진 것도 아니잖아."

박창이 말했다. 다른 사람들은 두 사람의 의견이 나름대로 타당한 것 같아 쉽게 어느 쪽 편도 들지 못하고 있었다. 듣고 있던 박상이 타협책을 내놓았다.

"사탕을 만들되 우리가 따로 가져가지 말고 레스프라트의 사절단에 건네서 다른 선물과 같이 전달하도록 하면 무난할 것 같습니다만."

이 안에 대해서는 지혜와 박창 모두 불만없이 동의했다.

그날부터 출발 전까지 박창은 박상과 사탕을 만드느라 주방에서 분주하게 보냈고, 지혜와 우진, 바다 등은 대장간에서 만든 철판을 검사하고 나중에 무적택배호를 본격적으로 수리할 때를 대비해 작업장을 마련하는 등의 일을 했다.

뷜리텐 방문이 결정되고 열흘가량이 지나 출발하는 날이 왔다. 마리

나와 릴리는 이틀 전에 뷜리텐과 레스프라트의 사신 각 한 명씩과 동
행하여 뷜리텐에 먼저 가 있었기 때문에 현재의 무적택배 사람들은 다
섯 명이었다. 다들 지휘차에 탈 예정이었지만, 아그리파만은 자신의
차를 타고 따라오기로 했다.

준비를 갖추고 옛 왕궁에 모인 양국의 사절들은 사전에 만나 낯을
익혀놓았던 모양으로 친숙한 태도로 인사를 나누었다. 레스프라트의
사절들은 뷜리텐 왕에게 보내는 선물로 피스벵 설탕과 메도쿰으로 만
든 무구, 아르데 소스, 박창이 만들어준 사탕, 레스프라트의 특산 술과
보석 세공품, 고급 피륙 등을 준비했다. 아르데 소스를 소개하기 위해
요리사 두 명이 특별히 선발되어 사절단에 끼어 있는 점이 이채로웠다.

짐을 싣고 준비를 마친 후 지휘차에 타기 시작하자 고대의 탈것을
처음 접하는 사람들은 긴장하는 기색이 역력했다. 그러나 양측 사신
모두 국가적 자존심 때문인지 태연한 척하려고 애쓰고 있었다.

지휘차가 하늘로 떠오르는 순간 화들짝 놀라 자신도 모르게 움츠러
들었던 사람들은 조금씩 긴장이 해소되자 모니터로 보이는 창공과 아
래의 모습을 보고 어린아이마냥 신기해하며 눈을 떼지 못했다. 지휘차
가 빠르게 속력을 내자 곧 프라트 시가지를 지나고 전원 지대가 펼쳐
졌다. 더욱 시간이 흐르고 나자 모니터에는 푸른 하늘과 그보다 더욱
푸르게 일렁이는 바다의 모습만이 가득해졌다.

그 상태로 얼마나 지났을까. 지휘차 안에서 식사를 하고 차도 마시
며 휴식을 취하고 있는데 드디어 멀리 커다란 섬들이 보이기 시작했다.
그동안 바다에서 간간이 지나쳤던 작은 섬들과는 확연히 다른 규모였
다.

뷜리텐 사신들이 크게 놀라 자기들끼리 무어라 주고받는 말이 들렸

다. 혹시나 하는 마음에 통역기에 고대 마이테움의 표준어 데이터를 담아놓았지만 별로 소용이 없어서 섬의 이름만을 겨우 알아들을 정도였다.

"저기 말은 통역이 안 되나 본데?"

박창이 조금 걱정이 되는지 박상에게 말했다.

"모르지. 레스프라트도 지역 방언은 있으니까 그런 말로 이야기한 건지도. 그게 아니라도 어쩔 수 없지. 통역이라도 데리고 다니는 수밖에."

언어 문제는 박상도 염려스럽기는 했지만 일부러 가볍게 받아들이려 애썼다. 걱정한다고 해결될 일이 아닌 이상 자기까지 걱정을 늘어놓으면 동료들의 불안만 커질 것이라고 생각한 것이다.

지휘차는 인공위성의 위치 유도를 받으며 다쉬트 군도에서도 가장 큰 섬이자 왕의 섬인 다쉬트로 방향을 잡았다. 다쉬트에서 가장 가까운 탈라 섬이 먼저 보였다. 무적택배 사람들은 유심히 두 섬 사이의 바다를 바라보았다. 그러나 옛 지도에 표시되어 있던 인공 도시는 흔적도 없었고 두 개의 섬 사이에는 바다만이 일렁이고 있었다.

"저기입니다. 저곳이 수도 팔라입니다."

뷜리텐의 사신 중 한 사람이 모니터에 보이는 항구 도시를 보고 고대 기스칼 어로 말했다. 지휘차와 에어트럭은 서서히 방향을 틀어 그곳으로 향했다.

"왕궁은 항구를 내려다보는 언덕 위에 있습니다. 그러니 이대로 죽 들어가시면 될 겁니다."

사신의 말이 아니라도 왕궁을 찾는 것은 전혀 어렵지 않았다.

"저게 뭐지?"

"배… 같은데요."

"진짜 거대하군요!"

레스프라트 사람들의 입에서 저절로 탄성이 새어 나왔다. 모니터를 향한 사람들의 시선은 저 멀리 언덕에 고정되어 있었다. 항구가 내려다보이는 높은 언덕에 배를 닮은 거대한 형체가 얹혀 있었다.

"저거 우주선이지?"

지혜가 박상을 쳐다보며 동의를 구하듯 물었다.

"그런 쪽인 것 같다."

박상은 멍하니 고개를 끄덕였다. 바다를 항해하는 배라고 보기에는 구조가 밀폐되어 있었다.

"굉장하다! 저런 게 아직 남아 있다니. 꿈에도 생각지 못했어."

지혜는 입을 다물지 못했다.

"어디에 착륙합니까? 왕궁 아래에 착륙할 만한 곳이 있겠지요?"

우진이 큰 소리로 묻자 뷀리텐의 사신 한 명이 대답했다.

"예, 왕궁 아래 광장이 있습니다."

그런데 뷀리텐 사절단의 단장 비스킨이 서둘러 큰 소리로 말했다.

"그대로 가서서 왕궁 위에 내리시는 것이 더 좋겠습니다! 그곳에도 이것이 내려설 만한 공간이 있습니다!"

"알겠습니다. 저 정도 높이라면 고도를 낮출 필요가 없겠군요."

우진이 대답했다. 지휘차는 고도를 유지하며 항구의 상공으로 들어갔다. 거대한 배의 윤곽은 거리가 가까워질수록 뚜렷해졌는데 지혜의 말처럼 바다를 항해하는 배가 아니라 우주선이 분명해 보였다.

배는 언덕에 3/4쯤 얹히고 나머지 1/4가량은 언덕 바깥으로 돌출해 있었다. 그런데 그곳에 접근하다 보니 이상한 광경이 모니터에 비쳤다. 언덕 밖으로 튀어나와 있는 배의 몸체 부분에 사람처럼 보이는 형체가 여러 개 대롱대롱 매달려 있는 것이었다.

"헉! 저것은 사람 아닙니까?"

레스프라트 사절단에서 놀란 소리가 튀어나왔다.

"설마 저기에 사람을 매단 것은 아니겠지요?"

레스프라트 사절단의 단장인 웰드가 굳은 표정으로 뷜리텐 사람들에게 물었다. 뷜리텐의 사절 비스킨이 재빨리 그들을 안심시켰다.

"놀라지 마십시오. 저 사람들은 벌을 받고 있는 것이 아니라 담력 시험을 겸해 왕궁 외부를 청소하고 있는 것입니다."

"청소라구요?"

모두 의아해했다. 지혜가 확인차 상단의 모니터 한 곳에 사람들을 확대시켜 보았다. 비스킨의 말이 거짓은 아닌 모양으로 젊은 사람들이 동아줄로 연결된 튼튼한 발판에 몸을 묶고 앉아서 자루가 긴 도구를 들고 배의 표면을 문지르고 있었다.

"왜 저런 위험한 일을 하지요?"

웰드는 도무지 영문을 모르겠다는 얼굴로 비스킨에게 물었다. 비스킨의 말이 사실인 것은 확인했지만 그것과 납득은 별개 문제였다. 비스킨은 별일 아니라는 듯한 태도로 설명했다.

"왕궁을 유지·관리하는 것이 첫째 목적이고, 둘째는 장차 지도층에 속할 젊은이들의 담력을 시험하고 키우는 것입니다. 저곳에 있는 젊은이들은 모두 뷜리텐 지도층 가문의 자제들입니다. 저 역시 젊었을 때는 여러 번 저기에 섰습니다. 늘 하는 일은 아니고 정해진 시기에만 실시하는데, 지금은 아마 여러분을 맞이하기 위해 단장을 하는 중일 겁니다."

　레스프라트 사람들과 박상 일행은 말을 잃고 그 광경을 다시 바라보았다. 박창이 눈가를 실룩거리며 입속으로 웅얼거렸다.

　"저건 보통 높이가 아닌데……. 10미터는 족히 넘게 생겼잖아. 나처럼 고소 공포증이 있는 사람은 어떻게 되는 거야?"

　그동안 지휘차는 거대한 배에 더욱 가까워져서 착륙 지점을 찾기 시작했다. 비스킨이 말한 대로 배의 상단에는 평평한 공간이 길게 뻗어 있어서 충분히 지휘차가 내려설 만했다. 위에서 바라본 우주선은 신기하게도 정확하게 항구를 정면으로 내려다보는 방향에 자리하고 있었다. 우주선의 앞쪽 끝 부분에는 큰 깃발이 내걸린 기둥이 있었고, 그것을 중심으로 여러 명의 병사들이 경비를 서고 있었다. 그리고 무엇에 쓰는 것인지 모를 큼직한 장비들이 뱃전에 여러 개 달려 있었다. 기둥에서 반대편으로 멀찍이 떨어진 곳에 마라나와 릴리가 이틀 전에 타고 갔던 에어트럭이 한쪽에 서 있는 것도 보였다. 그것으로 보아 그들도 이곳에 착륙했던 것 같았다.

　지휘차가 나타나자 병사들은 꽤 놀라는 표정이기는 했으나 이틀 전에 고대의 차를 본 때문인지 그리 당황하지는 않았다. 그들 중 한 명이 허리에 차고 있던 커다란 소라처럼 생긴 나팔을 집어 길게 두 번 불었다.

　"우리가 도착한 것을 알리는 신호일 겁니다."

　비스킨이 설명했다.

　"이제부터 착륙합니다. 약간 흔들릴 수 있으니 조심해 주십시오."

　우진은 습관처럼 사람들의 주의를 일깨우고 우주선의 선상에 지휘차를 착륙시켰다. 지휘차가 안정되고 나서 사람들이 밖으로 나갈 준비를 하는데, 선상 뒤쪽에 솟아 나온 부분에서 문이 열리고 사람들이 나오는 모습이 모니터로 보였다.

뷀리텐의 사신들을 선두로 지휘차에서 전원이 밖으로 나갔을 무렵, 건물에서 나온 사람들이 가까이 다가왔다.

비스킨이 선두의 노인에게 다가가 인사했다. 다쉬트 군도의 말이어서인지 통역기로도 알아들을 수가 없었는데, 뷀리텐 사절단의 일원인 통역관이 고대 기스칼 어로 통역해 주었다.

"폐하, 신 비스킨 이하 폐하의 명을 받들어 레스프라트에 다녀왔음을 보고드립니다."

그 노인이 뷀리텐의 왕이라는 말에 박상 일행은 또다시 놀랐다. 즉위한 지 오래지 않은, 개혁 의지에 불타는 새 왕이라고 설명을 들은 터라 베르테스처럼 젊은 사람일 것으로 믿고 있었는데, 눈앞의 왕은 얼굴에 주름이 자글자글한 체구가 작은 노인이었다.

"저 사람이 왕이라고? 작년에 즉위했다더니 팍삭 늙었잖아?"

박창이 어안이 벙벙해서 박상에게 소곤거렸다.

"말조심해."

박상도 놀라기는 박창과 같았지만 다른 사람들이 들을세라 인상을 팍 쓰며 주의를 주었다.

"폐하, 레스프라트에 계신 미테르교의 신의 사도 여러분과 레스프라트의 사절단을 모시고 왔습니다."

비스킨이 자신들을 소개하는 것을 알고 무적택배 사람들과 레스프라트의 사절들은 허리를 굽혀 뷀리텐의 왕에게 절했다. 뷀리텐의 왕 쿠데리안은 온화한 미소를 띠고 두 팔을 벌리며 말했다.

"뷀리텐에 오신 것을 환영합니다. 여러분이 오시기를 기다리고 있었습니다."

쿠데리안의 인상은 인자하고 지혜로운 할아버지 그 자체여서 이곳이 과거에 악명 높은 해적 섬이고, 눈앞의 노인이 왕이라는 사실조차 잠시 잊어버릴 정도였다.

"이곳은 전망이 좋은 대신 바람이 강합니다. 아래로 내려가시지요."

쿠데리안이 말하고 돌아서자 사람들은 왕을 따라 걷기 시작했다. 쿠데리안의 뒤쪽에 서 있던 마라나와 릴리는 신속히 박상 등에게 다가와서 합류했다.

"수고 많으셨습니다."

박상이 인사를 건네자 마라나는 빙그레 웃었다.

"아니에요. 나름대로 즐거웠어요. 맛있는 것도 많이 먹었구요. 수정이 우리가 먹는 음식을 전부 사전에 검사했지만 먹어서 안 되는 것은 없었어요. 이곳의 해산물은 우리에게 무해한 모양이에요."

맛있는 것이라는 말에 박창이 자동적으로 반응을 보였다.

"여기 음식이 맛있나 보죠?"

릴리가 고개를 끄덕이고 신나게 대답했다.

"네. 생선회도 맛있구요, 해초 샐러드랑 해초죽도 맛깔나요. 그리고 조개랑 새우 비슷하게 생긴 것도 종류가 많이 있는데, 전부 너무너무 맛있어요. 음식이 너무 입에 맞아서 여기서 오래 지내다간 살찔 것 같아요."

"정말요? 으아~ 진짜 기대되네."

박창은 말만 듣고도 침을 흘리며 황홀해했다. 먹을 것 생각에 빠져들어 흐느적거리는 그의 옆구리를 박상이 꾹 찔렀다.

"침 좀 닦고 똑바로 걸어."

사람들은 선상 위를 걸어 우주선 뒤편에 솟아 있는 건물처럼 생긴 곳으로 갔다. 문을 열고 들어가자 꽤 넓은 대기실 같은 곳이 나왔다. 유리처럼 투명한 커다란 창이 사방 벽에 둘러가며 있어서 전망대처럼 보이기도 했다. 안쪽에는 엘리베이터처럼 보이는 문이 네 개 있었지만 굳게 닫혀 있었다.

사람들은 그 옆에 나 있는 넓은 계단을 통해 아래로 내려갔다. 계단을 내려가자 이번에는 사방으로 복도가 나 있는 원형 공간이 나왔다. 천장에서 드리워진 방사형 등과 벽에 걸린 걸개마다 불이 밝혀져 있어 전혀 어둡지 않았고, 환기가 잘 이루어지는지 갑갑한 느낌도 없었다. 사람들을 따라 걸어가던 우진이 통역기를 끈 상태에서 작게 말했다.

"분명히 우주선이 맞기는 한데 구조가 좀 특이한 것 같군요. 마치……."

적절한 단어가 금방 떠오르지 않아 우진이 뜸을 들이는데 바다가 말을 이었다.

"유람선처럼 보이는군요."

"맞아요. 유람선!"

우진은 고개를 주억거렸다. 그 말을 들어서인지 그런 느낌이 없지 않아 들기는 했다.

"우리가 보기에도 군용은 아니었던 것 같아요. 처음에는 왕궁으로 쓰면서 이렇게 꾸며놔서 그런 것 아닐까 생각했는데, 전반적인 구조가 유람선에 가까운 것 같아요."

마라나도 우진의 짐작에 동조했다.

그들은 계단을 따라 두 개 층을 더 내려가 긴 복도를 지난 뒤에야 목적지에 도달했다. 사람들이 걸음을 멈추는 것을 보고 박상 일행도 따라서 멈춰 섰다. 문 앞에 서 있던 두 명의 시종이 문을 활짝 열어젖히면서 안을 향해 외쳤다.

"쿠데리안 폐하께서 입장하십니다!"

내부는 직사각형으로 생긴 커다란 홀이었다. 이들이 들어간 문은 단상으로 바로 연결되는 것이었는데, 단상 아래에는 많은 사람들이 모여서 그들을 기다리고 있었다.

"신의 사도 여러분께서는 폐하와 함께 단상에 오르십시오."

시종장쯤으로 보이는 초로의 노인이 고대 기스칼의 언어로 박상에게 정중하게 말했다. 단상 위에는 옥좌 양 옆으로 여러 개의 의자가 놓여 있어 박상 일행을 위해 준비한 것으로 보였다.

무적택배 사람들은 별로 단상에 오르고 싶지 않았으나 하는 수 없이 쿠데리안을 따라 단상에 올라갔다. 아담과 아그리파 등의 철인간들과 수정, 조수는 무적택배 사람들의 뒤에 가서 섰다. 웰드를 단장으로 한 레스프라트의 사절단은 단상 아래의 가장 앞 자리에 안내되었다.

먼저 비스킨과 뷜리텐의 사절단이 왕의 앞에 서서 레스프라트에 다녀온 결과를 보고하고, 무적택배 사람들과 레스프라트의 사절단을 정식으로 사람들에게 소개했다. 다음으로 레스프라트의 사절단이 쿠데리안에게 베르테스의 친서를 전달하고 선물을 전했다. 피스벵 설탕과 유리와 귀금속 세공품 등의 장식품, 사탕, 아르데 소스, 메도쿰으로 만든 무구 등 선물의 목록이 낭독되고, 메도쿰으로 만든 무기와 사탕이 담긴 커다란 유리병은 특별히 사신단의 단장 웰드가 직접 쿠데리안 왕에게 전달했다.

쿠데리안은 매우 신기한 눈으로 유리병을 바라보았지만 그것에 대해 묻거나 열어보지는 않고 옆에 있는 시종장에게 건넸다. 그러나 세 자루의 검이 들어 있는 상자는 그 자리에서 열게 했다. 마리나 자매와 앞서 온 사신에게서 그에 대한 보고를 들은 모양으로 레스프라트의 새 금속에 대해 알고 있는 눈치였다.

그는 검을 한 자루 집어 들고 그 모양을 살피더니 검집에서 뽑았다. 얇고 가는 검신이 맑은 은빛을 뿜으며 드러나자 그것을 지켜보고 있는 뷜리텐 사람들 사이에서 작은 웅성거림이 일었다. 쿠데리안은 눈을 가늘게 뜨고 그 빛을 물끄러미 응시했다.

"듣던 대로 고대의 무기를 재현한 것이로군."

탄복의 한숨을 토하며 나지막이 중얼거린 그는 검을 검집에 꽂고 시종장에게 건넸다. 레스프라트의 사절단에 대한 환영의 인사와 몇 가지 의례가 끝난 뒤 시종장이 큰 소리로 말했다.

"이제부터 자리를 옮겨 연회가 시작될 것입니다! 모두 연회장으로 가시기 바랍니다!"

그 말이 끝나자 단상에서 마주 보이는 홀 뒤편의 큰 문이 활짝 열렸다. 무적택배 사람들은 쿠데리안 왕과 나란히 그곳으로 갔다. 사람들은 그들이 들어간 뒤 뒤따라 그 문으로 나갔다.

그곳은 홀과는 반대로 옆으로 길쭉한 타원형의 대형 연회장이었다. 천장에 여러 개의 아름다운 대형 샹들리에가 드리워져 있고 사방 벽에도 환하게 불이 밝혀져 있었지만, 무엇보다 먼저 눈에 들어오는 것은 유리처럼 투명한 재질로 되어 있어 바깥이 환하게 내다보이는 홀의 전면이었다.

때마침 맞이한 낙조가 황금빛이 섞인 강렬하고도 선연한 붉은빛으로 홀을 가득 채우고 있어 다른 불빛은 거의 존재감을 발휘하지 못할 지경이었다. 수평선 너머로 잠겨들기 시작한 붉은 태양 아래 온통 금빛으로 물든 바다와 주변 하늘에 퍼진 붉은 황금빛 구름이 연출하는 장관에 박상 일행뿐 아니라 레스프라트의 사신들도 그저 멀거니 바라보고 있을 따름이었다.

"진짜로 유람선이 맞긴 맞나 봐, 이런 데가 있는 걸 보면."

박창의 말에 박상은 말없이 고개만 끄덕였다.

"마음에 드십니까?"

언제 다가왔는지 쿠데리안이 고대 기스칼 어로 박상에게 말을 걸어왔다. 박상은 깜짝 놀라 대답했다.

"아, 예, 무척 아름답군요."

"이곳에서 바라보는 석양도 멋집니다만, 일출의 장엄함 또한 그에 뒤지지 않습니다. 이 나이가 되도록 매일처럼 보고 있지만 도무지 질리지를 않아요."

쿠데리안이 조용히 읊조리듯 말했다. 장밋빛 저녁 햇살을 받아 불그스레해진 그의 얼굴은 그 햇살만큼이나 부드럽고 편안해 보였다. 어쩌면 그는 고대의 우주선인 이 오래된 왕궁이나 항구에 가득 들어선 배들보다도 섬과 바다가 만들어내는 일몰의 장관을 더욱 사랑하고 자랑스러워하는 것처럼 보였다. 쿠데리안은 그들에게 다가온 시종의 쟁반에서 잔을 집어 들더니 박상에게도 잔을 들도록 권했다.

"건배를 할 테니 잔을 드시지요. 야킨이라는 술인데, 우리 뷜리텐의 특산이라 할 만한 명주입니다."

술의 이름을 듣는 순간 칼키아의 캄렌이 떠올라 박상은 무의식 중에 피식 웃음을 흘렸다.

"왜 그러십니까?"

쿠데리안이 의아하게 물었다. 행여 그의 심기를 상하게 할까 봐 박상은 서둘러 변명했다.

"아, 다른 게 아니고, 칼키아에서 만났던 어떤 분이 생각나서 그랬습니다. 젊었을 때 체레스 섬에 얼마간 머문 적이 있었는데, 종종 그때 맛보았던 야킨 술이 생각난다고 하시더군요."

쿠데리안의 눈가에 엷은 미소가 스치고 지나갔다.

"칼키아. 칼리케아의 수도로군요. 칼리케아의 배가 종종 우리 쪽에 나타나는 경우가 있기는 했지요. 그나마 요 근래에는 거의 없는 일인 모양입니다만. 그곳 사람들은 이곳을 야만인들이 사는 해적 소굴이라 생각하겠지요?"

담담하지만 어딘지 자조적인 느낌의 말투였다. 박상은 어떻게 대답해야 좋을지 몰라 망설였다. 박상의 난감함을 눈치 챈 것인지 아니면 애초부터 대답을 기대하지 않았던 것인지 쿠데리안은 사람들을 향해 몸을 돌리고 잔을 높이 들었다.

"오늘 우리 뷜리텐을 찾아주신 레스프라트의 손님들께 다시 한 번 환영의 뜻을 밝히며, 양국의 건설적인 우호 관계를 위하여 잔을 듭시다!"

참석자들은 국왕을 따라 잔을 높이 들었다가 쿠데리안이 술잔을 입에 대는 것을 신호로 술을 마시기 시작했다. 박상은 혹시나 하는 마음에 수정을 돌아보았지만 수정은 가만히 있었다. 이틀 전 마리나 자매를 따라와서 이미 검사를 마친 모양이었다.

캄렌이 감탄했던 대로 야킨의 맛은 매우 독특하고 매혹적이었다. 처음에는 찌릿하게 강한 자극이 느껴졌지만 목구멍으로 넘어가는 느낌이 부드러웠고 그 다음에는 산뜻하고도 개운한 향이 입 안에 맴돌았다.

"햐~ 요거 입에 착 붙네."

박창은 연신 감탄하며 일찌감치 두 번째 잔을 집어 들었고, 평소 술을 즐기지 않는 지혜도 조금씩 홀짝대고 있었다.

이곳의 연회는 지정된 좌석 없이 돌아다니면서 즐기는 식이었다. 음식은 즉석에서 요리해 먹는 종류가 많은 모양으로 여러 명의 요리사들이 투명한 벽면의 반대편에 길게 늘어서서 음식을 조리하고 있었다. 왕궁의 연회답게 다양한 식재료가 있었지만 릴리가 말한 것처럼 바다의 먹거리가 많았다. 이곳 사람들도 회를 즐겨 먹는 모양으로 여러 종류의 생선과 조개, 갑각류의 살을 발라내어 날것으로 먹게끔 나왔다.

레스프라트나 칼리케아와의 차이점이라면 이곳에서는 매운 콕이 아니라 엷은 선홍색의 새콤한 소스 또는 적갈색의 짭조름한 소스에 찍어 먹는다는 것이었다. 조개를 좋아해 냉큼 그쪽에 가서 수정에게 검사를 시키자마자 적갈색 소스에 찍어 입에 넣은 박창의 눈이 휘둥그레졌다. 그는 급히 박상을 찾아내서 그곳으로 끌고 갔다.

"형, 이것 좀 먹어봐."

"웬 호들갑이야?"

박상은 못마땅한 얼굴로 박창이 입에 넣어주는 조갯살을 씹다가 깜짝 놀랐다.

"어? 이건?"

"그렇지? 이거 간장이랑 맛이 비슷하지? 그때 지식의 관에서 찾았었던 그것 같아."

"그러게."

박상은 그 적갈색 소스를 다시 맛보았다. 달착지근하면서 짭조름한, 혀에 익숙하게 느껴지는 친숙한 맛이 났다.

"조선간장보다는 달고 진간장 비슷한데, 좀 더 부드러운 맛이군."

입맛을 다시면서 박상이 중얼거리는데, 박창은 벌써 요리사에게 소스에 대해 물어보고 있었다. 그러나 요리사가 고대 기스칼 어나 고대 마이테움 어를 몰라 말이 통하지 않았다. 그러고 있는데 누군가 다가 오더니 유창한 고대 기스칼 어로 박창에게 물었다.

"무슨 일이십니까?"

30대 중, 후반쯤의 남자였다. 처음 보는 사람이었지만 박창은 소스 에 대해 알고 싶은 마음에 개의치 않고 대답했다.

"아, 예, 이 소스에 대해 물어보고 있었습니다."

남자는 접시에 담긴 적갈색 소스를 보더니 말했다.

"크렘 소스군요. 무엇을 알고 싶으신 것입니까?"

"어디서 만드는 것인지, 원료는 무엇인지, 만들기가 어려운지 같은 겁니다."

"알겠습니다."

남자는 요리사에게 뷜리텐의 말로 질문했다. 높은 신분의 사람인 듯 요리사는 공손하게 고개를 조아리고 열심히 대답했다. 대답을 듣고 난 남자는 크렘 소스에 대해 상세하게 설명했다.

"크렘 소스의 원료는 뢰그라는 이름의 풀입니다. 해안가처럼 소금기 가 있는 땅에서 잘 자라는 풀인데, 어른의 허리 높이까지 자랍니다. 뢰 그가 다 자라 씨앗을 맺으면 그것을 뿌리만 남기고 베어내서 줄기만 남기고 쳐낸 뒤 줄기에서 즙을 짜내 커다란 솥에 넣고 여러 번 달여 발 효시킨 뒤 마지막으로 한 번 더 달여내서 만든다고 합니다. 이 소스는 우리 뷜리텐과 헤이프에서는 손쉽게 구할 수 있고 널리 먹고 있습니 다."

"비싸지는 않은 모양이지요?"

"그런 것으로 알고 있습니다."

남자가 대답하는데, 이번에는 박상이 물었다.

"크렘 소스는 이것 한 종류뿐입니까?"

남자는 이번에도 요리사에게 물어서 가르쳐 주었다.

"용도에 따라 여러 종류가 있습니다. 날 음식에 찍어먹는 소스는 이것처럼 담백한 것을 쓰지만, 쇠닝이라는 생선을 말린 가루를 넣어 달인 종류도 있고, 쪄서 가루를 낸 에티를 넣어 달이는 것도 있다고 합니다."

남자의 설명을 듣고 박창이 좋아하며 박상에게 소곤거렸다.

"잘됐다. 종류도 여러 가지고 별로 비싸지도 않다니까 프라트에 갈 때 많이 사 가자."

박상은 고개를 끄덕이고 남자에게 인사했다.

"도와주셔서 감사합니다. 아직 성함도 모르고 있었군요. 성함이 어떻게 되십니까?"

남자는 부드럽게 미소 지으며 고개를 살짝 숙였다.

"소개가 늦었습니다. 뷜리텐의 둘째 왕자인 홀베르크 키오르입니다."

박상 형제는 깜짝 놀라서 그에게 마주 인사했다. 처음부터 어쩐지 낯설지가 않다 싶었는데, 아까부터 쿠데리안의 가까이에 있던 얼굴이었다.

"음식에 아주 관심이 많으신 모양입니다."

키오르의 말에 박창은 겸연쩍게 웃었다.

"그런 편입니다. 먹는 걸 워낙 좋아해서요."

"저는 음식에 대해서 그다지 조예가 있는 편은 아닙니다만, 부족하나마 제가 통역을 하겠습니다. 궁금한 것이 있으면 말씀하십시오."

“아니오. 그럴 필요까지는…….”

박상이 당황하여 사양했지만 키오르는 상냥하게 말했다.

“어려운 일도 아니니 사양하지 마십시오.”

그의 아버지 쿠데리안처럼 키오르는 솔직하고 편안한 성격의 사람이어서 박상 형제는 곧 긴장을 풀고 그와 편하게 어울릴 수 있었다.

“뷜리텐의 음식은 지금 봐서 아시겠지만 바다에서 나는 것들을 많이 이용하고 있습니다. 바다 건너 헤이프 사람들은 우리를 두고 바다의 것이라면 못 먹는 것이 없다고도 평할 정도입니다. 사실 먹어서 해가 되는 것만 아니라면 그런 편이기도 합니다.”

뷜리텐의 요리법은 생각보다 다양해서 날것으로 먹는 외에 숯불에 석쇠를 올려놓고 그 자리에서 구워주거나 향신료를 가미해 볶거나 찌는 등 꽤나 다채로웠다. 사람들은 개인 접시를 들고 다니면서 입맛에 맞는 요리를 골라 갓 조리된 음식을 즐겼다. 신선한 해산물은 별다른 양념 없이 그 자체로도 훌륭한 진미였다. 박상 형제는 물론이고 무적택배호의 다른 사람들도 이때만큼은 이것저것 맛보느라 분주했다. 그들은 연회에 나온 모든 음식을 맛보겠다는 소명 의식에 불타는 사람들처럼 처음 접하는 재료나 요리마다 수정에게 검사를 시켜 결과가 나오기가 바쁘게 입으로 가져갔다.

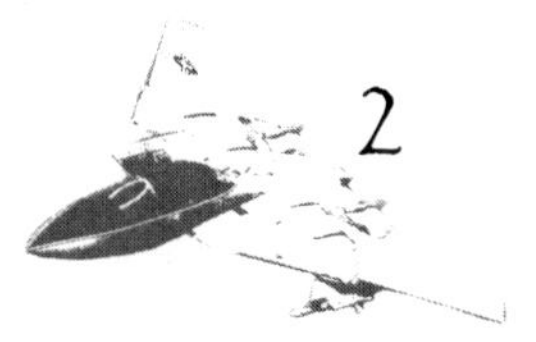

2

뷜리텐의 왕궁에 온 지 이틀째, 왕궁에서 하루 동안 휴식을 취한 레스프라트의 사신들은 쿠데리안의 장남인 루드 왕자의 안내를 받아 항구를 둘러보러 나갔다. 하지만 무적택배 사람들은 그들과 가지 않고 왕궁에 머물러 있었다. 그들이 다쉬트 군도에 있는 고대의 유적을 둘러보고 싶어한다는 비스킨의 말을 전해 들은 쿠데리안이 그 첫 번째 장소로 왕궁 내부의 비밀 장소로 직접 안내하겠다고 했기 때문이다. 대신 노드, 로네스 등의 수행원들은 남아 있고 무적택배 사람들만 왕과 동행한다는 것이 조건이었다. 박상 일행은 쾌히 응하고 철인간들과 로봇만 데리고 쿠데리안에게 갔다. 쿠데리안 자신도 차남인 키오르 왕자만을 데리고 나섰다.

"그곳으로 가기 전에 철인간들의 방에 들르시겠습니까?"

복도를 걸으며 쿠데리안이 묻기에 박상 등은 그렇게 하겠노라고 했다. 펠레즈나 다른 위대한 도시의 예로 보아 이곳 사람들에게 철인간의 무덤은 큰 의미를 지니고 있을 터였다.

디파와 펠레즈 등의 시설과는 달리 이곳에는 과거의 역사를 설명하는 방이 따로 없는 모양으로 쿠데리안은 곧장 무적택배 사람들을 철인간들이 있는 곳으로 안내했다.

이곳의 철인간들은 투명한 덮개가 달린 금속제 관에 담겨 넓은 방에 나란히 누워 있었다. 지금까지 다녀본 세 도시와 다른 점이라면 이곳의 철인간들의 경우 상당수가 비슷한 색조의 모습을 하고 있다는 점이었다. 코발트 블루와 흰색이 조화된 깔끔하고 통일적인 디자인은 유니폼을 연상케 했다.

"꼭 승무원들의 유니폼처럼 생겼네."

박창이 혼잣말로 웅얼거리는 것을 듣고 우진이 동감을 표했다.

"그러게요. 이 철인간들은 여러 곳에서 모인 것이 아니라 어디 한곳의 소속인가 본데요."

"여긴 벽화라든지 설명이 전혀 없네요. 펠레즈랑 디파에는 그런 게 다 있던데."

릴리가 방을 둘러보면서 말했다.

궁금한 것은 철인간들의 디자인만이 아니었다. 우주선이 분명한 이 거대한 배가 어쩌다가 이렇게 섬의 언덕에 있게 되었는지, 다쉬트 섬과 탈라 섬 사이에 있었다는 인공 도시는 어떻게 된 것인지 알고 싶은 것이 많았다. 무적택배 사람들은 쿠데리안이 뭔가 설명해 주지 않을까 기대하고 기다렸지만, 왕은 경건한 태도로 철인간들을 바라보고 있을 뿐 전혀 입을 열 기미가 없었다. 참다못한 지혜가 쿠데리안에게 물었다.

"저어, 이 배 말인데요. 옛날에는 하늘을 날았을 것 같은데, 어쩌다가 이렇게 높은 곳에 있게 되었습니까?"

지혜의 목소리에 쿠데리안은 꿈에서 깬 사람처럼 번쩍 고개를 들고 그녀를 보았다.

"미안합니다. 잠시 다른 생각을 하느라고 듣지 못했습니다. 뭐라고 하셨죠?"

지혜가 다시 질문하자 쿠데리안은 감탄하는 표정으로 말했다.

"그 말씀이 맞습니다. 이곳은 본디 우리가 살고 있는 세계의 바깥을 다니는 배였습니다. 고대의 문명이 어떻게 종언을 맞이하였는지는 여러분도 익히 알고 계실 테니 간략히 설명드리겠습니다. 다쉬트를 포함한 이 일대의 섬에는 고대에 큰 도시와 많은 시설이 건설되어 있었고, 수많은 사람들이 살고 있었습니다. 그러나 파멸 전쟁 이후에 발생한 원인 불명의 질병은 이곳 역시 비켜가지 않았습니다. 날마다 많은 사람들, 특히 성인들이 사망하는 가운데 설상가상으로 그에 뒤지지 않는 대재앙이 이곳을 덮쳤습니다. 일찍이 없었던 엄청난 규모의 해일이 이 일대를 휩쓴 것입니다. 당시 이 배는 다쉬트 섬과 탈라 섬 사이의 바다에 정박해 있었습니다. 해일이 닥칠 것을 알게 된 사람들은 너도나도 이 배로 몰려왔습니다. 이것이 하늘에 오를 수 있는 배들 중에서도 가장 크고 튼튼한 배였기 때문입니다. 한시라도 서둘러 하늘로 날아올라야 했지만 태워달라고 절규하는 사람들을 차마 외면할 수 없어 해일이 밀어닥치기 직전에야 가까스로 배의 문이 닫혔고, 그 순간 어마어마한 파도가 덮쳐 왔습니다. 우리 배는 해일을 완전히 피하지는 못했으나 어떻게든 이겨내어 살아남았습니다. 그 장소가 바로 이곳입니다. 해일이 지나간 다음, 배는 기적처럼 지금의 위치에 올라앉아 있었던 것입</p>

니다.”

“지금 이 위치에요?”

우진이 믿기지 않는다는 표정으로 물었다. 쿠데리안은 반문의 여지 없이 확고한 어투로 대답했다.

“그렇습니다.”

왕이 그렇다고 단언하는 데야 더 캐물을 수도 없어 박상 등은 그런가 보다 할 수밖에 없었다.

“다 보셨으면 나가시지요. ‘열리지 않는 문’으로 안내하겠습니다.”

쿠데리안이 몸을 돌렸다. 무적택배 사람들은 그의 뒤를 따라갔다. 걸으면서 지혜는 박상에게 걱정스레 소곤거렸다.

“해일이 다 쓸고 갔으면 남아 있는 게 뭐가 있겠어? 달랑 이 배 하나뿐인 것 아닐까?”

“모르지. 가서 보면 알 수 있겠지.”

쿠데리안이 박상 일행을 안내한 곳은 유람선의 정중앙쯤으로 짐작되는 곳이었다. 그곳은 대단히 엄중하게 경호되고 있어, 도중 여러 곳에 복도를 막고 벽이 세워져 있으며 잘 무장한 병사들이 문을 지키고 있었다. 그러나 정작 열리지 않는 문이 있는 곳에는 아무도 지키고 있지 않았다. 말 그대로 열리지 않기 때문에 경비를 두지 않은 것인지도 몰랐다. 나무로 만든 문이 달린 다른 방들과는 달리 열리지 않는 문은 이 배가 우주 유람선으로 활약할 당시의 금속 문이 그대로 남아 있었다.

“이것이 열리지 않는 문입니다. 열쇠도 이렇게 남아 있지만, 아주 오래전부터 닫힌 채 열 수가 없는 상태입니다.”

쿠데리안이 손짓을 하자 그를 따라온 차남 키오르가 그에게 긴 통을 내밀었다. 그 안에서는 무적택배 사람들이 익히 보아왔던 수정봉이 나왔다.

"이것이 열쇠입니다만, 말씀드렸듯이 열쇠만 가지고는 열리지가 않습니다."

쿠데리안의 말을 듣고 지혜가 아담에게 물었다.

"아담, 어떻게 된 것인지 알 수 있겠어?"

—살펴보겠습니다.

아담은 문에 다가서더니 칼키아의 기지에서 했던 것처럼 접속을 시도했다. 잠시 후 그가 말했다.

—에너지 공급이 끊겨 있는 상황입니다. 에너지를 공급해 봐야 정확한 원인을 알 수 있겠습니다.

"지휘차나 인공위성으로 이곳에 에너지를 공급할 수 있어?"

—지휘차를 통해 확인해 보겠습니다.

아담이 대답하고 잠시 시간이 흘렀다. 얼마 뒤 아담이 말했다.

—에너지 공급을 받는 에너지 수신기가 확인되었습니다.

지혜는 통역기를 끄고 일행에게 말했다.

"요는 에너지가 없어서 열 수 없었던 것 같아요. 에너지를 공급할 수 있다는데, 어떻게 해요?"

그러자 박창이 당연하다는 투로 말했다.

"그런 걸 일일이 물어볼 거 뭐 있어? 여기까지 왔는데 들어가야지, 그냥 갈 거야?"

"그건 그런데, 왕에게 사전에 양해를 구해놔야 하지 않겠어요? 안에 어떤 것이 들어 있는지는 모르지만, 다른 곳과 마찬가지로 지금은 활용할 수 없을 테니까요."

지혜의 말에 박상이 선뜻 설명을 자청했다.

"내가 말하지. 여러 번 같은 말을 하다 보니 대략 무슨 말을 어떤 식으로 할지 외우고 있으니까."

"사장님의 주요 레퍼토리가 된 셈이군요."

우진이 웃음을 흘리며 말했다. 박상이 쓴웃음을 짓고 쿠데리안에게 말하려는데 지혜가 갑자기 그를 막았다.

"잠깐만, 일단 에너지를 공급해서 이 안의 시설이 가동되는지부터 확인하고 말해. 미리 말부터 해놨다가 가동도 안 되면 낭패잖아."

그녀의 말이 맞다 싶어 박상은 고개를 끄덕였다. 박상은 아담에게 명령해 이곳에 에너지를 공급하도록 했다. 얼마 뒤 문 옆의 벽에 부착된 계기판에 푸르스름한 빛이 들어왔다.

―에너지가 공급되고 있습니다. 가동이 가능한 것으로 확인되었습니다.

쿠데리안과 키오르는 빛이 들어온 것을 보고 대단히 놀라워했다.

"여기에 불이 들어오다니, 처음 보는 일입니다!"

쿠데리안이 얼떨떨한 표정이 되어 중얼거리는데, 지혜가 박상을 팔을 툭 치며 어서 말하라고 눈짓했다. 박상은 목소리를 가다듬고 두 사람에게 말했다.

"안에 들어가기에 앞서 두 분께 드릴 말씀이 있습니다. 중요한 일이니 꼭 지켜주셔야 합니다."

"예, 말씀하십시오."

쿠데리안과 키오르는 고개를 돌리고 박상을 주목했다. 박상은 이 안에 어떤 것이 남아 있든 그것은 보다 미래에 활용할 수 있는 자산으로 지금은 간단히 점검만 하고 그때를 위해 다시 보관해야 한다고 말했다.

"그러면 그때가 온 것을 우리가 어떻게 알 수 있겠습니까?"

조용히 듣고 있던 쿠데리안이 물었다. 이런 직접적인 질문은 처음 받은 터라 순간적으로 대답이 궁해진 박상이 머뭇거리는데, 지혜가 재치를 발휘했다.

"여러분이 자체적으로 하늘을 나는 배를 만들 수 있을 때라고 생각하세요."

박상이 어리둥절해서 그녀를 쳐다보았지만 말은 이미 나와 버린 뒤였고, 쿠데리안은 그런가 보다 하고 납득하는 것 같았다.

"알겠습니다. 그 말씀을 다음 대에 전하도록 하겠습니다."

엄숙하게 다짐하는 쿠데리안에게 지혜가 되는대로 내뱉은 말이라고 할 수도 없고 박상은 떨떠름해서 입을 다물었다. 지혜는 다른 사람이 모르게 박상에게 한쪽 눈을 찡긋하고는 쿠데리안에게 말했다.

"가지고 계신 열쇠를 넣어보십시오. 그것이 열쇠가 맞다면 문이 열릴 겁니다."

쿠데리안은 지혜의 말에 따라 들고 있던 수정봉을 계기판 앞에 달린 장치에 넣었다. 수정봉이 들어가자 문과 벽에서 가벼운 진동이 일어나더니 복도 위쪽에서 안내 음성이 흘러나왔다.

[통제실 내부의 환경을 조정하고 있습니다. 잠시만 기다려 주십시오.]

고대 마이테움의 언어였다. 다행히 통역기에 미리 데이터를 넣어둔 덕택에 무적택배 사람들은 그 말을 알아들을 수 있었다. 그런데 뜻밖에도 쿠데리안과 그의 아들 키오르도 알아들은 것 같았다.

"고대의 말을 알고 계십니까?"

이곳의 언어가 고대 마이테움의 언어와 다르다고 알고 있던 박상은 뜻밖이라 여기며 쿠데리안에게 물었다. 쿠데리안은 대수롭지 않게 대답했다.

"리나트의 동쪽 문명어(고대 기스칼 어)와 함께 헤이프의 문명어도 교양으로 익혀두었습니다. 배워두면 다 쓸 데가 있기 마련이니까요. 대륙의 지배층들은 대체로 일상생활에서도 문명어만을 사용하고 저술도 그렇게 하지만, 우리 뷜리텐에서는 높은 지위에 있다고 해서 군이 일반 사람들이 알아들을 수 없는 말을 사용하여 신분을 과시하지는 않습니다. 지금처럼 필요할 경우를 대비하여 배워둘 뿐이지요."

통제실의 준비는 그리 오래 걸리지 않았다.

[준비가 끝났습니다. 열쇠를 뽑아주십시오.]

안내 방송이 나오고 수정봉을 꽂은 곳에서 그것이 밀려 올라왔다. 쿠데리안이 그것을 꺼내자 쉬잉 소리를 내며 문이 열렸다. 그때까지 침착한 태도를 유지하고 있던 쿠데리안도 그 순간만큼은 긴장을 감추지 못하고 표정이 굳어졌다.

우주선의 통제실은 지금까지 보아온 다른 통제실의 구조와 크게 다르지 않았다. 선장의 자리가 중앙에 있고 전면에는 커다란 대형 모니터와 보조 모니터, 각종 계기 장치들이 오퍼레이터들의 자리와 함께 있었다. 선장석에서 조금 떨어진 측면에는 홀로그램 장치가 있었다.

통제실의 양쪽에는 각각 세 개씩 문이 있었다. 박상 등은 통제실을 둘러보기에 앞서 그곳들부터 가보았다. 양측의 각 하나씩은 화장실이었고, 나머지는 내부 통로를 통해 방으로 이어져 있었는데, 본래 어떤 용도였는지는 몰라도 현재는 대형 컴퓨터들이 들어 있었다.

"이 컴퓨터들은 뭘까요? 통제실의 컴퓨터는 저기 안에 다 있던데."

우진이 이상해하자 지혜가 말했다.

"글쎄요. 다른 곳에서 옮겨온 것 아닌가 싶네요. 자세한 건 이쪽의 컴퓨터에게 물어봐야 알겠지만요."

네 개의 방 모두 컴퓨터밖에 없어서 특별히 볼 것도 없었다. 통제실의 홀로그램 장치가 있는 곳으로 간 지혜는 그것을 켜보려고 스위치를 찾았다.

"스위치가 안 보이네. 어떻게 켜지?"

혼잣말을 하며 홀로그램 장치를 살피는데 옆으로 온 아담이 말했다.

―이곳에 선장의 열쇠를 꽂아야 한다고 되어 있습니다.

그 말을 듣고 보니 수정봉을 꽂는 장치가 양쪽에 달려 있었다. 한쪽은 CD처럼 쓰는 수정봉을, 다른 쪽은 선장의 키를 넣는 곳인 모양이었다.

"칼키아는 자동으로 켜지더니만, 가는 곳마다 방식이 다르네. 서로 다른 세력이라 그런 건가?"

입속으로 중얼거린 지혜는 쿠데리안을 불렀다.

"폐하, 아까 그 열쇠를 여기에 꽂아야 하는 모양입니다."

쿠데리안은 지혜가 말하는 곳에 수정봉을 꽂았다. 그러자 홀로그램 장치에 불이 들어오더니 잠시 뒤 이곳 철인간들의 방에서 본 철인간들과 비슷한 외양의 형상이 홀로그램으로 생겨났다.

[안녕하십니까? 우주 유람선 브로 에베스의 중앙 컴퓨터 로더입니다.]

홀로그램이 말을 하자 쿠데리안과 키오르는 화들짝 놀라 뒤로 약간 물러섰다. 말도 잘 나오지 않을 정도로 놀랐으면서도 두 사람 다 평정을 유지하려고 애쓰는 모습이 역력했다.

"역시 유람선이었군요."

우진이 그럴 줄 알았다는 표정으로 말했다.

쿠데리안 부자가 어떻게 해야 할지 몰라 계속 머뭇거리고 있는데 컴퓨터가 질문했다.

[브로 에베스호의 현재 선장님은 누구십니까?]

그 말을 듣고 정신을 차린 쿠데리안이 앞으로 나섰다. 그러나 금방 대답하지는 못했다. 말을 하긴 해야 할 텐데 어떻게 해야 할지 몰라 망설이는 눈치였다. 그래서 지혜가 대답했다.

"음, 로더라고 했지? 나는 안지혜이고 이곳을 방문 중인 손님이야. 그리고 여기 이분이 이곳의 지도자이신 쿠데리안 폐하시고, 그 아드님인 키오르님이셔. 그러니까 이곳의 선장, 즉 주인이시지."

[알겠습니다.]

지혜의 소개를 들은 홀로그램이 쿠데리안 부자를 향해 공손하게 몸을 숙였다. 쿠데리안은 그제야 긴장이 풀리는지 딱딱하게 굳어졌던 표정을 풀고 길게 숨을 내쉬었다. 지혜는 말을 계속했다.

"오늘은 정상 가동을 위해 들어온 것이 아니고, 전체적인 기능 점검을 하고 몇 가지 정보를 조사한 뒤 다시 보존 처리를 해야 해."

로더는 대답 대신 쿠데리안에게 물었다.

[어떻게 할까요, 쿠데리안 선장님.]

처음의 놀라움이 많이 가라앉은 듯 쿠데리안은 한결 편안해진 목소리로 대답했다.

"이분의 말씀에 따르시오."

쿠데리안의 확인을 받은 로더는 지혜에게 대답했다.

[알겠습니다, 지혜님.]

"폐하, 잠시 저희가 약간의 정보를 조사해도 되겠습니까?"

"그렇게 하십시오."

쿠데리안의 양해를 얻은 지혜는 로더에게 물었다.

"이 배의 과거 항해 기록을 검색할 수 있어?"

[첫 출항 이후의 모든 기록을 말씀하시는 겁니까?]

모든 기록이면 너무 많지 않을까 하는 마음에 잠깐 망설이던 지혜는 고개를 끄덕였다.

"그래. 기록이 있어?"

[연도별로 정리되어 있습니다.]

컴퓨터의 대답을 들은 지혜는 일행을 돌아보고 작은 소리로 말했다.

"일단 그 우주 탐사선에 대해 찾아보게 할게요."

지혜는 우주선의 항해 기록에서 우주 탐사선 룬드 라데츠라는 이름이 나오는지 찾아보도록 했다. 그러나 그런 기록은 나오지 않았다. 룬드 라데츠호가 다쉬트 군도에 들르거나 또는 우주에서라도 이 유람선과 마주친 적은 없다는 이야기였다.

"또 허탕인가 보네."

박창이 실망해서 씁쓸하게 중얼거렸다. 이곳에 반드시 단서가 있을 것이라고 확신하고 온 것은 아니지만 다른 사람들도 맥이 풀리는 것은 어쩔 수 없었다. 지혜는 마음을 가다듬고 다른 질문을 꺼냈다.

"로더, 통제실 안쪽에 있는 네 개의 방은 본래 어떤 용도의 장소지?"

[통제실 승무원들의 휴식 공간 및 숙직실입니다.]

"그럼 지금 그곳에 있는 컴퓨터들은 어디서 온 거지?"

[그것들은 문트 조선소와 체레스 해군 기지에서 옮겨온 것입니다.]

컴퓨터가 말한 것은 전부 다쉬트 군도에 있던 시설들이었다. 지혜의 얼굴에 화색이 돌았다.

"그 컴퓨터들은 너와 연결되어 있어?"

[그렇습니다.]

"좋아. 그럼 거기서도 룬드 라데츠호를 검색해 봐."

[알겠습니다.]

얼마간 시간이 더 흘렀다. 그러나 결과는 조금 전과 같았다. 또다시 실망한 무적택배 사람들이 잠잠해져 있는데, 상황을 지켜보고 있던 쿠데리안이 지혜에게 말했다.

"용무가 끝나셨다면 이제 제가 몇 가지 물어도 되겠습니까?"

"예, 그렇게 하세요."

이곳에서 그가 알고 싶은 것이 무엇일까 생각하며 지혜는 옆으로 비켜주었다. 쿠데리안은 홀로그램을 향해 질문을 시작했다.

"나는 뷜리텐의 국왕 쿠데리안이오. 우리의 선조들께서 이곳에 남기고자 했던 것이 무엇이오?"

[당시에 어떤 일이 있었는지에 대한 기록과 이곳에서 입수할 수 있었던 기술과 지식입니다.]

"그렇다면 그때 어떤 일이 있었는지 보여줄 수 있소?"

[헤우저 선장께서 남기신 공식 기록과 그 외 몇 가지의 기록이 있습니다. 어떤 것부터 보시겠습니까?]

"공식 기록이란 것부터 봅시다."

[알겠습니다. 메인 모니터와 입체 영상 중 어느 것으로 보시겠습니까?]

쿠데리안은 무슨 말인지 알아듣지 못하고 지혜를 쳐다보았다.

"메인 모니터는 저기 보이는 큰 화면을 말하는 겁니다. 입체 영상은 지금 보고 계시는 이것이구요."

지혜의 설명을 들은 쿠데리안은 그제야 이해가 되는 표정이었다. 그는 눈앞의 홀로그램과 대형 모니터를 보더니 모니터 쪽이 낫겠다고 판단을 내렸다.

"큰 화면으로 보여주시오."

[알겠습니다.]

컴퓨터의 대답에 이어 대형 모니터의 화면이 켜졌다. 제일 먼저 화면에 나온 것은 어떤 중년 남자였다. 이곳 사람들이 대파멸이라 일컫는 그 시기에 이 우주선의 마지막 선장이었던 헤우저라는 사람이었다. 그의 이름으로 남은 기록은 우주 유람선 브로 에베스의 마지막 항해와 그 이후의 일에 대한 것으로, 당시의 일을 후세 사람들에게 알리기 위해 시간대별로 정리하고 편집한 내용이었다. 그러나 선장 본인이 직접 편집한 것은 아닌 모양으로 해설하는 목소리는 다른 사람의 것이었다. 화면이 배경처럼 흐르는 가운데 설명이 이어지는 방식은 다큐멘터리처럼 보이기도 했다.

브로 에베스호의 마지막 항해는 본래의 목적인 우주 유람이 아니라 원인 모를 질병의 만연으로 급히 지상으로 옮겨오기 시작한 우주 거주 지역의 사람들을 수송하기 위한 것이었다. 전쟁으로 인한 파괴에 이어 치명적인 질병이 급속도로 확산되면서 우주에 거주하고 있던 사람들은 긴급히 지상으로 대피하기 시작했다. 지상보다도 기본적으로 막힌 공간이라 할 수 있는 우주 거주 지역의 피해가 더욱 극심했기 때문이다. 그러나 모든 사람들을 단기간에 수송할 만한 우주선이 부족했고, 특히 우주의 고속도로라 할 만한 우주 게이트가 제대로 작동하지 못하게 되면서 혼란이 가중되었다.

브로 에베스호가 우주 거주민들의 수송을 맡게 된 것은 워프 기능을 갖춘 많지 않은 우주선 중 하나였기 때문이었다. 여러 차례 우주와 행성을 오가며 이민들을 수송하던 브로 에베스호는 마지막 항해에서 대기권에 진입하던 중 선체에 손상을 입고 다쉬트 섬에 입항했다. 그 다음의 일은 쿠데리안이 무적택배 사람들에게 설명해 준 내용과 거의 일치했다. 다쉬트 군도를 휩쓸어 버린 해일의 원인은 헤이프 대륙에서 발생한 엄청난 규모의 지진이었다.

"와! 저것 좀 봐. 바닷물이 저렇게 쓸려 나가다니, 믿기지가 않아."

화면을 보고 있던 지혜가 경악해서 중얼거렸다. 해일이 닥치기 직전, 섬과 섬 사이의 바닥이 거의 드러날 정도로 바닷물이 빠져 버린 광경은 놀랍기 그지없었다.

"대규모 해일이 닥치기 직전에 바닷물이 확 빠진다는 이야기는 들은 적 있지만 저 정도인 줄은 몰랐네요!"

우진도 놀라움을 감추지 못했다.

당시의 사람들이 느낀 공포는 대단한 것이었다. 머지않아 들이닥칠 파국을 안 그들은 어떻게든 빠져나가려 안간힘을 썼다. 사람들은 수리차 문트 조선소에 있다가 다쉬트 섬과 탈라 섬 사이에 있는 인공 도시 나히즈의 공항으로 이동해 온 브로 에베스호에 긴급히 몰려들었다. 다른 한편에서는 비행 기능이 있는 탈것이라면 뭐든지 올라타고 하늘로 피하려는 사람들로 북새통이었다. 정신없이 위만 쳐다보고 올라가다가 서로 부딪치는 이들도 많았다.

브로 에베스호의 통제실 내부의 광경도 비춰졌다. 당시까지는 기능하고 있던 인공위성에서 보내오는 경고의 메시지에 더해 바깥의 혼란 상황을 지켜보는 승무원들도 공황 상태에 빠져 있었다. 당장에라도 떠올라 대기권을 돌파해야 한다고 재촉하는 목소리들이 이어졌지만, 헤우저 선장의 전임이었을 것으로 짐작되는 그때의 선장은 수리가 덜 끝난 브로 에베스호로서는 대기권 돌파는 무리라고 잘라 말하고 조금만 더 버티라고 승무원들을 독려했다.

그동안에도 바깥에서는 사람들이 우주선에 올라타려고 아우성이었다. 승무원들의 다급한 재촉 속에서도 최후의 최후까지 버티던 선장이 마침내 이륙 명령을 내렸다. 미처 타지 못한 사람들의 절망에 찬 절규 속에 우주선의 문이 닫히고, 우주선은 서둘러 전속력으로 떠오르기 시작했다. 그리고 그것과 거의 동시에 하늘을 뒤덮다시피 치솟아오른 파도가 무시무시한 기세로 덮쳐 왔다. 밀려드는 파도의 높이는 다쉬트 섬에서 가장 높은 산의 정상에 다다를 만치 높았다. 우주선 전체가 정신없이 뒤흔들리는 외중에도 통제실의 사람들은 선장의 지휘 하에 우주선의 조종에 필사적으로 매달렸다.

인간에 대한 징벌처럼 모든 것을 탐욕스럽게 집어삼킨 바다가 예전의 모습으로 돌아갔을 때 브로 에베스호는 마치 어떤 계시처럼 다쉬트 섬의 언덕에 바다를 내려다보는 모습으로 도달해 있었다. 하지만 해일을 이겨낸 대가로 브로 에베스호는 더 이상 날 수 없는 배가 되었고, 다쉬트 섬과 탈라 섬의 사이를 잇고 있던 인공 도시 나히즈는 파도에 묻혀 완전히 사라져 버렸다. 문트 조선소도, 항구도 전부 파도에 쓸려가 버렸다. 다쉬트 군도에서 살아남은 사람은 문트 조선소의 지하 벙커와 체레스 섬 해군 기지의 지하 시설로 대피할 수 있었던 일부뿐이었다.

브로 에베스호의 사람들은 살아남은 기쁨을 누리기도 전에 소수의 생존자들과 힘을 합해 폐허가 된 다쉬트 섬에서 생존을 위한 투쟁을 해야 했다. 희망이라고는 없어 보였다. 헤이트 대륙 역시 폐허가 된 터라 외부의 도움은 기대할 수 없었고 여전히 극복되지 못한 질병은 그나마 살아남은 사람들의 목숨까지 잔인하게 거두어들였다.

그런 상황에서 사람들은 펠레즈나 디파 등 여타 위대한 도시의 사람들처럼 아이들만 남게 될 때를 대비한 준비에 주력했다. 브로 에베스 호는 자체적인 에너지 조달이 불가능했기 때문에 문트 조선소의 지하 시설에 설치된 지력 발전소에서 우주선의 시설과 철인간들을 위해 에너지를 공급하도록 하고, 문명의 유산을 남기는 작업에 착수한 것이다.

철인간들에게는 부두를 재건하고 무너진 방파제를 다시 쌓는 등의 재건 작업과 어른들이 없어진 후 아이들을 돌보고 외부의 세력으로부터 우주선을 지키는 임무가 주어졌다. 기록은 이 우주선이 남아서 후대 사람들이 이것을 볼 수 있기를 바란다는 말을 마지막으로 끝났다. 다른 말이 남아 있지 않을까 생각하고 조금 더 기다려 보았지만 모니터는 먹먹한 상태로 잠시 있다가 꺼져 버렸다.

그것 이외에도 개인이 찍은 것으로 보이는 여러 개의 촬영물과 사진이 있어서 우주 거주지에서 사람들이 피난하는 급박한 모습이라든지 해일이 있기 전과 그 후의 다쉬트 군도의 전경 등이 담겨 있었다.

모니터를 바라보고 있던 쿠데리안이 조용히 말했다.

"지상을 넘어서 별들의 세계까지 지배했던 위대한 문명도 잇단 자연의 재앙 앞에서 무력하게 무너진 것을 보면 역시 인간은 결코 신일 수 없는가 봅니다."

"신을 믿으십니까?"

박상은 자신도 모르게 그에게 그런 질문을 던졌다. 쿠데리안의 주름진 눈가에 묘한 미소가 번졌다.

"나는 그다지 종교적인 인간은 못 됩니다. 현재에 이르기까지 신에

게 의지하기보다는 내 자신을 믿고 살아왔지요. 하지만 신의 존재를
부정하지는 않습니다. 신과 영혼을 부정한다는 것은 인간이 쌓아 올린
모든 가치를 부정하는 일이 될 테니까요. 인간의 정신이 단지 물질의
작용에 불과하다면, 인간은 그 어떤 가치도 지킬 필요가 없어지지요.
어느 저명한 사제와 이야기를 나누게 되었을 때 이런 말을 했더니, 내
게 철저하게 인간의 입장에서 자신의 필요로 신을 재단한다고 질타하
더군요. 그래서 나는 인간이 불가지(不可知)의 신을 어떻게 알겠는가,
진실로 신을 아는 것은 신 자신뿐이 아니겠느냐고 응수했지요. 결국
그와 나의 논쟁은 평행선을 달리다가 끝이 났습니다. 본디 그런 유의
논쟁에 답이 있을 수 없으니 당연한 일이긴 하지요."

말끝에 쿠데리안은 겸연쩍은 얼굴로 빙긋 웃었다.

"또 쓸데없는 말씀을 드렸군요. 나이가 먹으니 이렇게 되나 봅니
다."

"괜찮습니다."

박상은 어쩐지 이 늙은 왕이 친숙한 느낌이 들어 그와 이야기를 나
누는 것이 전혀 지루하거나 싫지 않았다.

쿠데리안의 용무가 끝나자 지혜는 통제실의 컴퓨터에 모든 기능을
점검하도록 명령을 내리고, 쿠데리안에게 물었다.

"점검이 다 끝나려면 앞으로 한참 시간이 걸리는데 계속 여기서 기
다리시겠습니까? 아니면 나가서 기다리시겠습니까?"

그러자 쿠데리안은 뜻밖의 말을 했다.

"열리지 않는 문은 이곳 이외에 한 군데 더 있습니다. 이곳이 열리
면 그곳은 자동적으로 열린다는 말을 들었습니다만, 그곳으로 가보시
겠습니까?"

무적택배 사람들은 당연히 수락했다. 그들은 쿠데리안을 따라 통제실을 나왔다.

"거긴 또 뭐가 있을까요?"

릴리가 궁금해하자 지혜가 말했다.

"여기가 유람선이었다는 걸 생각하면 펠레즈나 디파와는 다를 테고, 칼키아처럼 생활사 박물관 같은 곳이 아닐까 싶네요."

쿠데리안은 제법 긴 복도를 지나 통제실과 같은 층에 있는 다른 문으로 갔다. 그곳 역시 통제실처럼 고대의 문이 그대로 남아 있었는데, 쿠데리안이 말한 것처럼 통제실이 열린 때문인지 문 옆의 계기판에 불이 들어와서 작동되고 있었다.

그곳은 일종의 행사장이었던 모양으로 천장이 높고 매우 넓은 공간이었다. 그러나 그 공간만으로 부족했던지 다른 몇 개의 방을 내부에서 연결해 놓았다. 그 안에 있는 내용은 지혜가 짐작했던 것과 비슷했다. 넓은 유람선 내부를 다닐 때 사용한 것으로 보이는 소형 전기차 여러 대와 몇 대의 자동차, 모터바이크류, 각종 가전제품, 개인용 컴퓨터, 음향 기기, 휴대용 단말기, 게임기로 짐작되는 대형 기계와 수정봉에 담긴 데이터, 서적, 음반들이 종류별로 분류되어 있었다. 이미 칼키아의 대규모 시설을 둘러보고 온 무적택배 사람들의 눈에는 별반 새로울 것이 없었으나, 쿠데리안과 키오르에게는 무척이나 놀랍고 신기한 경험인 것이 분명했다. 두 사람은 이 안에 있는 것들을 모조리 머리에 담아두려는 양 열심히 관찰하고 둘러보느라 여념이 없었다.

문득 우진이 통역기를 끄고 작은 소리로 말했다.

"이 별 고대인들의 문명 보존에 대한 집념은 어디를 가나 남아 있군요. 존경스러울 정도인데요."

"꼼꼼한 것이 이 별 사람들의 공통적 특징인가 봐요."

릴리가 공감하며 말하는데, 지혜가 부연했다.

"이 별 고대 문명의 경우에는 철인간의 존재를 잊어서는 안 돼요. 위대한 도시들이나 이곳의 경우 어른들이 없어진 뒤에도 철인간들이 남아서 아이들을 돌보고 지켰다는 공통점이 있어요. 한 세대의 아이들이 성인이 되고 장년이 될 때까지 위험에서 보호하고 질서를 유지시켜 주었다는 것이 이러한 문명의 유산을 보존하고 최악의 퇴보를 막은 거예요. 그런 점이 이 문명의 가장 뛰어난 업적이자 특징이라고 봐요. 철인간이야말로 이 별 고대 문명의 가장 큰 성취이자 핵심인 셈이죠."

그녀는 자신의 말에 스스로 감동하면서 아담과 아그리파 등을 사랑스러운 눈길로 돌아보았다.

다시 통제실로 돌아간 그들이 볼일을 모두 끝내고 나왔을 때는 상당히 시간이 흘러서 저녁 시간에 가까울 즈음이었다. 오전 일찍 들어와서 지금까지 지낸 터라 다들 몹시 배가 고팠다.

"이런, 시간이 이렇게까지 된 줄도 모르고 여러분을 잡아두었군요."

미안해하는 쿠데리안에게 지혜가 상냥하게 웃으며 대답했다.

"아닙니다. 시간 가는 줄 모르고 있은 것은 저희도 마찬가지인걸요."

"그렇게 말씀해 주시니 다행입니다."

미소를 짓던 쿠데리안은 박상에게 물었다.

"내일은 어느 곳으로 가볼 생각이십니까?"

"글쎄요, 오늘 저녁에 의논해 봐야 할 것 같습니다."

아직 정해지지 않은 터라 그렇게 대답하자 쿠데리안이 말했다.

“일정이 정해지시면 알려주십시오. 키오르가 나를 대신해 여러분을 안내해 드릴 겁니다.”

“아닙니다. 단지 조금 둘러보는 정도인데 폐를 끼칠 수는 없지요. 저희들끼리 다녀도 괜찮습니다.”

반쯤은 자유롭게 행동하는 데 제약이 생길까 봐, 반쯤은 정말로 미안해서 박상이 사양했지만 쿠데리안의 태도는 뜻밖에도 완강했다.

“사양하실 필요 없습니다. 이것은 여러분의 안전을 위해서이기도 하지만 우리 뷜리텐을 위해서이기도 합니다.”

무슨 뜻에서 하는 말인가 싶어 그의 얼굴을 바라보니 쿠데리안은 다소 착잡한 표정으로 말을 이었다.

“솔직하게 말씀드려 아직 뷜리텐 내부에는 국가로서 바로 세우려는 나의 개혁에 대한 불만을 품은 세력이 잔존해 있습니다. 이전의 뷜리텐이 각 섬마다 따로 왕이 있는 반독립적인 연합체였다는 사실은 알고 계실 겁니다. 그것을 지금처럼 통일된 형태로 만들기 위해 돌아가신 선왕께서는 일생을 바치다시피 하셨습니다. 그것은 권력의 강화보다는 뷜리텐의 체질을 근본적으로 바꾸기 위한 일차적 단계였습니다. 각 섬의 왕들은 국가의 장래를 염려하기보다는 현재의 안온함을 고집하였고, 그들을 두고는 아무것도 바꿀 수가 없었기 때문입니다. 때로는 전쟁으로, 때로는 회유로 간신히 지금과 같은 통합이 이루어졌지만, 아직도 구체제의 회복을 노리는 자들이 없지 않습니다. 그들은 뷜리텐과 레스프라트의 유대를 방해하려고 행동에 나설 기회를 엿보고 있을 것입니다. 그런 자들에게 여러분과 레스프라트의 사절단은 좋은 표적이 될 것입니다. 만에 하나 여러분의 신변에 조금이라도 이상이 발생한다면 우리의 모든 노력이 수포로 돌아갈 것이 뻔합니다. 그런 의미에서

여러분의 안전에 우리 뷜리텐의 이해가 걸려 있다고 말씀드리는 겁니
다."

그런 말까지 듣고 자신들끼리만 다니겠다고 고집할 수는 없었다. 박
상은 어쩔 수 없이 일정이 정해지는 대로 알리겠다고 약속했다.

다음날 아침, 무적택배 사람들은 키오르 왕자와 지휘차에 타고 고대
의 조선소로 갔다. 왕궁에서 지휘차를 타고 곧장 날아갔는데, 도착했
을 때는 이미 그들의 방문에 대비해 조선소 안팎으로 많은 병사들이
배치되어 삼엄하게 경비를 서고 있었다.

문트라는 이름의 고대 조선소는 놀랍게도 현재도 조선소로 사용되
고 있었다. 바다에 길게 드러누운 방파제를 멀리 앞에 두고 드넓은 공
간이 펼쳐져 있고 한쪽에서 배를 건조하고 있는 모습도 보였다. 박상
일행은 키오르가 모니터를 보고 가리킨 곳에 지휘차를 세우고 밖으로
나갔다.

"이곳 전체가 조선소입니까?"

박창이 조선소의 규모를 보고 놀라서 키오르에게 물었다. 하도 넓어
보여서 공간의 낭비가 심한 것이 아닌가 하는 생각이 들었다.

"전체를 사용하는 일은 거의 없습니다. 다만 배를 급히 건조할 때는
비교적 넓은 공간을 사용합니다."

"그럼 일부는 다른 용도로 사용해도 되지 않을까요? 예를 들어 농사
를 짓는다거나……."

쓸데없는 참견일지 모른다 생각하면서도 박창은 궁금한 나머지 또
물었다. 키오르는 땅을 내려다보며 씁쓸한 웃음을 지었다.

"이 일대의 땅은 농사가 잘 되지 않습니다. 보시다시피 토질이 이래

서 농경에 적합치 않습니다. 차라리 원래의 용도대로 조선소로 남겨두는 편이 낫기 때문에 그대로 두고 있는 겁니다."

그의 말을 듣고 무적택배 사람들은 땅을 살펴보았다. 알갱이가 고슬고슬하고 반짝거리는 것이 모래땅이 아닌데도 그 비슷한 느낌이 났다.

"고대에 공습을 많이 받아 이런 것 아닐까요? 레스프라트에서도 젠브루 같은 고대의 공업 지역은 지금도 황폐화되어 있지 않습니까?"

우진의 추측에 지혜가 머리를 끄덕였다.

"그럴 수도 있겠네요. 조선소나 해군 기지, 공항은 전쟁 때 일차적으로 공격 목표가 되는 것들이니까."

키오르는 무적택배 사람들을 조선소 한쪽에 있는 건물로 안내했다. 조선소를 방어하는 군대의 시설로 사용되고 있는 건물로 목적지는 그 건물의 지하였다.

아담이 살펴본 결과 그곳 역시 유람선의 통제실과 마찬가지로 에너지가 없어 기능이 정지된 상태였다. 지휘차와 연결해서 에너지를 공급하자 문은 금방 열렸다. 그러나 사람들이 들어가려 하자 아담이 제지했다.

―지금 들어가시면 안 됩니다. 이곳은 보존 조치가 되어 있지 않은 것 같습니다.

"보존 조치가 되어 있지 않다고?"

지혜의 표정이 떨떠름해졌다. 보존 조치가 되어 있지 않다면 크게 기대할 수 없을지도 몰랐다. 무적택배 사람들은 철인간들을 시켜 지휘차에서 우주복을 가져오게 했다. 키오르 왕자에게는 여벌의 우주복을 내주었는데, 그는 받아 들고서도 입을 줄을 몰라 난처해했다. 그를 도와 옷을 입혀주고 헬멧까지 단단히 씌운 뒤 그들은 지하로 내려갔다. 보존 조치가 되어 있지 않다는 아담의 말이 맞았다. 당장 계단부터 미세한 먼지가 뽀얗게 쌓여 있어 그들이 발을 디딜 때마다 발자국이 찍히는 형편이었다.

해일이 발생하던 당시 조선소의 기술자들 일부가 이곳에 들어와 목숨을 구했다고 하는 기록에서처럼, 실제로 지하 깊은 곳에 있는 데다가 매우 튼튼해서 웬만한 공습에는 끄떡없을 것 같은 시설이었다. 그러나 지열을 이용한 발전 시설은 기능이 정지된 지 벌써 오래였고, 쓸 만한 것들은 유람선으로 전부 옮겨 버린 모양으로 남아 있는 것이라고는 낡고 부서진 기계들뿐이었다.

"남은 것이 없군요."

바다는 짧은 한숨을 내쉬었다.

"여긴 왜 보존 조치도 해놓지 않고 이렇게 팽개쳐 둔 걸까요? 우주선에 해놓은 걸 보면 나름대로 꼼꼼하던데."

박창이 이해할 수 없다는 듯 말하자 지혜가 대답했다.

"우주선과 철인간에게 에너지를 공급하느라 계속 가동해야 했으니까 그렇겠지. 브로 에베스호는 민간 우주선 중에서는 워프 기능을 갖춘 최고 사양의 우주선이었지만, 에너지를 외부에서 공급받아야 하는 구조였어. 자체적으로 에너지를 조달할 능력이 있었던 펠레즈와 그곳에서 에너지를 공급받을 수 있었던 디파, 칼키아와는 조건이 달랐던 거지. 기계는 계속 누군가가 손질해 주고 돌봐야 하는데 철인간들까지 멈추고 나서는 그걸 할 수 있는 사람이 없어서 멈추게 된 것 같아."

"아주 망가진 걸까?"

"아마 그렇다고 봐야지."

지혜는 자신없이 대답했다. 그들은 그곳을 더 둘러보았으나 결국 아무 소득 없이 나왔다.

그로부터 이틀 뒤, 무적택배 사람들은 다쉬트 섬과 탈라 섬 사이의 바다 위에 있었다. 해일로 가라앉은 인공 도시 나히즈를 조사하기 위해서였다. 나히즈에는 국제공항뿐 아니라 각종 첨단 기업과 연구 단지, 상업 지역, 주택가 등이 있는 발달된 곳이었지만, 갑작스러운 자연 재해 때문에 아무것도 남기지 못하고 바다 속으로 가라앉은 상태였다.

혹시나 싶어 조사하기로 한 것이기는 하지만 기대를 품기는 어려운 상황이라 조용히 상공에서 살펴보려고 했지만, 쿠데리안의 전적인 협력으로 조사는 뜻하지 않게 대규모 행사가 되어버렸다. 우진과 바다, 지혜는 지휘차를 타고 있었지만, 박상 형제와 마리나 자매는 키오르 왕자와 배에 타고 있었다.

"으, 속이 영 매스꺼운걸. 토할 것 같아."

박창이 얼굴을 구기고 중얼거렸다. 배를 타고 나온 지 얼마 되지 않

아 뒷골이 쑤시기 시작하더니 점차 속이 매슥거렸다. 박상도 사정은
비슷했다. 발 밑이 울렁울렁 쉬지 않고 흔들리는 것이 도무지 적응이
되지 않고 어지러웠다.

"괜찮으세요?"

마리나가 두 사람을 염려했다.

"약간 머리가 지끈거리는군요."

박상은 양쪽 엄지손가락으로 관자놀이를 꾹꾹 눌렀다.

"배를 처음 타시나 봐요?"

"놀이 공원의 놀이 기구를 빼고는 배라고는 탈 기회가 없었죠."

"하긴 두 분은 달 출신이시죠? 달에는 강도 바다도 없으니까."

마리나는 웃으면서 고개를 끄덕였다. 박창은 자신들과 대조적으로
멀쩡해 보이는 마리나 자매를 보고 신기해했다.

"그러는 두 분은 아무렇지 않은 모양이네요? 안 어지러워요?"

릴리가 대답했다.

"우리도 좀 멀미가 나긴 하죠. 그래도 전에 여러 번 경험이 있어서
두 분보다는 덜할 거예요. 솔직히 나름대로 재미있는데요. 이 별에 와
서 배를 타는 건 처음이잖아요. 이 배는 새 배인가 봐요. 냄새도 별로
안 나고 깨끗하네요."

릴리는 즐거운 얼굴로 배를 둘러보았다. 릴리의 말처럼 그들이 타고
있는 배는 건조된 지 오래되지 않은 새 배인 모양으로 전체적으로 깨
끗했다. 그들의 안전을 우려해서인지 주위에는 무장을 갖춘 여러 척의
배가 삼엄한 경비 태세를 갖추고 둘러싸고 있었다.

"배를 타고 나온 지 꽤 된 것 같은데, 아직 아무것도 못 찾았나? 그
러게 이런 곳에 뭐가 남아 있을 거라고……."

공중에 떠서 바다 아래를 스캔하고 있는 지휘차를 쳐다보며 투덜거리던 박창이 갑자기 입을 틀어막고 달려가더니 뱃전에 몸을 걸치고 토하기 시작했다. 박상은 그를 따라가서 몸을 붙잡고 등을 두드려 주었다. 뱃전에서 내려다본 그곳의 바다는 짙은 푸른색으로 일렁이고 있었다.

"아주 깊은가 본데?"

속의 것을 한바탕 게워내고 나서 정신이 들자 박창은 물에 빠질까봐 겁이 났던지 후닥닥 뱃전에서 떨어졌다. 그것을 보고 있던 키오르 왕자가 다가오더니 말했다.

"이곳은 다른 곳에 비해 수심이 얕은 편입니다. 그래서 큰 배가 지날 때는 각별히 주의해야 하는 구역입니다. 폭풍이 치거나 파도가 크게 치는 날에는 이곳을 지나지 않고 탈라 섬을 빙 돌아서 다닐 정도입니다."

"그래도 사람 키보다는 훨씬 깊을 것 아닙니까?"

박창이 인상을 쓰며 말하자 키오르는 작게 웃었다.

"그거야 당연하지요. 하지만 이곳 사람치고 헤엄을 못 치는 사람은 없습니다. 이 부근의 어부들 중에는 종종 이곳 바닥까지 잠수해 내려가서 옛날 물건들을 건져 내는 걸 부업 삼아 하는 이들도 있습니다."

"으음, 어디나 간 큰 사람들은 있죠."

박창은 바다를 흘끔거리며 중얼거리고 갑판 중간에 가서 섰다.

그때 지휘차의 지혜에게서 연락이 왔다.

[방금 굉장한 걸 찾았어요. 금속으로 만든 정육면체인데, 내부에 공간이 있다면 지구식으로 환산해서 100평쯤은 될 거예요. 사방, 아니, 전체를 두꺼운 금속 벽으로 만든 밀폐된 방 같아요. 아담의 말로는 이

지휘차를 만든 것과 같은 크라센이라는 이름의 금속이래요. 크라센은 굉장히 고가의 특수합금이라 일반적인 용도로 쓰이는 일은 거의 없고, 보통 보안을 요하는 시설이나 특수 금고에 쓰이는 것이라는군요!]

지혜의 목소리는 홍분으로 높아져 있었다. 박상이 물었다.

"안에 뭐가 있는지 알 수 있어?"

[그건 모르겠어. 크라센으로 만든 것은 내부를 스캔할 수 없대.]

"뭔지도 모른다는 이야기군. 그걸 어떻게 하자는 거지?"

[내 생각엔 지휘차를 이용해서 통째로 끌어 올리는 게 제일 좋을 것 같아. 물속에서 열었다가 안에 든 것이 상하기라도 하면 어떡해?]

"그게 가능하겠어? 어마어마하게 무거울 텐데."

[지휘차의 성능을 믿고 해봐야지.]

"그러면 어떡할까? 철인간들을 지금 내려보낼까?"

박상은 자신들의 곁에 있는 백치 삼총사를 쳐다보았다. 그들은 뷜리텐의 왕궁에서 빌려온 철인간용 수중 작업복을 착용하고 있었다. 다쉬트 섬의 부두와 방파제 등을 재건할 때 철인간들이 사용했다는 장비인데, 철인간용인 만큼 산소통이나 다른 기구는 없고 오로지 방수만 되게 만든 것이었다.

[아니, 잠깐만. 그전에 해결해야 할 문제가 있어.]

지혜가 서둘러 말했다. 어쩐지 그녀의 음성이 약간 움츠러드는 느낌이 들었다. 박상은 직감적으로 그 문제가 만만치 않은 일이라는 것을 눈치 챘다.

"어떤 문제기에 그래?"

박상이 묻자 지혜 대신 우진이 대답했다.

[그 금속체 위에 건물의 잔해가 남아 있습니다. 금속체는 당시에도

지하에 있던 시설이고 그 위에 있던 건물 같은데, 해일이 닥쳤을 때 일부가 부러져 나가고 남은 부분입니다.]

"남은 부분이 어느 정도입니까?"

[지상 5층으로 보입니다.]

그때까지 잠자코 귀를 기울이고 있던 박창이 대뜸 말했다.

"많이도 남았네. 그럼 거의 불가능한 거잖아요. 수중용 장비도 없이 그걸 어떻게 치우겠습니까?"

[방법을 강구해 봐야죠. 다행히 주변 건물은 해일 때 대파되어 대부분 쓸려 나간 상태라 주위의 장애물은 별로 없거든요.]

우진이 그렇게 말하는데 바다가 안을 내놓았다.

[지휘차에 있는 소형 미사일로 건물 잔해를 파괴하는 건 어떻겠습니까? 위력이 크진 않지만 30발이 있으니까 그 정도는 충분히 파괴할 수 있을 겁니다.]

언젠가 미사일 이야기를 들은 기억이 나기는 했다. 하지만 박상은 어쩐지 내키지가 않아 물었다.

"하지만 그건 수중용도 아니고 소형이라 위력도 그리 강하지 않을 거라고 하지 않았습니까?"

[그렇기는 합니다만 레이저보다는 나을 겁니다. 아주 깊은 바다도 아니고 비교적 가까운 거리니까 명중시키기는 어렵지 않을 거라고 봅니다.]

"그랬다가 다른 문제가 발생하면 어떻게 합니까? 예컨대 인공 도시가 더 깊은 곳으로 꺼져 버린다든지……."

[그럴 염려는 없습니다. 인공위성으로 조사한 결과를 보니 본래부터 그쪽은 수심이 깊은 곳이 아닙니다. 그래서 인공 도시를 건설한 것일

테구요.]

그런데 이번에는 박창이 의구심을 나타냈다.

"부수는 건 좋지만 잔해는 어떡하구요? 그게 그 금속체 위로 고스란히 쌓여 버리면 그걸 치울 길이 없지 않겠습니까?"

그러자 우진이 답했다.

[그렇지 않을 가능성도 있습니다. 물속에서의 폭발은 공기 중과는 양상이 다르니까요. 위력이 강한 대형 미사일은 몰라도 소규모 폭발의 경우는 파장이 옆으로 퍼지게 되어 있습니다. 잔해가 위에 쌓이는 것이 아니라 옆으로 치워질 수도 있다는 말이죠.]

"문제는 그걸 확신할 수 있냐는 말이죠. 계산이 잘못되면 아예 손도 못 대게 될지도 모르잖아요."

이때만큼은 형제가 의견이 통해 박창 역시 미사일로 파괴하는 것을 미덥지 않아 했다. 그때 마리나가 다른 안을 냈다.

"미사일 말고 폭발물을 설치해서 건물을 해체하는 방법은 어떨까요? 건물을 제대로 스캔해서 구조를 알아낼 수 있으면 한번 추진해 볼 만할 텐데요."

마리나의 제안에 솔깃해진 지혜가 냉큼 물었다.

[건물을 해체한다구요?]

"지구에서 재건축 공사 때 곧잘 그런 방법을 쓰잖아요. 폭탄의 양이나 시차 등으로 조절하면 무너지는 방향이나 방식도 얼마든지 조정할 수 있다니까, 잘만 하면 미사일로 파괴하는 것보다 뒤처리가 훨씬 간단할 겁니다."

[그 방법도 괜찮겠네요.]

지혜의 마음이 그쪽으로 기우는데 우진이 반대 의견을 냈다.

[하지만 그건 그런 쪽의 폭파 전문가가 있어야 하지 않겠습니까? 또 이 별 건물의 구조가 지구와 같지 않을 가능성도 있구요.]

그런데 그때 뜻밖의 목소리가 끼어들었다. 아그리파였다.

—제 소견을 말씀드리자면, 두 방법 중에서는 마리나님께서 제안하신 방법이 좋다고 생각합니다. 물론 그전에 저 건물의 상태를 상세히 조사해서 면밀한 계획을 세우는 것이 필요합니다만.

묻지도 않았는데 마음대로 끼어든 아그리파의 엉뚱함에 잠시 대화가 끊기고 조용해졌다.

"웃기는 녀석이네. 아무도 네 소견은 안 물어봤어."

어이가 없어진 박창이 핀잔을 주는데, 지혜가 다급히 말했다.

[아니야. 아그리파가 어떤 로봇, 아니, 철인간인지 우리가 잠시 잊고 있었어요. 이 녀석은 고대의 건축 전문 철인간이잖아요.]

이 자리에서 결론을 내리기는 어렵겠다고 생각한 박상은 이야기를 마무리 지었다.

"잘됐군요. 하지만 지금 당장 결정을 내리는 것은 성급할 수도 있으니 나중에 돌아가서 의논하는 것으로 하고, 일단 그 지점과 건물을 잘 스캔해 두십시오. 그리고 뭔가가 더 나올지도 모르니 인공 도시의 다른 지역도 조사하도록 합시다."

그 뒤에도 지휘차는 인공 도시 해역을 죽 훑으면서 조사했지만, 지혜가 말한 지점을 제외하고는 특별히 눈에 띄는 것은 없었다.

그동안에도 뱃멀미로 고생하던 박상 형제는 지휘차가 돌아가기로 결정하자 살았다는 심정으로 키오르 왕자에게 조사가 끝났으니 들어가자고 했다. 카오르는 조금 실망한 기색이었다.

"바다 밑에 아무것도 없나 보지요?"

"아직은 잘 모르겠습니다. 하지만 배로 할 수 있는 일은 없는 것 같습니다."

"알겠습니다. 항구로 돌아가겠습니다."

키오르가 명을 내리자 배들 사이에 깃발 신호가 분주히 오가더니 배들이 일제히 움직이기 시작했다.

왕궁에 돌아간 무적택배 사람들은 뱃멀미에 시달린 박상 형제의 상태가 나아지기를 기다렸다가 지휘차의 조종실에 모여서 바다 밑의 금속체를 꺼낼 의논을 했다. 모두의 의견은 아그리파의 존재로 인해 미사일로 건물을 파괴하는 것보다는 폭탄을 설치해 해체하는 방향으로 기울었다. 지휘차에서 스캔한 내용을 홀로그램으로 재현해 보이면서 아그리파가 말했다.

─이 건물은 일반적인 건물과는 달리 복합적인 구조로 설계되어 있어 온갖 사고와 재해에 대단히 강하게 설계되어 있습니다. 따라서 폭발물에 의한 해체 시에도 보통 건물과는 다른 접근이 필요한 것으로 보입니다.

"해체가 가능하겠어?"

지혜는 직접적인 답을 요구했다. 그러나 아그리파의 대답은 로봇답지 않게 신중했다.

─건물의 상태를 직접 보고 판단할 필요가 있습니다. 그 다음에 계획을 세우는 편이 확실합니다.

"그럼 거기까지 사람이 내려가야 한다는 말이야?"

─저도 내려가야 합니다.

아그리파의 말을 들은 무적택배 사람들은 어떻게 할지 망설였다. 릴리와 눈짓을 주고받더니 마리나가 말했다.

“우리가 들어갈게요. 여기 있는 사람들 중에서 그런 일을 해본 사람은 우리 두 사람뿐이니까요. 폭탄을 다루는 것도 우리가 해야 할 일이구요.”

“괜찮겠습니까? 수중용 장비도 없는데.”

박상이 염려하자 아그리파가 말했다.

―제 것과 전 주인님께서 쓰시던 장비는 작업용 차에 있습니다.

“그런 것도 있어?”

지혜가 놀라며 물었다.

―건축의 기초 공사나 수중 기지 등의 건설 작업을 할 때 사용하는 장비입니다.

지혜는 궁금한 마음에 가져오도록 했다.

“한번 가져와 봐.”

―예.

아그리파는 지휘차에서 나가 큼직한 슈트케이스처럼 생긴 가방을 두 개 가지고 돌아왔다.

―이것이 저의 것이고 이것이 전 주인님이 사용하시던 겁니다.

아그리파가 가방에 있는 버튼을 누르자 슈트케이스가 자동으로 열렸다. 가방의 한쪽에는 고무 비슷한 재질의 잠수복과 머리와 얼굴에 덮어쓰는 것으로 보이는 장비가 있었다. 반대쪽에는 내부를 덮는 뚜껑이 있었는데, 그것을 열자 여러 개의 칸으로 나누어져 있고 각종 부품들이 가득 들어 있었다.

“아그리파, 이것들은 뭐에 쓰는 거야?”

마리나가 부품처럼 보이는 것들을 가리키며 물었다.

―수압 조절 장치, 헬멧에 부착하는 호흡 장치, 소형 수중 카메라,

전압 측정 장치, 수중용 측량 및 탐사 장치…….

아그리파의 설명을 듣고 있던 마리나와 릴리는 머리를 설레설레 흔들었다.

"뭔지 엄청 많기도 하다."

"그렇게 많은 장치가 들어 있는 것 같지는 않은데."

지혜는 고개를 갸웃거렸다.

—용도에 맞게 각각의 부품을 조립해서 사용하는 것입니다.

"과학 상자 같은 것인가 보군."

알겠다는 표정으로 중얼거리는 지혜에게 바다가 물었다.

"과학 상자가 뭡니까?"

"일종의 놀이 기구예요. 여러 개의 트랜지스터와 엔진, 기계 부품을 조합해서 여러 가지 작은 기계를 만드는 거죠. 이 장비들을 보면 원리는 그것과 비슷한 것 같은데, 이렇게 고도의 차원에서 범용성을 가진 실용 장비는 현재 지구에서도 극히 드물어요."

"왜? 부수고 조합하는 건 누나 전문이잖아."

박창이 아는 척하고 끼어들자 지혜는 눈을 부라렸다.

"부수긴 누가 뭘 부숴? 이건 부수는 게 아니야. 여러 용도로 활용이 가능하다는 거지."

부품들을 내려다보는 지혜의 눈이 기이한 광채를 발했다.

"이것만 잘 연구해서 내 기술로 만들어도 난 독보적인 과학자가 될 수 있어. 이런 기술은 응용이 무궁무진해서 인류의 생활을 크게 바꾸게 될 거야. 지구에 돌아가자마자 특허를 내서 회사도 세우고… 그럼 세계적인 기업이 되는 건 시간문제겠지?"

자신만의 세계에 빠져 혼자 중얼중얼 하고 있는 지혜를 보고 있던 박창이 시큰둥하니 한마디 던졌다.

"집에나 돌아가야 가능한 일이지."

그 말에 상상에서 깨어난 지혜는 성질을 내며 박창의 귀를 잡아 비틀며 으르렁거렸다.

"넌 꼭 그렇게 찬물을 끼얹어야 직성이 풀리냐? 지금 집에 가려고 이렇게 애쓰고 다니는 거잖아!"

마라나 자매는 과학 상자 같은 장비보다 수중용 작업복과 잠수 장비에 관심을 집중하고 있었다.

"특수 재질인 것 같은데. 굉장히 얇군. 깊은 바다에서는 무리가 아닐까?"

마라나가 잠수복의 표면을 만지작거리며 하는 말에 아그리파가 부품을 가리키며 답했다.

―물속 깊은 곳에서는 이것과 이것을 옷에 장비하면 됩니다. 하지만 여러분께서 조사하시려는 바다는 수심이 그다지 깊지 않으므로 기본 장비만으로도 충분할 것으로 보입니다.

"한번 입어볼까?"

릴리가 호기심을 보였다. 마라나는 고개를 끄덕였다.

"그래, 가서 입고 와봐."

릴리는 그 말을 기다렸던 것처럼 잽싸게 그것을 들고 아그리파를 데리고 나갔다. 얼마 뒤 릴리는 몸에 짝 달라붙는 밝은 오렌지색 잠수복을 입고 의기양양하게 들어왔다.

"이렇게 튀는 색의 잠수복은 처음 입어보지만 굉장히 편해요. 신축성도 좋고, 입고 나서 이것을 만지니까 저절로 조절되면서 몸에 착 붙어요. 프리 사이즈인가 봐요."

릴리는 몸매가 선명하게 드러나는 차림에도 아랑곳없이 갖가지 포즈를 취하면서 좋아했다. 도리어 보고 있는 남자들이 무안해질 정도였다.

"헬멧도 써보지 그래?"

마리나가 말하자 릴리는 얼른 고무 비슷한 재질의 가면을 집어 얼굴에 대더니 뒤집어쓰고 머리 뒤쪽에서 닫았다. 코에서 입까지의 부분이 약간 앞으로 돌출되어 있는 것을 제외하면 잠수복처럼 머리에 달라붙는 타입이었다.

"이걸 쓰면 물속에서 산소통 없이도 호흡이 가능하대요. 마리나랑 내가 가지고 있는 수중 호흡 장치와 비슷한 원린가 봐요. 하지만 그것보다 좋은 게 이건 이렇게 말을 할 수 있고 통신도 가능하대요."

릴리는 마치 자신의 것인 양 자랑스레 성능을 설명했다.

"하지만 지구에도 수중용 헬멧은 있지 않습니까?"

바다의 말에 마리나는 머리를 흔들었다.

"있긴 하지만 아무래도 물의 저항을 받아 신속하게 움직이기 어려운 데다 공기 방울을 발생시켜서 눈에 띄기 때문에 비밀리에 침투할 때 같은 특수한 목적으로는 잘 쓰지 않아요."

릴리의 군더더기없이 날렵한 몸매를 조금 민망해하면서도 흘금흘금 훔쳐보던 박창이 얼굴을 돌려 지혜를 슥 훑어보더니 가볍게 혀를 차며 말했다.

"누나 같은 사람은 죽어도 저건 못 입겠다."

"왜? 프리 사이즈든데 못 입을 건 뭐 있어?"

지혜가 뚱해서 말하자 박창은 피식 웃더니 툭 내뱉었다.

"누난 똥배가 있잖아."

지혜의 얼굴이 금방 홍시처럼 새빨개졌다. 얼른 대꾸도 못하고 있는 그녀가 보기에 딱했던지 우진이 지혜를 거들고 나섰다.

"왜 그러세요? 제가 보기에는 지혜 씨도 날씬한데요."

박창은 모르는 소리라는 듯 손을 내저었다.

"훗, 지혜 누나가 왜 항상 윗옷을 길게 내어 입는지 모르시는군. 오죽하면 고등학교 때 누나의 별명이 '숨겨진 1인치' 였겠어요."

그 말이 나오자 지혜의 시선이 고교 동창인 박상을 향했다. 박상은 불편한 표정으로 그녀를 슬그머니 외면했다. 씩씩거리던 지혜는 몸을 획 돌리고 다리를 쭉 뻗어서 박창의 다리를 걷어찼다.

"이 자식이! 말이면 단 줄 알아?"

"아아야! 걸핏하면 폭력이야. 꼭 급할 땐 싸우지도 못하는 사람이 아무 때나 폭력을 일삼는단 말이야."

박창은 차인 곳을 문지르며 투덜거렸다. 그 모습을 보고 우진은 웃음을 참으며 말했다.

"두 분의 행동을 보면 꼭 친남매 같아요."

그 말이 떨어지자마자 두 사람은 동시에 정색을 하고 소리쳤다.

"그건 저주예요! 이런 동생이 있었다간 내가 제 명에 못살걸요!"

"내가 할 소리야, 마귀할멈!"

이튿날 무적택배 사람들은 지휘차를 타고 바다 밑의 건물을 조사하기 위해 전날과 같은 장소로 갔다. 마리나 자매와 아그리파는 아래에 내려갈 준비를 하고 대기하고 있었다. 마리나는 잠수복 대용으로 우주복을 착용했고, 릴리는 아그리파의 차에 있던 수중용 작업복을, 아그리파는 자신의 수중 작업복을 입고 있었다.

"정말 헬멧을 안 쓰고 가도 되겠어요?"

지혜는 아무래도 못 미더운지 마리나에게 같은 말을 몇 번이나 묻고 있었다. 마리나가 헬멧 대신 가져가는 것은 그녀들의 소지품에 들어 있던 수중 호흡 장치였다. 지구에 있을 때부터 가지고 있던 것이라는 그 물건은 물속에 녹아 있는 산소를 이용해 물속에서도 호흡할 수 있게 해주는 것이라고 했다.

"걱정 마세요. 물속에선 헬멧보다 이게 나아요. 우주용 헬멧을 쓰면 물의 저항 때문에 움직이기 불편해요."

"다른 철인간을 더 데려가지 그래요? 천 년이나 바다에 잠겨 있던 건물인데 무슨 일이 있을지 모르잖아요. 아그리파 하나로는 불안하지 않습니까?"

박창이 물었지만 릴리는 고개를 저었다.

"그러니까 더 안 돼요. 건물을 자세히 조사하려면 내부에 들어가서 살펴봐야 하는데 철근은 어떨지 몰라도 다른 부분은 부식이 심할 거예요. 많은 수의 인원이 한번에 들어가서 다니면 더 위험할 수도 있어요. 무슨 일이 생기면 바로 연락할 테니까 너무 걱정 말고 기다리고 계세요."

목표 지점 가까이에 이르자 두 사람과 아그리파는 출입구에 가서 있다가 지휘차가 수면 바로 위까지 고도를 내리자 물속으로 뛰어들었다. 지휘차에 남은 다섯 사람은 다시 고도를 높이고 조마조마한 심정으로 두 사람을 기다리기 시작했다.

"전부터 종종 느끼던 거지만 저 두 사람은 참 대담하다니까. 난 솔직히 겁이 나서 돈 주면서 들어가래도 못 갈 것 같은데."

박창은 마리나 자매의 용기에 새삼 탄복했다.

"별일없어야 할 텐데요."

박상은 아무래도 마음이 놓이지 않아 초조한 기색이었다. 우진이 말했다.

"오늘은 날씨도 좋고 이곳 바다에는 사람을 공격하는 물고기는 없다고 하니까 건물에서만 조심하면 괜찮을 겁니다."

물속에서의 조사는 한나절이 소요되었다. 나머지 일행은 간간이 릴리와 통신을 해서 두 사람의 안전을 확인하며 같은 자리에서 기다렸다. 마침내 조사를 마치고 올라온 마리나 자매는 조금 지쳐 보였지만 별다른 이상은 없었다.

"벽면이나 바닥이 전반적으로 많이 부식되어 있더군요. 건물의 뼈대 자체가 원체 튼튼해서 그나마 형체가 유지되고 있는 것 같아요."

마리나가 말했다. 지혜는 아그리파에게 일의 성사 여부부터 확인했다.

"아그리파, 폭발물로 해체할 수 있을 것 같아?"

—충분한 양의 폭약이 있다면 가능합니다. 나중에 조감도를 작성하여 자세하게 보여 드리겠습니다.

그 말을 듣고 릴리가 갸웃거리며 아그리파에게 물었다.

"작은 망치로 여기저기 두들겨 보기만 했지 치수를 재어보지도 않았잖아. 그런데 조감도를 만들 수 있어?"

—그것도 저의 기능 중 하나입니다. 말씀드렸듯이 특수한 목적으로 만들어진 대단히 견고한 건물이지만, 바다에 수장된 지 너무 오래되어 군데군데 취약해진 부분이 많습니다.

"아무튼 다행이네요, 어떻게 될 것 같으니."

지혜는 안도의 한숨을 쉬었다.

"칼키아에서 제 발로 나타난 이 녀석이 이런 식으로 쓸모가 있을 줄
은 몰랐는데요. 세상일이라는 게 참 재미있어요."

우진은 생각할수록 신기한지 아그리파를 보고 또 보았다.

드디어 결행의 날이 왔다. 무적택배 사람들은 카리오 왕자에게 말해
서 그날은 그 부근에 배가 나가지 않도록 조치를 취해놓고 출발했다.

목표 지점에 이르자 전날과 같은 멤버, 마리나 자매와 아그리파가
폭탄을 설치하러 내려갔다. 마리나와 릴리는 자신들이 직접 제조한 폭
발물이 든 가방을 가지고 있었다. 이번에는 폭탄을 설치하는 일이기
때문에 남은 사람들은 전날보다 더한 불안에 시달리며 이제나저제나
그녀들을 기다렸다. 다행스럽게도 마리나 자매와 아그리파는 무사히
폭탄을 설치하고 돌아왔다.

셋이 지휘차에 오르자마자 지휘차는 위치를 이동했다. 마리나는 조
종실에 들어오지 않고 문 옆에 서 있다가 지휘차가 안전 거리에 접어
들었다고 판단되자 기폭 단추를 눌렀다. 그 직후 거대한 폭발음이 터
지면서 엄청난 크기의 물기둥이 허공으로 높이 치솟았다가 흩어지며
비처럼 세차게 쏟아져 내렸다.

"성공인가 보네요!"

지혜가 기뻐했다.

"아직 자축하긴 이릅니다. 그쪽을 스캔해서 살펴봐야죠."

우진이 말했다.

"지금은 바다 밑이 엉망일 텐데 보이겠어요?"

박창이 말하자 아담이 대답했다.

―육안으로는 볼 수 없겠지만 스캔해서 확인하는 것은 가능합니다.

폭발의 여운이 가시기를 기다렸다가 그 장소로 되돌아간 그들은 바다 밑을 스캔하여 결과를 확인했다.

—장애물이 깨끗이 제거된 것이 확인되었습니다. 일부 잔해가 남아 있기는 하지만 크게 장애가 되지 않을 것으로 판단됩니다.

아담의 말에 박상 등은 그제야 마음을 놓고 기뻐했다. 지혜는 아그리파에 대한 칭찬을 아끼지 않았다.

"정말 다행이에요. 우리끼리라면 절대로 이렇게까지 해내지 못했을 거예요. 이건 진짜 굉장히 정밀한 작업인데, 아그리파가 정말 완벽하게 계산해 주어서 가능했어요."

그러자 아그리파는 예의 무표정으로 대답했다.

—건축은 저의 전문 영역이므로 이 정도는 당연합니다.

거만하게까지 들리는 그의 발언에 무적택배 사람들은 어이가 없어 그를 쳐다보았다.

"전 주인의 성격이 보이는군요."

우진은 어처구니없어하며 웃었고, 박창은 얄밉다는 듯 아그리파를 보며 구시렁거렸다.

"이 녀석, 하는 짓이 어쩐지 재수없어. 나 고등학교 2학년 때 반에서 늘 잘난 척하다 나한테 흠씬 두들겨 맞았던 그 반장 녀석 같애."

결과의 성공과는 별개로 바다 밑의 상태가 정상으로 돌아갈 때까지 작업은 불가능했다. 얼마나 시간이 지나야 시계가 회복될지 모르므로 무적택배 사람들은 아예 다음날 오전으로 작업을 미루고 왕궁으로 돌아갔다.

한시라도 빨리 금속체를 꺼내 그 안을 확인하고픈 마음에 안달하며 여느 때보다 긴 하루를 보낸 무적택배 사람들은 날이 밝자마자 대충 아침 식사를 하고 작업에 나섰다. 그야말로 며칠간에 걸친 작업의 마무리 단계여서 다들 무척이나 흥분된 상태였다. 우선 금속체의 위쪽에 남아 있는 폭파 뒤의 잔해를 치우기 위해 백치 삼총사와 게이브에게 뷀리텐의 왕궁에서 빌린 고대의 철인간용 수중 작업복을 입혀 내려 보내기로 했다.

"아그리파도 내려 보내지? 그럼 작업이 조금이라도 더 빨라질 것 아냐?"

박창이 지혜에게 말하는데, 지혜에 앞서 아그리파 자신이 정중하게 거절했다.

―죄송합니다만, 저는 섬세한 작업을 수행하는 철인간이라 저런 막노동에는 적합하지 않습니다.

아그리파의 말대꾸에 모두 또다시 놀라고 말았다. 박창은 자신의 귀를 의심하다가 아그리파에게 물었다.

"뭣이라? 지금 나의 명령을 거부하는 거야?"

아그리파는 로봇 특유의 태연한 태도로 대답했다.

―거부하는 것은 아닙니다. 만일 끝까지 하라고 하시면 할 겁니다. 하지만 그것은 저의 본분에 어긋나는…….

아그리파의 말이 끝나기 전에 지혜가 그의 말을 막았다.

"아니야, 됐어. 아그리파, 넌 내려가지 않아도 돼."

―감사합니다.

기가 막히다는 표정으로 아그리파를 바라보던 박창이 지혜에게 말했다.

"이 녀석, 에러라도 난 거 아냐?"

지혜는 단호하게 머리를 흔들었다.

"아냐. 내가 보기엔 고도의 개성을 지닌 거야."

"개성? 개 같은 근성이 아니고? 내가 보기엔 심사가 단단히 꼬인 것 같은데."

"그건 네 얘기겠지."

박창을 흘겨본 지혜는 대단히 흥미롭다는 표정으로 아그리파를 보았다.

"이 녀석, 보기보다 재미있는 녀석인데요! 연구할 만한 가치가 있겠어요."

감탄하는 지혜와는 달리 다른 사람들은 아그리파의 과도한 개성에 대해 그리 우호적이지만은 않았다.

"인공 지능에게 지나친 인격을 부여하는 것은 위험할 수 있다고 봅니다."

바다는 부정적인 입장을 피력했고 마리나 자매도 비슷했다.

"우린 아담 정도가 딱 좋아요."

박상은 애매한 표정으로 아그리파를 쳐다보다가 말했다.

"으음, 난 어쩐지 이 녀석의 행동이 불안한걸."

그러자 지혜는 정색을 하고 따졌다.

"불안할 것까지는 없어. 아그리파가 사람을 해치는 일 따위는 있을 수 없어."

지혜에 이어 아그리파도 말했다.

―지혜님의 말씀이 옳습니다. 저는 결코 인간을 해칠 수 없습니다. 설사 명령이 내려진다 해도 그런 명령은 이행을 거부하도록 프로그래밍되어 있습니다.

"그래, 그렇다고 해두자."

박상은 석연치 않은 표정으로 넘어갔다.

바다 밑의 잔해를 치우고 금속체의 표면을 드러내는 작업은 두 시간 가량 걸렸다. 다음에는 아담의 조작으로 지휘차의 와이어를 금속체의 표면에 연결하는 작업이 진행되었다.

지휘차의 바닥에서 여섯 개의 와이어가 발사되더니 바다 밑으로 살아 있는 뱀처럼 구불거리며 진행해 내려갔다. 와이어는 금속체의 표면 가까이에 도달하자 잠깐 멈추더니 일정한 간격을 띄고 표면에 내려가 붙었다. 바닥에 내려가 있는 철인간이 보내오는 영상으로 그것을 지켜보고 있던 무적택배 사람들은 놀라움을 금치 못했다.

"굉장하다! 어떻게 저렇게 되지?"

박창이 중얼거렸다. 지혜는 과학자답게 추정했다.

"아마 저 끝에 소형 로봇이 달려 있는 것이겠지."

"저렇게 찰싹 들러붙는 건?"

"그건 나도 모르겠어. 표면 장력을 이용하는 것 같기는 한데."

그러자 우진이 머리를 갸웃거리며 물었다.

"표면 장력만으로 저렇게 무거운 것을 지탱할 수 있겠습니까?"

지혜는 자신도 모르겠다는 듯 어깨를 살짝 움츠렸다.

"그건 나도 모르죠. 아담이 된다고 하니까 그런가 보다 하는 거지."

와이어가 연결된 것을 확인하고 바다에 남아 있던 철인간들은 전원 지휘차로 돌아왔다. 철인간들이 돌아오자 아담은 지휘차를 조작해서 와이어를 당기기 시작했다. 금속체를 바닥에서 뽑아내기 시작하면서 지휘차 내부에도 약간의 진동이 느껴졌다.

차츰 금속체의 몸체가 드러났다. 금속체가 완전히 바닥에서 뽑혀 나오자 지휘차는 고도를 높이기 시작했다. 금속체를 매단 와이어의 길이는 처음보다 많이 짧아졌지만 그럼에도 상당히 길게 늘어져 있었다.

"저렇게 줄을 길게 끌고 가는 것보다는 지휘차의 바닥에 가깝게 붙여서 가는 편이 좋지 않겠습니까?"

모니터를 보며 박상이 묻자 우진이 머리를 흔들었다.

"그렇게 하자면 불필요한 출력 낭비가 심해집니다. 이쪽의 무게와 저쪽의 무게, 넓이, 줄의 길이, 양측의 무게 중심, 이런 것들을 다 따져서 최고로 힘이 덜 들게끔 조정해서 움직이는 것이 이런 수송 작전의 기본입니다. 지금 저 정도의 길이가 아담이 판단한 최적의 상태라고 보시면 됩니다."

바다 표면 위로 모습을 드러낸 금속체는 목탄처럼 새까만 금속이었다. 광채가 없는 검은색은 눈에 두드러지면서도 독특한 아름다움이 느껴졌다.

"우리 지휘차랑 같은 금속으로 만들었다더니 정말이네요. 표면의 색깔까지 같은데요."

릴리가 말했다. 지혜도 들떠했다.

"저 금속으로 만든 시설은 아직 이 지휘차 말고는 보질 못했잖아요. 그만큼 지켜야 할 비밀이 저기에 있다는 이야기예요. 우리가 원하는 정보가 어쩌면 저 안에 있을지도 몰라요!"

금속체를 바라보는 지혜는 볼이 발그레해지고 눈을 초롱초롱 빛내며 목소리까지 떨리는 상태였다.

"지혜 씨 얼굴이 꼭 꿈꾸는 소녀 같네요."

마리나의 말에 박창이 어림없다는 표정으로 손을 흔들었다.

"그런 말씀 마세요. 옛날부터 지혜 누나가 저런 표정을 지을 때마다 우리 형제의 재산이 박살나곤 했죠. 리모콘 카, 미니 동력 열차, 로봇 강아지, 무선 헬리콥터, 컴퓨터, 광디스크 플레이어, 게임기……."

끝없이 이어지는 파괴의 목록을 듣고 있던 릴리가 놀라워했다.

"그러고도 용케 지금까지 우정이 유지되었네요?"

박창은 씨익 웃었다.

"지혜 누나의 부모님이 항상 뒷감당을 해주셨거든요. 두 분이 과학자에 발명가셨잖아요."

자신을 두고 그런 이야기가 오가는 것도 모르고 지혜의 주의는 오직 금속체에 쏠려 있었다.

금속체를 들어 올린 지휘차는 서서히 움직이기 시작했다. 평소의 속도에 비하면 대단히 느리지만 안정된 속도를 유지하며 날아가던 지휘차는 도시에 다가서자 천천히 고도를 올려 왕궁으로 향했다.

왕궁 옆의 광장에는 무적택배 사람들이 미리 부탁해 놓은 대로 뷜리텐의 국왕 쿠데리안이 만반의 준비를 갖춰 기다리고 있었다. 광장 바닥을 말끔히 청소하고 광장 주변에는 긴 나무 기둥을 세우고 천으로 빙 둘러쳐서 바깥에서 보이지 않게 하고, 그 앞에는 병사들을 배치해 일반 사람들이 접근하지 못하도록 막았다. 왕궁에 있다가 병사들의 보고를 받고 서둘러 광장으로 내려온 쿠데리안은 멀리서 접근해 오는 지휘차에 매달린 금속체를 보고 경악했다.

"저런 것이 우리 바다에 있었단 말인가?!"

그는 도저히 믿어지지 않던지 눈을 비비며 중얼거렸다. 그 광경을 보는 누구라도 저 거대한 검은 물체가 무엇인지는 몰라도 그 안에 뭔가 굉장한 것이 있을 것이라는 기대를 저절로 품을 수밖에 없었다.

지켜보는 사람이 조바심을 칠 정도로 느린 속도로 다가온 지휘차는 아주 서서히 금속체를 광장 바닥에 내려놓기 시작했다. 매우 천천히 내렸음에도 금속체가 땅에 닿는 순간 그 육중한 무게 때문에 둔중하고 큼직한 소리가 울렸다. 바닥에 금속체가 완전히 자리잡자 그것을 붙잡고 있던 지휘차의 와이어는 휘리릭 소리를 내며 순식간에 지휘차로 돌아갔다. 와이어를 수납한 뒤 지휘차는 금속체의 옆에 내렸다. 무적택배 사람들이 지휘차에서 내릴 즈음 쿠데리안은 정신을 차리고 그들을 맞이했다.

"이것이 대체 무엇입니까?"

쿠데리안은 거의 3층 건물의 높이에 달하는 금속체를 올려다보며 박상에게 물었다.

"고대의 어른들이 남긴 유산 중 하나입니다. 안에 무엇이 들었는지는 저희도 아직 모릅니다. 이제부터 열어봐야 알 수 있을 것 같습니다."

그러자 쿠데리안은 정중하지만 분명한 태도로 물었다.

"우리도 입회할 수 있을는지요?"

"물론입니다."

박상의 시원스러운 대답에 쿠데리안은 적이 마음을 놓는 눈치였다.

금속체의 표면을 빙 돌아보니 한쪽 면의 중앙에 문처럼 보이는 것이 있었다. 그것을 살펴보던 아담이 말했다.

—이것은 국가 기밀 시설에 준하는 특수 금고인 것으로 판단됩니다. 전원이 긴급 차단된 상태로 보이므로 전원을 공급해서 전자 문부터 열어야 합니다.

국가 기밀 시설이라는 단어에 무적택배 사람들의 기대는 더욱 높아졌다.

"그래? 어서 시작해 봐."

박상이 명령하자 아담은 금고를 여는 작업을 개시했다.

—에너지 공급을 시작했습니다. 에너지를 받아들이고 있습니다. 기계는 정상적으로 작동하고 있습니다.

아담이 보고하고 금고문 앞에 서자 표면을 덮고 있던 사방 70㎝가량의 금속판이 밑으로 밀려 내려가더니 그 자리에서 계기판이 돌출되었다. 계기판에는 신분증 또는 카드를 인식시키는 곳과 번호판처럼 생긴 키보드, 렌즈가 들어 있는 작은 구멍이 있었다.

[신분 카드를 인식시켜 주십시오. 인식 레이저가 발사되면 오른쪽 눈을 그것에 대시고 신원을 확인받은 후 암호를 입력하여 주십시오.]

계기판에서 고대 마이테움의 언어로 안내가 흘러나왔다. 아담은 박상을 돌아보고 확인했다.

—강제로 접속하여 열겠습니다.

"그렇게 해."

아담은 인식 레이저가 발사되는 작은 렌즈를 부수고 그 안으로 칼키아의 기지 컴퓨터와 접속할 때 사용했던 손가락의 장치를 집어넣었다.

"일종의 해킹이네."

릴리가 마라나에게 소곤거렸다. 그런데 한참이 지나도록 아담은 같은 자세로 가만히 서 있었다. 좀처럼 끝날 기미가 보이지 않자 걱정이 된 박창이 아담에게 물었다.

"아담, 끝나려면 멀었어? 잘 안 되는 거야?"

—여러 겹의 방어벽이 쳐져 있어서 전체를 해제하는 데 시간이 걸립니다.

"얼마나 더 걸리는데?"

─최대 하루입니다.

예상치 않은 긴 시간이었다.

"하루라니… 너무 오래 걸리잖아. 어떡하지?"

난감해진 지혜가 박상에게 묻는데, 쿠데리안이 말했다.

"이곳에서 기다리시는 것이 어떻겠습니까? 천막을 치고 다과라도 드시면서 기다리다가 밤이 되면 왕궁에 들어가셔도 좋고, 이곳에서 주무실 것이라면 그 준비도 해드릴 수 있습니다."

아담만 남겨두고 왕궁에 들어가기도, 그렇다고 지휘차에 있기도 그랬던 터라 박상 일행은 왕의 제안을 받아들였다.

오래지 않아 화려한 천막이 광장 한쪽에 쳐지고, 카펫이며 테이블, 의자 등이 신속하게 운반되어 왔다. 무적택배 사람들은 쿠데리안과 함께 천막에 들어가서 아담의 작업이 끝나기를 기다렸다.

해초를 말려서 튀긴 것과 해초 과자, 조개구이, 새우구이 등 다양한 먹거리가 나왔다. 개중에는 낙지 비슷한 바다 동물을 야채와 버물려 아르데 소스로 볶은 것도 있었다. 무적택배 사람들이 올 때 레스프라트의 사신단을 따라온 두 명의 레스프라트 요리사가 만든 것이었다.

"레스프라트 하면 피스벵 설탕과 곡물만 생각했는데 이번에 사절단이 소개한 메도쿰 무구와 이 아르데 소스라는 것도 대단한 상품이더군요. 좀 매운 것이 문제이긴 하지만, 맛이 산뜻하고 식욕을 돋우는 것 같습니다."

쿠데리안은 입 안이 얼얼한지 후후 불어가며 해물볶음을 먹었다. 뷜리텐 사람들은 평소에 톡을 먹지 않아서인지 레스프라트 사람들보다 매운 맛에 약한 것 같았다. 소스를 개발한 당사자인 아르데는 쑥스러우면서도 뿌듯해하는 모습이었다.

　지혜와 바다는 금고에 신경이 쏠려 있어 음식에 거의 손도 대지 않았지만, 박창과 릴리 등은 걱정을 뒤로 미루고 마음껏 음식을 즐겼다.

　"여기 음식은 맛있는 게 참 많군요. 이곳 사람들이 건강한 것도 이런 맛있는 음식을 많이 먹어서 그런가 봅니다."

　박창은 해초를 튀겨 피스벵 설탕을 살짝 입힌 과자를 맛나게 먹으면서 칭찬을 했다. 쿠데리안은 묘한 미소를 지었다.

　"말씀처럼 우리 뵐리텐은 바다의 은혜를 입어 절대적으로 부족한 곡물에도 불구하고 굶주리지 않고 이만큼 살아왔습니다. 하지만 모든 사람들이 맛좋은 해산물만을 먹고사는 것은 아닙니다. 어느 나라나 그렇겠지만, 진미는 값비싼 법이지요."

　박창이 약간 무안해하자 쿠데리안은 재빨리 사과했다.

　"다른 뜻이 있어 한 말이 아니니 신경 쓰지 마십시오. 우리 뵐리텐의 백성들이 원하는 만큼 풍성한 식생활을 누리지 못하는 것이 안타까워 나온 말입니다."

　"일반 사람들의 생활을 직접 보신 적이 있습니까?"

　우진이 용기를 내어 물어보았다. 디쉬트 섬의 왕은 일생 땅을 밟지 않고 산다던 캄렌의 이야기가 떠올랐던 것이다.

　"젊었을 때는 이곳저곳 많이 돌아다닌 편입니다. 바다 건너 헤이프에도 여러 번 갔었지요. 지금은 바쁘기도 하고 나이를 먹어 먼 곳에는 가지 못하지만, 가끔 변장을 하고 남모르게 바깥 외출을 하곤 합니다."

　쿠데리안은 장난스레 웃으며 말했다.

　최대 하루라던 아담의 말이 거짓은 아니어서 아담이 작업을 마치고 무적택배 사람들을 불렀을 때는 한나절이나 지난 시점이었다.

　─전자식 문의 해제가 끝났습니다.

그 말을 듣고 천막을 나와 가보니 아담이 금고문 앞에 서 있었다. 이들이 본 문의 안쪽에 또 문이 있어 총 두 겹의 문이 금속 안으로 밀려 들어간 형태로 열려 있었는데, 그 안에 세 번째의 또 다른 문이 있었다. 그 문은 앞의 두 전자식 문에 비해 크기가 두 배 정도 컸다. 좌우에 하나씩 커다란 열쇠 구멍이 있고, 가운데에는 숫자가 적힌 다이얼 같은 장치가 달려 있으며, 오른쪽 열쇠 구멍 위에는 커다란 바퀴형 손잡이가 있었다.

"이 문은 어떻게 된 거야? 왜 열지 않았지?"

지혜가 의아해하며 묻자 아담이 대답했다.

—저것은 재래식 자물쇠가 달린 문입니다. 열쇠와 비밀 번호를 알아야 합니다. 비밀 번호는 맞출 수도 있습니다만, 열쇠만은 제가 할 수 있는 영역에서 벗어납니다.

"어째서? 안을 레이저로 투시해서 열쇠를 만들 수 없어?"

지혜가 물었다.

—말씀드렸듯이 이 금고의 금속은 외부에서 투시가 불가능합니다. 외부에서 투시경을 집어넣어 조사할 수는 있겠지만, 정밀한 열쇠의 제조법은 제가 가진 데이터에 없습니다.

생각지 못한 난관에 부딪친 그들은 곤혹스러워하며 금고를 쳐다보고 있었다.

"그럼 어쩌지? 이걸 부숴야 하나?"

마리나의 혼잣말에 지혜가 반대했다.

"그건 안 돼요. 이런 귀중한 문명의 유산을 우리 마음대로 파괴할 순 없어요. 게다가 안에 무엇이 있는지도 모르잖아요."

"하지만 이대로 둘 수는 없잖아요?"

릴리가 말했다. 그 말이 맞다고 생각한 박창은 아담에게 물었다.

"아담, 이것을 부술 수 있겠어?"

―이 문을 물리력으로 파괴하려면 상당한 화력을 집중시켜 계속 공격해야 합니다. 그러나 그런 경우 주위에 끼치게 될 피해를 감수해야 합니다.

아담이 말했다. 그 말을 들으니 부수는 방식은 더욱 취할 수 없었다. 그때 아그리파가 해결을 자청하고 나섰다.

―허락해 주신다면 제가 해보겠습니다.

"방법이 있어?"

지푸라기라도 잡는 심정으로 지혜가 묻자 아그리파는 박상에게 말했다.

―주인님, 만능열쇠를 사용할 수 있도록 허락해 주십시오. 시도해보겠습니다.

"만능열쇠? 알았어. 허락하지."

뭔지는 모르지만 박상은 무조건 허락했다. 아그리파는 왕궁 위에 있는 자신의 차를 불러 내리고 그곳에서 큰 가방을 꺼내더니 이것저것 연결하고 조립해서 뭔가를 만들었다. 그리고 코드가 달린 얇고 기다란 금속판 같은 것을 가지고 와서 그것을 금고의 열쇠 구멍에 넣고 한참 동안 이리저리 돌리다가 그것을 꺼내 다시 가느다란 와이어를 집어넣고 조사했다. 두 개의 구멍을 그런 식으로 조사한 끝에 아그리파가 올린 보고는 모두에게 실망스러운 것이었다.

―이것은 만능열쇠로 열 수 있는 종류의 자물쇠가 아닙니다. 아주 재래식으로 만든 자물쇠이기 때문에 두 개의 열쇠를 복제해야만 열 수 있습니다.

“열쇠를 만들 수 있어?”

지혜가 불안해하며 물었다.

―열쇠 제작에 필요한 도구가 있다면 가능합니다.

모두의 시선은 자동으로 지혜를 향했다. 지혜는 안도의 한숨을 쉬더니 말했다.

“지휘차에 선반이랑 공구가 있으니까 어떻게 될 거예요.”

“시간은 얼마나 걸리지?”

박상이 아그리파에게 물었다.

―내일 오전 중까지 가능합니다.

위험을 감수하며 억지로 금고를 여는 것보다는 열쇠를 만드는 것이 최선의 방법이었다. 하는 수 없이 금고를 여는 것은 내일로 미루고 쿠데리안과 박상 등은 왕궁으로 올라가고, 지혜는 열쇠 제작을 위해 아그리파와 수정, 조수 등을 데리고 지휘차로 들어갔다.

마침내 열쇠가 완성되었다는 연락이 왔다. 박상 일행과 쿠데리안은 서둘러 광장으로 내려갔다. 아그리파가 만든 열쇠는 얇은 금속판에 자루가 달린 단검 형태의 것으로 날 부분인 금속판의 표면에는 기이한 구멍이 무늬처럼 뚫려 있었다.

“특이하네. 금속판이 얇아서 무기로는 못 쓰겠고, 이게 열쇠입니까?”

신기해하는 우진에게 지혜가 가르쳐 주었다.

“날 부분은 우리가 만든 것이고 자루는 진짜 검에서 떼서 붙였어요. 손잡이까지 만드느라 시간을 허비할 필요는 없으니까요.”

지혜는 박상과 박창에게 열쇠를 하나씩 주고 말했다.

"상이는 오른쪽, 창이는 왼쪽 열쇠 구멍으로 가서 아그리파가 됐다고 하면 열쇠를 꽂아 돌리면 돼. 상이는 왼쪽, 창이는 오른쪽으로 돌리면 돼."

박상 형제는 지혜의 지시에 따랐다. 두 사람이 열쇠 구멍 앞에 서자 아그리파는 문의 중앙에 있는 다이얼처럼 생긴 회전반 앞에 서서 청진기와 흡사한 장비를 문에 대고 다이얼을 빠르게 돌리기 시작했다.

—됐습니다.

아그리파의 말이 떨어지기 바쁘게 형제는 열쇠를 꽂아서 지혜가 일러준 방향으로 돌렸다.

철컥.

문 안쪽에서 큼직한 소리가 들렸다.

—열렸습니다. 문을 열 테니 뒤로 물러나 주십시오.

아그리파는 청진기를 떼고 문 왼쪽에 달린 커다란 바퀴형 손잡이를 돌렸다. 사람들은 그의 말에 따라 뒤로 물러서 있었다.

끼이이이이익, 소리를 내며 천천히 문이 열렸다. 문이 반쯤 열렸을 즈음 안에서 무엇인가가 쑥 튀어나왔다.

비이이이이이~

안에서 나온 것이 무엇인지 제대로 확인하기도 전에 고막을 찢는 엄청난 소음이 울려댔다.

—침입자를 막아라. 침입자를 막아라…….

고대 마이테움의 언어로 같은 말을 반복하는 그것은 지금까지 봐온 것과는 다르게 생긴 로봇 두 대였다. 1m 5, 60㎝ 정도의 높이에 상체는 인간형이었으나 그 아래는 소형 전차처럼 생겼는데, 바닥에서 약간 떠올라 있었다. 두 대의 로봇은 나오자마자 곧장 문 앞에 있는 아그리파에게로 향했다.

—철인간을 먼저 파괴하라. 철인간을 먼저 파괴하라…….

그러자 아그리파는 몸을 홱 돌리더니 박상을 향해 후닥닥 달려왔다. 박상에게 다가온 아그리파는 그의 앞을 막아서는 대신 전혀 뜻밖의 행동을 취했다. 아그리파는 잽싸게 박상의 등 뒤로 가더니 말했다.

—주인님, 저를 보호해 주십시오.

"뭐?"

처음에는 잘못 들은 것이 아닌가 생각했으나 그렇지 않았다.

—저는 건축 데이터를 지켜야 합니다. 건축은 문명의 꽃이요, 인류의 위대한 문화유산입니다.

박상은 아그리파를 쫓아 빠르게 쇄도해 오는 로봇을 보고 일단 그 자리를 피했다. 그런데 등 뒤에 아그리파가 악착같이 뒤따르는 통에 움직이기가 불편했다.

"이 자식이! 주인은 죽어도 좋단 말이냐?"

성질이 치밀어 내뱉자 아그리파는 지지 않고 대꾸했다.

—데이터는 소중합니다.

그 순간 로봇에게서 레이저가 발사되었다.

—철인간의 주인을 잡아라. 주모자를 제거하라…….

어느덧 로봇들의 구호가 바뀌어 있었다. 아그리파의 존재 때문에 박상을 주모자로 찍은 모양이었다.

아담은 박상의 몸을 붙잡아 피하게 하고 무적택배 사람들을 따라온 레스프라트 사람들에게 말했다.

—모두 무기를 버리십시오. 이들은 경호 로봇입니다. 비무장 상태의 인간은 해치지 않습니다.

"하지만 우리는 신의 사도 여러분을 지켜야 합니다."

전투 사제들의 통솔자 르벤이 말했다. 아담은 단호하게 말했다.

─로봇은 로봇이 처리합니다. 무기와 방패를 철인간들에게 던져 주십시오.

르벤과 틸론 등이 망설이는데 무기를 가지러 지휘차 쪽으로 달려가던 마리나가 소리쳤다.

"무기를 놓으세요! 그 편이 나아요! 안 그러면 철인간들이 저놈들을 처리하기가 더 어려워져요!"

사람들은 잠깐 주저하다가 철인간들에게 무기와 방패를 던졌다.

한편 마리나 자매를 따라 뛰어가던 박창은 박상에게 크게 외쳤다.

"형! 조금만 더 버텨! 내가 총 가져올게!"

그때 백치 삼총사가 사람들이 던진 메도쿰 무기와 방패를 받아 들고 박상에게 달려왔다. 그러나 게이브만은 박상에게 가지 않고 양손에 검을 한 자루씩 집어 들더니 단독으로 로봇 한 대를 노리고 달려갔다. 게이브는 전력으로 달려들어 자신의 몸으로 강하게 로봇을 들이받아 다른 한 대와 멀찍이 떨어뜨려 놓았다. 그리고 뒤이어 그 로봇에게 바짝 붙어 공방을 주고받았다.

한 대는 게이브에게 저지당했지만 나머지 한 대의 로봇은 여전히 빠른 속도로 박상을 겨냥해 육박해 갔다. 로봇의 한 손에는 전기가 흐르는 전자 봉이 들려 있었다. 로봇이 전자 봉을 치켜들어 박상을 내려치는 것을 아담이 전자 봉으로 막았다. 그 순간 자신의 앞을 막아주고 있는 철인간들의 사이로 붕 뛰어오른 박상이 왼발로 로봇의 두부를 강타했다. 그 강력한 타격에 로봇의 머리가 획 돌아가면서 몸체까지 뒤로 좌악 밀려나더니 왕궁의 벽에 처박혔다. 그 모습을 보고 사람들은 경악해서 입을 쩍 벌렸다. 지혜는 그제야 박상의 왼발을 떠올리고 아담에게 외쳤다.

"아담, 넌 저 금고 안으로 가서 저놈들을 제어하는 컴퓨터를 정지시켜! 또 뭐가 튀어나올지 몰라!"

그러나 아담은 지혜의 명령을 거부했다.

―총사령관님을 지키는 것이 저의 임무입니다.

지혜는 하는 수 없이 박상에게 말했다.

"상아! 네가 보내! 자꾸 뭐가 나오면 큰일이잖아."

박상은 가장 믿음직한 아군인 아담을 보내고 싶지 않았지만 지혜의 말에 따라 아담을 보냈다.

"여긴 어떻게 될 것 같으니까 어서 금고에 가서 컴퓨터부터 멈추게 해. 이대로는 상황이 힘들어진다."

―하지만 박상님…….

"어서 가!"

―알겠습니다.

아담은 거듭되는 박상의 명령에 그 자리를 벗어나 금고로 갔다.

그사이 벽에 부딪쳤던 로봇이 레이저를 쏘면서 재차 접근해 오고 있었다. 백치 삼총사는 방패를 들고 박상을 가로막고 서서 그를 감싸듯이 움직였다. 다행히도 메도쿰으로 만든 방패는 레이저를 잘 막아내고 있었다. 아그리파는 그런 그들과는 정반대로 계속 박상의 등 뒤에서 머리를 감싸 쥔 자세로 박상을 따라다니고 있었다.

"이 자식! 날 지켜주지 않아도 좋으니까 제발 딴 데로 가!"

분통이 터진 박상은 아그리파를 향해 소리를 꽥 질렀다.

―죄송합니다. 움직이면 제가 표적이 됩니다.

“이놈이… 주인을 이렇게 위험에 빠뜨리는 게 철인간이 할 짓이냐?”

—죄송합니다. 생명은 유한하지만 데이터는 영원합니다.

“크윽!”

박상은 너무나도 화가 난 나머지 자신을 공격하는 로봇의 존재까지 일순 잊어버렸다. 아그리파부터 처단해 버리고 싶은 욕망에 떨고 있는데, 지혜의 날카로운 외침이 그의 주의를 일깨웠다.

“뭐 해? 앞을 봐, 박상!”

그 말에 고개를 돌려 앞을 보니 어느새 로봇의 전자 봉이 눈앞에 와 있었다. 백치 삼총사는 방패를 든 반대편 손에 칼을 쥐고 전자 봉을 막고 있었다. 박상은 순간적인 판단으로 바닥을 손으로 짚으면서 몸을 회전시켜 왼발로 로봇의 가슴을 강하게 가격했다. 그 공격에 로봇의 몸이 빙글빙글 돌면서 또다시 크게 밀려갔다. 레이저 공격이 통하지 않는다고 판단한 것인지 로봇은 레이저는 그만두고 육박전을 걸어왔다. 그때 로봇의 등 뒤로 레이저가 한 발 지나갔다. 마리나 자매가 돌아온 것이다. 레이저 총을 피하고 다가온 로봇은 무시무시한 박력으로 박상에게 덤벼들었다.

“젠장!”

박상은 어떻게든 이놈을 뒤로 밀어내 마리나 자매가 총으로 맞힐 수 있게 해야 끝이 나겠다 생각하고 틈을 노렸다. 백치 삼총사는 군용이 아니어서인지 제대로 된 공격을 하는 수준은 아니었지만 박상을 막아서서 자신들의 온몸을 방패 삼아 보호하고 있었다.

챙! 쩌엉! 콰앙!

로봇들끼리 부딪치는 소리가 정신없이 울려댔다. 정신없는 와중에 찰나적으로 지금이라고 생각한 박상은 그 순간을 놓치지 않고 제자리에서 한 바퀴 빙글 돌면서 회전력을 실어 로봇의 가슴을 힘껏 갈겼다.

로봇이 박상의 공격을 맞고 뒤로 물러서는 순간, 마리나의 대구경 레이저가 푸숭 소리를 내며 작렬해 로봇의 가슴을 관통했다.

콰앙!

로봇의 가슴이 뻥 터지면서 흔들리자 뒤이어 릴리의 레이저 중기관 총이 로봇의 몸뚱어리를 폭풍처럼 휘감았다. 로봇의 몸체는 쏟아지는 레이저 세례 속에 경련을 일으키듯 극심하게 뒤흔들리다가 결국 허옇게 연기를 뿜으며 넘어졌다.

그와 비슷한 시각, 게이브는 자신이 상대하던 로봇의 머리를 검으로 날려 버리고 그 자리에 다른 손에 들고 있는 검을 깊숙이 꽂아 넣었다. 로봇은 물에 빠진 사람마냥 양팔을 몇 번 허우적거리다가 그대로 넘어져 버렸다.

두 대의 로봇이 쓰러지고 나자 갑자기 사방이 조용해지며 낯선 정적이 찾아들었다. 박상은 그제야 정신을 차리고 상황이 종료된 것을 알았다. 긴장이 풀리자 방금 전까지 느끼지 못했던 아픔이 파도처럼 밀려왔다. 사력을 다해 로봇을 차댔으니 무리도 아니었다.

'다리, 아니, 엉덩이가… 아프다.'

왼쪽 골반부터 시작해 전신으로 퍼져 나가는 저릿한 아픔 때문에 자신도 모르게 두 눈 가득 눈물이 넘쳐흘렀다. 주르륵 뺨을 타고 넓게 퍼지는 그의 눈물을 보고 그에게 다가오던 쿠데리안이 조심스레 물었다.

"왜 그러십니까? 괜찮으십니까?"

차마 아파서 운다고는 말하지 못하고 어물거리는데, 언제 왔는지 박창이 근엄한 음성으로 대답했다.

"형은… 인간의 어리석음을 한탄하여 눈물을 흘리는 겁니다."

쿠데리안은 그 말이 얼른 이해되지 않아 어리둥절해했고, 박상은 기가 막혀 번들거리는 눈으로 동생을 노려보았다. 그러다가 아그리파를 기억해 낸 그는 지그시 이를 악물고 뒤를 돌아보았다. 아그리파는 아직 그의 뒤에 있었다.

박상의 비장한 모습을 본 지혜가 허겁지겁 달려와서 그와 아그리파 사이를 가로막았다.

"상아, 엉뚱한 생각을 해선 안 돼."

"엉뚱한 생각? 내겐 당연한 생각이야. 이놈 때문에 난 꼼짝도 못하고 사지로 몰렸다구!"

"그, 그래도 잘 수습이 되었잖아. 얘는 전투용도 아닌데, 전투를 바란다는 것이 애당초 무리야."

"전투 따위는 바라지도 않았어! 그저 내게서 떠나주기만을 바랐을 뿐이야!"

박상은 폭포처럼 눈물을 흘리며 따졌다. 그만 울고 싶었지만 통증 때문에라도 눈물이 멈춰지지 않았다. 지혜는 최대한 상냥하게 웃으면서 박상을 달래려 노력했다.

"네가 넓은 아량으로 용서해. 어쨌든 데이터는 소중한 거잖아. 이 녀석은 고대 문명이 남긴 소중한 자산이야."

박상의 이마에 힘줄이 불끈 솟았다.

"너까지 놈과 같은 말을……!"

괜찮냐, 아프냐는 말은 한마디도 않고 아그리파의 안위만 걱정하는 지혜의 태도에 박상의 분노는 배가되었다. 박상의 심기가 심상치 않은 것을 직감한 지혜는 숨을 꼴깍 삼키고 황급히 아그리파의 손을 잡고 박상의 앞에서 도망치듯 벗어났다. 지혜를 따라가는 아그리파의 뒤통

수에 대고 박상이 격앙된 목소리로 경고했다.

"아그리파, 이 자식! 앞으로 한 달간 내게 3미터 이내로 접근하지 마! 그랬다간 걷어차 버릴 테니까!"

지혜만 아니라면 당장에라도 응분의 조치를 취하고 싶은 기분이었지만, 애써 울분을 삼키면서 박상은 소매로 대충 눈물을 닦아냈다.

"형, 다리는 괜찮아?"

박창이 작은 소리로 물었다.

"몰라. 차차 나아지겠지."

박상은 지혜와 아그리파를 노려보면서 퉁명스레 대꾸했다.

박상에게서 아그리파를 구해낸 지혜는 바닥에 나뒹굴고 있는 로봇들을 보더니 걸음을 멈추고 안타까워했다.

"아깝다. 아담이 빨리 컴퓨터를 멈추게 했으면 손상이 덜 갔을 텐데. 특히 이쪽 건 부품 하나도 못 건지겠네. 이렇게까지 할 필요는 없었잖아."

마리나 자매에게 당해 만신창이가 된 로봇을 내려다보며 조그맣게 투덜거리는 지혜에게 마리나가 냉정한 투로 대꾸했다.

"우리 동료를 공격한 놈입니다. 이깟 금속 쪼가리가 동료의 목숨보다 중할 수는 없습니다."

지혜도 그 말을 듣고는 찔리던지 아무 대꾸도 못했다. 그녀는 박상을 의식하며 어물쩍 고개를 돌리고 딴청을 부렸다.

"그나저나 아담은 뭐 하고 있는 거야? 보고도 없고."

그제야 금고에 들어간 아담을 생각해 낸 무적택배 사람들은 금고 쪽으로 가보았다.

반쯤 열린 문을 전부 열고 들여다보니 금고 내부는 1/2 지점에 세로로 나 있는 복도를 기준으로 두 개의 방으로 나뉘어 있었다. 복도의 천장과 바닥에서 희미한 빛이 비춰 나와 내부의 모습은 그런대로 잘 보였다. 복도 끝에 문이 보였지만 닫혀 있고 아담은 보이지 않았다.

"아담이 저 안으로 들어간 걸까요?"

우진이 지혜에게 물었다.

"그런 것 같네요. 일단 기다려 보죠. 복도에 방어 장치가 있는 것 같아요."

지혜는 복도의 위와 아래에 달려 있는 장치를 쳐다보면서 말했다.

"이런 곳에 아담을 보낸 거야? 아담에게 무슨 일이라도 있으면 어쩌려고. 차라리 아그리파 놈을 들여보내지."

박상이 툴툴거리자 마리나가 그를 위로했다.

"아담은 괜찮을 겁니다. 복도를 지나 안쪽 방으로 들어간 걸 보면 잘 통과했다는 이야기니까요."

얼마간 시간이 더 흐른 뒤 아담이 복도 끝의 문을 열고 나타났다.

─시스템 장악이 끝났습니다. 이제 들어오셔도 됩니다.

다행스럽게도 아담은 아무 탈 없이 무사했다.

"아담, 이곳이 대체 뭐 하던 시설이지? 안에 뭐가 있어?"

지혜는 부푼 기대를 안고 아담에게 물어보았다.

─이것은 마이테움 중앙은행 나히즈 지점의 중앙 금고입니다.

"뭣? 은행?!"

박상 일행은 아연실색하여 일제히 외쳤다.

─그렇습니다. 이곳의 왼쪽은 VIP를 위한 비밀 금고이고, 오른쪽은 통화 관리를 위한 국가의 재원이 들어 있습니다.

아담의 설명을 듣는 무적택배 사람들의 머리 속에는 아무짝에도 쓸

모없는 고대의 지폐 뭉치에 둘러싸여 있는 자신들의 모습이 그려지고 있었다.

"바보 같아. 불쏘시개로나 쓸까, 옛날 돈을 어디다 써?"

박창이 구시렁거렸다.

─어느 쪽부터 보시겠습니까?

아담이 물었다. 허탈해진 박상은 될 대로 되라는 심정이었다.

"아무 곳이나 보지 뭐. 큰 것부터 보던지."

─알겠습니다.

아담이 대답하자 큰 쪽의 문이 윙 하는 큰 소리를 내더니 착, 착, 한 쪽으로 접히듯이 열렸다. 그 안에는 지폐 더미 대신 엷은 푸른 광채가 은은히 감도는 은색의 금속 바가 가득히 쌓여 있었다.

"지폐는 아니네. 뭣에 쓰는 금속이지?"

고개를 갸웃거리는 박창에게 마라나가 설명해 주었다.

"이건 켈란이에요. 이 별에서 가장 값비싼 귀금속으로 지구의 백금과 비슷한 가치를 가진 모양이더군요. 그 다음이 유백색 광채를 띤 맑은 은색 귀금속 드라크이고, 지구의 순금보다 다소 밝은 금색의 쿠트가 지구의 은쯤 되는 가치를 가지고 있어요."

이 금속덩어리들이 이곳에서 어떤 가치를 지니든 간에 지금의 무적 택배 사람들에게 아무런 의미 없기는 지폐 뭉치와 다를 바 없었다. 그러나 그들의 옆에 선 쿠데리안과 키오르 왕자, 그리고 노드, 로네스 등은 너무나 놀라 말을 잃고 있었다. 박상 일행은 실망으로, 다른 사람들은 경악으로 한동안 침묵하고 있었다. 얼마 뒤 지혜가 시큰둥하게 말했다.

"이건 됐으니, VIP 금고라는 걸 보죠."

―알겠습니다.

아담이 대답하고 켈란 금고의 문이 닫혔다. 그 옆의 보다 작은 방은 여러 줄의 캐비닛으로 가득했다.

"여기엔 어떤 것들이 들었지?"

우진이 아담에게 물었다.

―컴퓨터의 기록으로는 금고의 주인 이름밖에 남아 있지 않습니다.

"어떻게 하지? 이걸 다 열어봐야 하나?"

박상은 얼른 보아 숫자도 다 헤아리기 힘든 서랍들을 난감하게 쳐다보았다.

"그래도 어떡하겠어, 다 봐야지. 뭐가 들어 있는지 모르잖아."

지혜가 말했다. 그래서 그들은 아담에게 개인 금고를 열어보도록 명령했다.

개인 금고는 각각의 서랍이 독립되어 있어 완전히 밖으로 들어내는 구조였으며 열쇠도 따로따로 있었다. 서랍 안에는 별도의 상자가 들어 있고 내용물은 상자에 담겨 있었다. 내용물은 유언장, 결혼 서약서, 부동산 관련 문서, 계약서 같은 서류와 사진, 보석, 장신구, 골동품, 오래된 인형, 데이터를 담은 수정봉 등 그야말로 각양각색이었다. 무적택배 사람들은 서류나 수정봉은 나중에 따로 내용을 검토하기 위해 꺼내고 나머지 물건들은 대충 훑어보고 다시 상자에 담아 서랍에 넣었다. 시작한 김에 전부 열어보다 보니 일이 끝났을 때는 어느덧 바깥은 어두워진 지 한참 뒤였다. 금고의 수동 문을 닫고 돌아서는데 쿠데리안이 박상에게 물었다.

"이 안에 있는 것들을 어떻게 할 생각이십니까?"

전혀 기대하지도, 생각지도 않은 물건들이 나온 터라 아직 그것에 대해 생각하지 않았던 박상은 다른 일행을 쳐다보았다. 박창이나 다른 이들도 아무 생각 없기는 그와 같았다.

"따로 생각하신 바가 없다면 제가 한 가지 제안해도 되겠습니까?"

"말씀하십시오."

"이 금고와 안의 것들은 신의 사도 여러분께서 찾아내어 꺼내오신 이상 여러분께 마땅히 권리가 있습니다만, 우리 뷜리텐의 선조들께서 남기신 것이라는 점에서는 우리에게도 권리가 있다고 볼 수 있습니다. 그러니 절반씩 나누는 것이 어떻겠습니까? 우리 뷜리텐은 이 금고 전체와 켈란의 절반을, 여러분께서는 켈란의 절반과 개인 금고 내의 물건 전부를 가지시는 정도면 합당하지 않을까 싶습니다만."

어차피 이곳의 귀금속에 욕심이 있는 것도 아니고 사실 금고의 내용물 따위야 아무래도 상관없었다. 하지만 같이 온 레스프라트 사람들을 생각하니 쿠데리안에게 다 주기는 마음에 걸렸다. 쿠데리안의 제안이 합당한 것 같아 일행을 보니 그들도 찬성하는 얼굴이어서 박상은 순순히 받아들였다.

"폐하의 말씀대로 하겠습니다. 열쇠와 비밀 번호만으로 열 수 있게 개조하고, 떠나기 전에 그 두 가지를 폐하께 직접 건네 드리겠습니다."

쿠데리안의 얼굴에는 흡족한 미소가 떠올랐다.

"쾌히 수락해 주시니 감사합니다. 피곤하실 텐데 왕궁에 가서 쉬시다가 저녁을 함께 드시지요."

금고를 닫고 난 뒤에는 뷜리텐의 병사들이 금고의 사방을 철통처럼 에워싸고 지키기 시작했다.

저녁 식사 전까지 잠시 쉬기 위해 각자의 방으로 갈라진 다음 쿠데리안의 아들 키오르가 아버지에게 물었다.

"아버님, 켈란의 절반과 보석 전부는 너무 많이 양보한 것 아닙니까? 그분들의 태도로 봐서는 우리가 절반 이상을 가지겠다고 했어도 충분히 들어주실 것 같았는데요."

쿠데리안도 그 사실을 모르지는 않았다. 하지만 그의 제안은 즉흥적인 것이 아니라 나름의 계산에 따른 것이었다. 쿠데리안은 차근차근 그 이유를 밝혔다.

"그랬겠지. 하지만 그건 결코 현명한 행동이 아니다. 그분들 자신은 전혀 욕심이 없다 해도 그분들을 모시는 레스프라트 사람들은 우리와 같은 인간이다. 금고와 그 안의 보물이 우리 바다에서 나왔다고 해도, 그분들이 아니었다면 찾아낼 수도, 꺼낼 수도 없는 것들이었다. 레스프라트 사람들은 당연히 자신들에게도 권리가 있다고 생각할 것이고, 나중에라도 그렇게 주장할 수도 있다. 하지만 지금 이렇게 깨끗이 반으로 나누어 버리면 분쟁의 소지도 없을뿐더러 레스프라트의 호감도 자연히 얻게 된다. 내가 알기로 레스프라트는 아메트에게 당한 피해 때문에 그리 여유가 있는 편이 아니다. 그렇지 않더라도 그만한 보물이 갑자기 생겼는데 누군들 기쁘지 않겠느냐? 저만한 보물을 가지고 돌아가면 레스프라트에서는 분명히 우리의 제안을 두말없이 수락하게 될 게다. 켈란이 아무리 귀한 보물이라고는 하나, 눈앞의 이익에 눈을 빼앗겨 레스프라트와의 관계를 그르친다면 해양 상업국으로 거듭나겠다는 우리의 계획은 결코 성공할 수 없다."

설명을 마친 쿠데리안은 아들을 돌아보았다. 만면에 가득 웃음을 머금은 개운하고 산뜻한 표정이었다.

"따지고 보면 우리는 가만히 앉아서 거저 얻은 보물이 아니냐? 막대한 보물을 손에 넣고 레스프라트와의 관계에도 큰 호재를 얻었으니 이 이상의 소득이 어디 있겠느냐? 너무나 즐거운 날이다. 오늘은 오랜만에 취하도록 마셔보자꾸나."

기쁨에 넘친 뵐리텐 사람들과는 반대로 박상 등은 허탈한 심경으로 방에 들어갔다. 방에 들어서자마자 박창이 투덜거렸다.
"나참, 며칠씩 그 고생을 해서 열어놨더니 은행 금고였다니……. 꼭 은행 강도가 된 기분이야."
릴리도 맥 빠진 얼굴로 고개를 끄덕였다.
"지구의 귀금속이랑 다르니 우리에겐 아무 의미도 없고 말이에요."
"그나저나 우리가 받은 보물은 어쩌죠?"
우진의 질문에 박상은 깊이 생각할 것도 없이 말했다.
"가지고 있어봤자 우리에겐 소용없으니 레스프라트 사람들에게 줘버리죠. 돈 쓸 곳도 많을 텐데, 노드 씨와 로네스 씨에게 주면 잘 전하겠지요."
그러자 우진이 미리 생각해 놓았던 듯 의견을 내놓았다.
"베르테스님이 머지않아 결혼하잖습니까. 결혼 선물이라고 하면서 주면 어떨까요?"
"그것 좋은 생각이네요. 가만히 있기는 그렇고, 뭐라도 선물을 해야 할 텐데 마땅한 것이 없었잖아요."
지혜가 찬성했고 박창도 고개를 끄덕였다.
"그래요. 선물은 뭐니 뭐니 해도 역시 돈이 최고죠."
그때 마리나가 말했다.
"전부 다 주지는 말고 우리의 비상금으로 조금은 남기도록 하죠. 앞으로도 다른 곳에 더 다녀야 할지도 모르는데, 그런 때 쓸 것 몇 개는 남기는 게 좋겠어요. 어딜 가나 항상 노드 씨에게 계산하게 하는 것도 미안하잖아요. 그것도 다 국고에서 나오는 돈일 텐데."

마리나에 이어 릴리가 말했다.

"그리고 이왕 레스프라트 사람들에게 인심 쓰는 김에 우리랑 같이 다니는 사람들에게 보너스라도 주는 것도 좋지 않을까요? 오늘만 해도 다들 많이 놀랐을 거예요. 그 사람들에게 한 번도 답례를 한 적이 없는 데, 이번 기회에 인사나 한번 하죠?"

릴리의 의견에 우진이 고개를 주억거리며 말했다.

"그게 좋겠습니다. 나중에 그 우주 탐사선을 찾아 헤이프까지 가게 될 가능성이 크니까 그런 경우의 자금으로 쓰고, 필요하다면 선물용으로도 활용할 수 있을 겁니다. 헤이프에서 누군가의 도움이 필요한 경우 맨입으로 부탁하는 것보다는 고가의 선물이 있으면 훨씬 수월해지지 않겠습니까?"

"일종의 로비 자금으로 쓰자는 말이군요."

박상이 듣기에도 그럴듯한 제안이었고, 다른 사람들도 기본적으로 동의했다.

"선물용이라면 VIP 금고에 있는 보물들 중에서 골라도 되겠군요. 거기엔 커팅만 된 보석부터 장신구까지 여러 가지가 있으니까요."

마리나가 말했다.

"그래요. 우리도 기념품으로 한두 가지씩 고르기로 해요. 보석이 지구와 달라서 별로 가치는 없겠지만, 디자인이 특이하고 예쁜 게 많더라구요."

지혜는 마리나의 말에 찬성하면서 덧붙였다.

뒷날 무적택배 사람들은 VIP 금고에 있는 상자들을 방으로 옮겨 내용물을 살펴보았다. 커다란 보석 원석을 커팅한 상태로 둔 것들 중 몇 개는 선물용으로 남기고, 무적택배 사람들 자신도 기념품으로 가져갈 것을 한두 개씩 골랐다. 이런 물건에 도통 관심이 없어 보이던 바다도 이때는 거절하지 않고 아름답게 세공된 목걸이와 머리 장식을 한 점씩 골랐다.

"부인에게 선물로 주시게요?"

마리나가 묻자 바다는 고개를 끄덕였다.

"예. 이건 소라에게, 그리고 이건 태어났을 아기에게 줄 생각입니다."

아내와 아이에게 줄 선물을 만지작거리는 바다의 얼굴에는 잔잔한 미소가 떠올라 있었다.

"아이가 여자애인지 남자애인지 모르잖아요?"

릴리가 웃으면서 물었다.

"왠지 여자 아이일 것 같습니다. 소라도 예감이 그렇다고 말했었구요. 하지만 남자 아이라도 상관없습니다. 나중에 그 아이의 신부에게 주면 될 테니까요."

자신들의 기념품을 고른 다음 그들은 베르테스의 결혼식에서 신랑 신부가 착용할 장신구를 골랐다. 논의 끝에 신부에게는 옅은 하늘색으로 투명하게 빛나는 보석이 켈란 위에 빙 둘러 박힌 화려한 목걸이를, 신랑 베르테스에게는 그와 같은 보석을 켈란으로 섬세하게 세공한 브로치를 선택했다.

"이렇게 고르는 김에 노드 씨랑 로네스 씨에게도 하나씩 골라주죠. 그 두 사람도 언젠가는 결혼할 사이잖아요."

지혜가 제안했다. 그래서 그들에게 줄 보석을 선별하는 김에 이곳의 왕 쿠데리안과 그의 가족을 위해서도 선물을 마련키로 했다. 도중에 박창이 자신의 요리 수제자이자 무적택배 사람들과 특별한 인연이 있는 파디아와 아르데 소스를 개발한 아르데에게도 선물을 주고 싶다고 희망하여 그녀들의 것도 골랐다.

"이 별 고대인들의 보물을 가지고 우리가 인심을 다 쓰네요. 원래 주인들에게 좀 미안한데요."

우진이 웃으면서 말했다.

"어차피 먼 옛날에 다 죽고 없는 사람들이잖아요. 그 고생을 해서 꺼냈는데 이 정도 낙이라도 있어야죠. 고스란히 다 남 주기는 억울하잖아요."

지혜가 입술을 쑥 내밀며 하는 말에 박상은 문 앞에 서 있는 아그리파를 노려보며 뼈있는 한마디를 던졌다.

"특히 막판의 고생이 하이라이트였지."

아그리파는 어제 들은 박상의 경고를 지키느라 3미터의 거리를 꾸준히 유지하고 있었다. 지금도 문 가까이에 서서 언제든지 밖으로 달아날 수 있는 태세였다.

"아무튼 엉뚱하게 돈만 잔뜩 벌어서 가게 되었네요. 결국 헤이프 대륙까지 가야 하려나 봐요."

마리나가 보석들을 쳐다보며 씁쓸하게 웃었다. 지혜는 어깨를 으쓱하고 말했다.

"프라트에 돌아가서 상황을 보고 결정하죠. 메도쿰 철판의 상태를 보고 무적택배호를 수리해도 되겠다 싶으면 우선 우주선부터 수리하는 걸로 해요."

헤이프 대륙 이야기가 나오자 박상이 일행에게 말했다.

"프라트에 돌아가기 전에 쿠데리안 왕에게 헤이프에 대해서 알아봐 달라고 부탁해 놓는 것도 괜찮을 것 같습니다. 뷜리텐은 거리상으로도 가깝고 문화적으로도 헤이프와 통하는 모양이니, 알아봐 줄 수 있을지도 모릅니다."

"어떻게 부탁하려고?"

박창이 물었다.

"룬드 라데츠라는 이름과 유사하거나 관련있는 지명이라든지 이 왕궁처럼 거대한 우주선에 대한 전설이 남아 있는 곳에 대해 알아봐 달라고 하면 어떨까 하는데."

그 말을 듣고 우진이 적극 찬성했다.

"그거 괜찮은 생각인데요. 의외로 성과가 있을지도 모르죠. 아무래도 여기 사람들이 레스프라트나 우리보다는 그쪽에 대한 정보력이 있을 테니까요."

"그러기를 바라야죠. 하지만 너무 기대는 걸지 맙시다. 그냥 한번 시도해 본다고 생각하는 것이 마음 편할 겁니다."

박상은 가급적 기대하지 않으려고 했다. 지금까지의 경험에 비추어 섣불리 기대했다가 실망하는 것보다는 덜 기대하고 덜 실망하는 편이 낫겠다고 생각한 것이다.

■ 제 19장

고대의 금고를 열고 나서 며칠간 더 뷜리텐의 왕궁에서 머물렀던 무적택배 사람들은 그만 돌아가기로 결정하고 쿠데리안 왕에게 작별을 고했다. 작별 인사를 나누는 자리에서 박상은 고대 금고의 열쇠와 비밀 번호를 상자에 담아 왕에게 직접 건넸다.

"금고의 자동 장치를 해제했기 때문에 앞으로는 열쇠와 비밀 번호만으로 여닫을 수 있습니다. 대금고의 열쇠는 안지혜와 철인간 아그리파가 여벌의 열쇠를 한 벌 더 만들어 두 벌을 넣어두었습니다."

"감사합니다."

쿠데리안은 상자를 열어 두 벌의 열쇠와 비밀 번호가 있는 두루마리를 확인하고 정중히 인사했다. VIP 금고의 열쇠들은 숫자가 많아서 다른 상자에 별도로 담겨 있었다. 열쇠의 다음에는 보석이 든 상자를 선물했다.

"별것 아닙니다만, 그간 베풀어 주신 호의에 대한 감사의 의미로 드리는 것입니다."

박상의 말에 의아한 얼굴로 그것을 받아본 쿠데리안은 상자에 담긴 여러 점의 고대 보물을 보고 깜짝 놀란 듯했다.

"고대의 금고와 켈란만 해도 감사한데, 이런 것까지 주시다니……. 왕가의 보물로 소중히 간직하겠습니다."

쿠데리안 자신은 무적택배 사람들에게 뵐리텐의 특산인 바다 보석들과 각종 세공품, 야킨 술과 크렘 소스 등을 선물하고 박상에게는 따로 큼직한 두루마리를 내주었다.

"우리가 가지고 있는 헤이프 대륙의 가장 상세한 지도입니다. 헤이프 대륙에 관심이 많으신 것 같아 준비했습니다. 헤이프 대륙에 대한 정보가 담긴 책도 몇 권 찾아서 넣어두었습니다. 그리고 말씀하신 룬드 라데츠라는 이름과 관련된 지명이나 거대한 우주선에 대한 이야기가 남아 있는 곳을 조사해 보도록 사람들에게 지시해 놓았습니다. 쓸 만한 정보가 있으면 즉시 프라트에 사람을 보내 알려 드리도록 하겠습니다."

"그래 주신다니 감사합니다."

박상 일행은 뵐리텐 사람들과 작별 인사를 나누고 지휘차를 타고 프라트로 향했다. 레스프라트의 사신들은 얼마간 더 뵐리텐에 머물다가 돌아갈 예정이어서 왕궁에 남았다.

지휘차가 출발한 뒤 한동안 무적택배 사람들은 조용히 앉아 있었다. 뵐리텐에서 지낸 동안 그럭저럭 즐겁기는 했지만 정작 중요한 지구 귀환의 단서는 얻지 못해 개운치 않은 기분이었다. 그와 대조적으로 노드, 로네스 등의 레스프라트 사람들은 무적택배 사람들에게서 격려금으로 받은 켈란과 베르테스에게 가져가는 막대한 보물들로 인해 꽤 고

조되어 있었다.

"저 많은 보물을 보시면 폐하께서도 깜짝 놀라시겠지?"

노드는 즐거워하며 로네스에게 소곤거렸다.

"당연히 그렇겠지."

로네스의 얼굴에도 미소가 피어 있었다. 노드는 자리에 앉아 있는 무적택배 사람들을 몰래 훔쳐보면서 말했다.

"아무튼 그 막대한 보물을 거의 다 베르테스 폐하의 결혼 선물로 주시다니, 정말 대단하지 않아? 사람이라면 욕심이 있는 게 당연한데 말이야. 웬만한 사람이면 그 백 분의 일의 켈란만 봐도 눈이 뒤집힐 텐데, 저분들은 금고가 열렸을 때도 전혀 놀라는 표정이 아니었어."

"그건 그래. 사람이라면 그러기가 어렵지."

"이럴 때 보면 인간이 아닌 것 같기도 해."

노드는 생각할수록 감탄스러운지 박상 등을 새삼스러운 눈으로 보고 있었다.

오전에 출발해 한낮에 프라트에 도착한 무적택배 사람들은 노드와 로네스에게 뷜리텐의 고대 금고의 보물을 베르테스에게 가져다 주도록 말하고 숙소에 쉬러 들어갔다. 남은 두 사람은 양도 많았지만 내용물이 내용물인지라 당장 운반할 엄두를 내지 못하고 우선 보물의 목록만을 가지고 왕궁으로 내려갔다.

지휘차가 돌아왔다는 보고를 받고 그렇지 않아도 노드와 로네스를 기다리고 있던 베르테스는 무적택배 사람들이 자신에게 결혼 축하 선물을 보냈다는 말에 의아해하며 목록을 받아 들었다. 별 생각 없이 목록을 읽기 시작한 그는 첫 대목부터 자신의 눈을 믿을 수 없어했다. 숫자를 그대로 받아들이기에는 너무도 엄청난 양의 켈란이었던 것이다.

"이것 잘못된 것이 아니오? 이런 양의 켈란이 어디에 있었다는 말이오?"

"거기에 적힌 것은 모두 사실입니다. 저희가 수차례 확인을 거듭한 내용입니다. 그 목록의 보물들은 신의 사도들께서 뷜리텐의 바다에 잠겨 있는 고대 도시에서 꺼내신 것입니다."

로네스의 대답을 들은 베르테스의 표정은 더욱 얼떨떨해졌다.

"어떻게 된 일인지 자세히 이야기해 보시오."

노드는 자신들이 아는 대로 설명을 시작했다. 뷜리텐의 왕궁에 도착한 이래 노드와 로네스는 주로 왕궁에서 지냈기 때문에 무적택배 사람들이 구체적으로 어떤 과정을 거쳐 고대의 금고를 꺼냈는지는 알지 못했고, 단지 바다에 가라앉은 고대의 도시에서 여러 날에 걸친 조사와 작업 끝에 건져 냈다고 알고 있는 정도였다. 하지만 고대 금고를 왕궁 옆 광장에서 여는 과정과 열고 난 다음의 일에 대해서는 그들도 직접 목격한 터라 생생하게 묘사할 수 있었다. 금고를 여는 복잡한 과정도 흥미로웠지만, 어렵사리 열자마자 튀어나온 고대 로봇과 박상 등의 싸움이 벌어진 대목에서는 베르테스도 긴장하며 들었다. 이야기가 끝난 다음 베르테스는 노드에게 물었다.

"뷜리텐의 국왕이 먼저 내용물을 반씩 나누자는 제안을 했다는 말이오?"

"예, 고대의 금고를 닫고 난 뒤 그 자리에서 그렇게 말씀하셨습니다."

"흐음……."

베르테스의 눈은 다시 보고서에 있는 숫자를 빠르게 훑었다. 거기에 적힌 켈란의 양만 하더라도 웬만한 사람의 이성을 마비시키기에 충분할 터인데 이것의 두 배라면 실로 어마어마한 금액이었다.

"결단력이 대단한 사람이군."

감탄의 의미를 담아 중얼거린 베르테스는 켈란 다음에 이어지는 보석 등의 목록을 죽 훑어보고 또다시 놀랐다.

"지금 이 물건들이 구왕궁에 있소?"

"예. 저희가 함부로 운반할 수 없어서 아직 지휘차에서 내리지 않았습니다."

"그러면 메도쿰을 운반하는 마차를 필요한 만큼 내어 그것들을 가지고 오도록 하시오. 재상과 시종장 등과 함께 작은 홀에 있을 테니 보고는 그리 와서 하도록 하고."

"알겠습니다."

노드와 로네스는 고개를 조아린 후 집무실에서 나갔다. 베르테스는 여전히 잘 믿어지지 않았던지 목록을 두어 차례 반복해서 보고 난 뒤에야 시종을 보내어 시종장과 재상, 재무대신을 작은 홀에 오도록 불렀다.

노드와 로네스가 구왕궁에서 다시 내려오기까지는 시간이 꽤 걸렸다. 워낙 고가품이라 일일이 목록과 대조해 가며 신중하게 마차에 옮기느라 시간이 걸린 것이다.

베르테스의 부름을 받고 작은 홀에 모인 레히트 등은 신의 사도들이 뷜리텐에서 발견한 고대의 보물을 베르테스에게 결혼 선물로 보냈다는 말에 크게 놀랐다. 로네스에게 받은 목록을 베르테스가 보여주자 그들의 놀라움은 더욱 커졌다. 보석과 장신구 등 다른 보물의 양도 그러했지만 무엇보다 켈란의 양이 너무 놀라워서 실감이 나지 않는 표정들이었다.

그리고 있는데 노드와 로네스가 들어왔다. 두 사람의 뒤에는 각종 물건을 든 시종들이 길게 뒤따르고 있었다. 노드와 로네스는 홀에 있는 사람들에게 고개 숙여 절하고 시종들이 가지고 온 물건을 목록에 따라 소개했다.

가장 먼저 들어온 것은 메도쿰을 운반할 때 사용하는 큰 상자였다. 켈란의 양이 많다 보니 대부분은 밖에 두고 일부를 견본 삼아 가져온 것이었다. 네 명의 시종들이 왕의 발치에 상자를 내려놓고 뚜껑을 연 후 물러났다. 안에 담긴 켈란을 보고 레히트와 엘트 등은 멍한 표정이 되었다.

"정말 켈란이군요."

레히트가 얼떨떨한 얼굴로 중얼거렸다. 재무대신 엘트는 확인하지 않고는 믿기지가 않았던지 베르테스에게 청했다.

"폐하, 제가 하나를 갈라서 확인해 봐도 되겠습니까?"

베르테스가 허락하자 엘트는 홀에 있는 근위병에게 칼을 빌려 켈란 한 덩어리를 쪼개보았다. 쪼갠 단면을 들여다본 그의 얼굴에 감탄의 기운이 어렸다.

"대단합니다! 정말 순수한 켈란입니다. 이처럼 순도가 높은 것은 지금까지 거의 본 일이 없습니다."

레히트는 베르테스에게 건네받은 목록을 보며 다시 한 번 놀라워했다.

"귀하고 값비싼 켈란을 이렇게나 많이 주셨다니……. 눈으로 보고서도 믿기가 어렵습니다."

"이 정도의 켈란이라면 레스프라트에 닥친 수많은 문제들을 빠르게 해결할 수 있을 것입니다. 폐하의 결혼식뿐 아니라 피스벵 산지의 확보 및 쿠네이 지역의 개발, 군대의 재정비 등을 당초 계획보다 신속하게 수행할 수 있을 것입니다."

엘트는 가슴 벅차하며 앞으로 할 일들을 짚어보고 있었다.

켈란 다음에는 보물들이 차례로 들어왔다. 처음 소개된 보물은 무적택배 사람들이 특별히 베르테스와 신부의 결혼식 때 사용토록 고른 것들이었다.

"이 두 상자의 보물은 신의 사도들께서 베르테스 폐하의 결혼식 때 폐하와 그리어의 공주님께서 착용하시라고 말씀하셨습니다."

두 개의 상자 안에 담긴 보물을 본 레히트 등의 입에서 낮은 탄성이 새어 나왔다.

"너무도 아름답고 고귀한 보물들입니다. 폐하와 왕비님께 이보다 어울리고 값진 보물은 없을 것입니다!"

시종장은 기쁨에 겨워 베르테스에게 축하의 말을 했다.

그 뒤에도 보물이 든 상자는 계속해서 들어왔다. 아름답게 다듬어진 큼직한 보석부터 각종 장신구와 세공품들이었는데, 하나같이 가치가 뛰어난 물품들이었다. 보고가 끝났을 때는 보물이 든 상자들이 홀 한쪽에 빼곡히 쌓여 있었다. 레히트는 감격해서 베르테스에게 말했다.

"신의 사도들께서 폐하와 우리 레스프라트를 아껴주시는 것은 익히 알고 있었으나, 폐하의 결혼을 축하하기 위해 뷜리텐까지 가서서 이렇게 준비해 주시다니 참으로 감읍할 따름입니다."

무적택배 사람들이 베르테스를 위해 뷜리텐에 갔던 것이라는 레히트의 생각은 사실과 무관한 오해였으나, 이들의 입장에서는 그렇게 생각하는 것도 무리가 아니었다. 베르테스 역시 비슷한 심경이었다.

"나 역시 믿기 어려운 한편 송구스럽습니다. 자주 찾아뵙지도, 잘 모시지도 못한 것 같은데 이토록 큰 선물을 주시다니……."

감히 상상도 하지 못한 막대한 재보를 앞에 두고 그들은 기쁘고 뿌듯한 심정으로 보물들을 바라보고 있었다. 시종장이 베르테스에게 물었다.

"이것들을 어디에 놓을까요?"

"켈란은 전부 국고에 귀속시켜 국가 재정에 기여토록 하고, 귀금속은 왕실의 보물고에 두도록 하시오."

켈란을 국고에 귀속시키라는 베르테스의 결정에 레히트는 대단히 기뻐하며 고개를 조아리고 칭송했다.

"폐하, 지극히 현명한 판단이십니다."

"당연히 그리 해야지요."

레히트에게 대답한 베르테스는 세 대신에게 말했다.

"내일 오전에는 신의 사도들께 감사 인사를 드리러 가야겠습니다. 여러분께서도 같이 가십시다."

"알겠습니다."

세 사람은 고개를 조아려 명을 받았다.

이튿날 아침, 베르테스는 재상, 재무대신, 시종장을 거느리고 무적택배 사람들을 만나러 왔다. 레스프라트를 위해서라든지 베르테스의 결혼을 축하해 주려고 마음먹고 한 일도 아니고, 순전히 우연으로 이루어진 일인데 베르테스 등이 너무도 감격하고 고마워하는 통에 박상 일행은 어색한 분위기 속에 인사를 받았다.

그로부터 이삼 일 쉬면서 지낸 무적택배 사람들은 다시 일상의 활동을 재개했다.

지혜는 노드에게 대장간 거리로 가서 메도쿰으로 만든 철판을 가져오도록 했다. 노드가 가져온 여러 장의 철판을 검사한 지혜는 동료들을 불러 모은 자리에서 전보다 한층 고무적인 평가를 내렸다.

"대장장이들이 생각보다 짧은 시기에 빠르게 숙련되어 가는 것 같네요. 이 정도면 얼마 뒤에는 쓸 만한 철판이 생산될 수 있겠어요. 우주 탐사선 룬드 라데츠호의 행방을 찾는 것은 뒤로 미뤄두고 당분간은 무적택배호의 수리에 본격적으로 매달리는 것이 좋겠어요."

지혜의 말을 듣고 박창이 물었다.

"그럼 이제 무적택배호를 수리할 수 있는 거야?"

"전에도 말했지만 곧바로는 안 돼. 철판뿐 아니라 나사나 볼트 같은 부품도 만들어 써야 하니까 작업장에 선반기(旋盤機) 같은 도구부터 갖춰야 해. 구체적인 작업은 그 다음부터야."

뷜리텐에 가기 전에 현재 사용하는 건물의 빈 공간에 작업장을 마련해 놓기는 했지만, 장소만 준비했을 뿐 다른 것은 이제부터 갖추어야 했다. 지혜는 바다와 우진에게 말했다.

"모든 부품을 제가 다 만들 수는 없으니까, 노드 씨에게 부탁해서 솜씨 좋은 기술자 몇 명을 데리고 오게 해서 가르칠 생각이에요. 하지만 선반기 자체는 우리가 만들어놔야 할 테니, 우진 씨와 바다 씨가 도와주세요."

"알겠습니다."

두 사람이 대답하자 박상이 지혜에게 물었다.

"우리가 도울 일은 없겠어?"

"있어. 너랑 창이는 우리가 달에 다녀오는 동안 먹을 식량을 만들어야 해. 만드는 건 출발하기 며칠 전부터 하면 되지만, 미리 메뉴 개발이랑 연습을 해놔."

"메뉴 개발? 그런 게 왜 필요해?"

박창이 멀뚱멀뚱 묻자 지혜는 짜증스레 말했다.

"내가 전에 얘기했잖아. 에너지 문제 때문에 중력 시스템을 끄고 가야 한다고. 즉, 우주선 안에서 음식을 만들어 먹을 수 없단 말이야."

"그럼 뭘 어떻게 먹자는 말이야?"

박창은 도통 모르겠다는 얼굴이었다. 우진이 지혜를 대신해서 말했다.

"우주식을 따로 만들어야지요. 지구의 우주 개발 초기에 우주 비행사들이 먹었던 것처럼 조리된 형태로 만들어서 밀봉해야 합니다. 즉석 음식과 건조 식품을 만들어서 데워 먹거나 그대로 먹을 수 있게 하는 겁니다."

"음료는 어떻게 합니까? 그것도 특별한 조치가 필요합니까?"

박상이 물었다.

"무중력 상태가 되면 음료를 그냥 마실 수는 없다고 합니다. 클립이 달린 빨대를 써서 마셔야 한답니다."

"과일은요? 가져가도 됩니까?"

이번에는 박창이 물었다.

"냉장고에 넣으면 되지만, 상하기 전에 다 먹어야 할 테니까 적당껏 가져가야죠. 하지만 주의할 것은 음식물 찌꺼기가 공기 중에 흩어져서 오염시킬 수 있으니 그걸 생각해서 음식을 만드시는 게 좋을 겁니다. 지금 생각나는 건 그 정도인데, 나중에 자세한 내용을 정리해서 따로 자료로 만들어 드리겠습니다."

"알겠습니다. 지금부터 바쁘게 준비해야겠군요."

그렇게 대답한 박상은 지혜에게 얼굴을 돌리고 물었다.

"달에 다녀오는 기간은 어느 정도로 잡고 있는데?"

"한 3주 정도? 5일쯤 가서 열흘쯤 다녀보고, 5일은 돌아오는 거야. 무중력 상태의 비행이고 에너지 문제도 있으니까 그 이상 머물러 있기는 무리일 거야."

"무슨 소리야? 달에 가는데 왜 그렇게 오래 걸려? 이곳의 달이 지구의 달보다 더 멀리 있는 거야?"

"그건 아닌데 속도를 줄여서 가는 거야. 여기서 수리하는 걸로 무적택배호의 성능이 원상 복귀된다고 보기는 무리거든. 안전 운행해야지."

그 말을 듣고 은근슬쩍 불안해진 박상은 티를 내지 않으려고 애쓰면서 물었다.

"설마 냉장고는 쓸 수 있겠지?"

"당연하지. 우주에서 상한 음식을 먹고 식중독이라도 걸리면 끝장나게? 아무리 에너지가 부족해도 냉장고는 가동시켜야지."

박상과 지혜의 말을 듣고 있던 박창은 어이없어하며 머리를 설레설레 흔들었다.

"맙소사! 무중력 상태로 둥둥 떠다니는 걸로도 모자라, 제대로 된 음식도 못 먹고 3주나 지내야 한다고?"

그러자 우진이 기이한 미소를 흘리며 말했다.

"지금 그런 것이 문제가 아닙니다. 무사히 달에 다녀올 수 있을지, 소기의 목적을 달성할 수 있을지가 진짜 문제죠."

우진의 말에 정신이 번쩍 든 박창은 다급히 물었다.

"위험할 수도 있다는 말입니까?"

그러자 지혜가 당당하게 대꾸했다.

"얼마쯤은 각오해야 해."

박창은 질린 얼굴로 따졌다.

“그걸 말이라고 해? 위험할 걸 왜 가?”

“그럼 언제까지나 이 별에서 살래? 100퍼센트 안전은 누구도 보장 못해. 지구로 돌아가려면 어느 정도의 위험은 감내해야 한다구.”

지혜는 매몰차게 말했다. 그녀의 서슬에 박창은 기가 죽어 입을 다물었다. 잠시 좌중은 조용해졌다. 조금 뒤 마리나가 물었다.

“목적지는 구체적으로 정해져 있는 건가요? 설마 무작정 달 상공을 돌아다니는 건 아니겠죠?”

그 질문에는 우진이 답했다.

“디파의 지식의 관에서 찾은 자료 중 달 기지에 대한 부분을 참고했습니다. 거주를 위한 도시는 일단 제외하고, 우주 조선소나 군 기지 중에서도 기스칼의 시설에 들러볼 예정입니다. 다른 두 세력의 시설은 출입 자체가 불가능할 가능성이 크니까요.”

“기스칼의 시설은 괜찮을까요?”

“아담을 믿어봐야죠.”

우진은 아담에게 시선을 돌렸다. 나머지 사람들의 시선도 자연히 아담에게로 향했다.

“그러고 보면 그때 펠레즈에서 아담을 찾지 못했다면 지금쯤 우리가 어떻게 되었을지 짐작도 되지 않네요.”

마리나의 말에 박상이 고개를 끄덕였다.

“맞습니다. 아담이야말로 우리에겐 만능열쇠 같은 존재죠.”

릴리는 지혜에게 물었다.

“달에는 언제쯤 갈 예정이세요?”

“기본적으로 무적택배호의 수리가 끝나면 가는 거지만, 넉넉잡고 베르테스님의 결혼식이 끝난 뒤쯤이 괜찮을 것 같아요. 수리에 걸리는 시간도 그렇고 식량 및 필요한 물품도 준비해야 하고, 우주선에 에너지를 조금이라도 더 채워서 가는 게 좋을 테구요. 그 김에 이왕이면 베르테스님의 결혼식 구경도 하는 거죠. 결혼 선물까지 안겨주고 정작 결혼식 때 자리를 비우는 것도 이상하잖아요."

"찬성입니다! 그때 먹는 음식이 최후의 만찬이 될지도 모르는데, 결혼식 구경도 하고 맛있는 거나 실컷 먹고 가자구요! 먹고 죽은 귀신이 때깔도 좋다잖아!"

박창이 큰 소리로 하는 말에 지혜는 눈을 흘겼지만 다른 사람들은 내심 그와 같은 기분이었다.

이야기를 마치고 박상과 나란히 주방으로 향하던 박창이 박상에게 말을 걸었다.

"형, 설마 달에 가다가 뭔 일이 나는 건 아니겠지?"

박창은 아직 불안이 떨쳐지지 않는 표정이었다. 박상이라고 크게 다르지는 않았지만 그는 짐짓 아무렇지 않은 척 박창을 나무랐다.

"아직도 그 소리야? 지혜도 최선을 다하고 있어. 다행히 우주선의 엔진도 무사하고 그리 치명적인 고장은 없으니까 지혜가 수리에 나선 거고. 괜히 쓸데없는 소리 해서 다른 사람들까지 불안하게 만들지 말고 우리가 할 일이나 제대로 하자."

"음식 만드는 거?"

"지혜의 말처럼 메뉴라도 개발해야지. 한두 가지 음식만 가지고 3주나 보낼 수는 없지 않냐."

"즉석 음식에 건조 식품이라……. 즉석 음식이란 게 군대의 전투 식량 같은 거지?"

"그렇다고 생각하면 되겠지. 바비큐나 비빔밥, 스파게티, 육포, 그런 종류를 만들면 되지 않을까 싶다."

"사탕이랑 과자도 만들어 가야겠네. 신선한 과일과 견과류, 말린 과일도 준비하고. 식량은 부족하지 않게 준비해야지."

음식 이야기를 하며 잠깐이나마 걱정거리를 잊었던 박창은 금세 다른 걱정거리를 떠올리고 한숨을 푹 쉬었다.

"무중력 상태로 3주라니, 장난 아니겠지? 속이 다 뒤집히는 것 아닌가 몰라. 무엇보다 용변 볼 일이 큰일이네. 수세식 변기를 못 쓸 텐데 어떻게 볼일을 보지?"

그 말을 들으니 박상도 걱정스러워졌다.

"네 말대로 물을 흘릴 수 없을 테니 변기를 사용하지는 못하겠지. 봉투라도 따로 마련해야 하려나?"

"잘못해서 변이라도 새어 나와봐. 보나마나 지혜 누나가 꽥꽥 소리 지르며 난리칠 텐데. 볼일 보는 연습이라도 미리 해야 하려나? 이것저것 장난이 아니네."

박창은 또다시 불평을 늘어놓았다.

"그만 좀 투덜거려라. 그런다고 해결될 것도 아니고. 하나씩 해결해가야지, 별수있냐."

박상은 박창을 나무라고 주방 문을 열었다. 두 사람이 들어서자 그곳에 있던 사람들이 일제히 고개를 조아렸다. 그중에는 박창의 요리 수제자 파디아와 다른 의미의 수제자 아르데도 있었다.

"오늘은 시간이 나셨나 보군요?"

박창은 반색하며 파디아에게 인사를 건넸다.

"미테르 신께 헌신하는 몸으로 신의 사도 여러분을 모시는 일 이상으로 중요한 일이 어디 있겠습니까?"

파디아는 맑게 미소 지으며 말했다.

"잘 오셨습니다. 이야기를 들으셨는지 모르겠는데, 오늘부터 본격적
으로 케이크 실습을 할 거거든요."

박창은 앞치마를 두르면서 말했다. 전에 베르테스의 즉위식 때 박창
이 만들었던 케이크가 무척이나 인상적이었던지 주방 사람들이 베르테
스의 결혼식 때도 손님들에게 케이크를 내었으면 한다고 요청해 와서
본격적으로 실습을 하기로 한 것이었다.

한편 박상은 뷜리텐에서 가져온 크렘 소스와 역시 뷜리텐에서 온 말
린 생선과 조개를 가지고 칼국수를 만드는 데 착수했다. 간장 대용으
로 쓸 수 있는 소스가 생긴 김에 오랜만에 칼국수를 먹고 싶다는 동료
들의 주문에 따른 것이다.

말린 조개는 물에 담가 불리고, 지구의 밀 비슷한 곡물인 키야를 빻
은 가루를 치대서 반죽하고, 말린 생선 두 가지로 국물을 내는데, 어느
새 여러 명의 사람들이 그의 주위에 몰려와서 일을 돕겠다며 나섰다.
그들은 평소 빵 이외의 음식을 만드는 사람들이어서 박창의 케이크 교
습과는 무관했다. 뷜리텐산의 새로운 소스로 어떤 음식을 만들 수 있
는지가 궁금한 모양들이었다.

'완전히 요리 교습소 분위기로군.'

박상은 케이크반과 한식반으로 나눠진 듯한 주방의 분위기에 내심
쓴웃음을 지었다.

레스프라트의 국왕 베르테스와 그리어의 공주 클로페의 혼인식이
거행되는 날이 왔다.

칼리케아와 쿠네이 북쪽의 유목민 지역 등에서 사신을 보내왔고, 뷜리텐에서도 무적택배 사람들과 같이 갔던 레스프라트의 사절단과 뷜리텐의 축하 사절이 같은 배로 프라트에 도착했다. 여러 나라에서 모여든 축하 사절단과 결혼식에 참석하기 위해 모인 귀빈들, 또 결혼식을 구경하려고 전국 각지에서 모여든 여행자들까지 더해 프라트는 대단한 활기에 휩싸여 있었다.

무적택배 사람들은 당초의 계획대로 무적택배호의 수리가 어느 정도 마무리되었기 때문에 한결 가벼운 마음으로 결혼식을 볼 수 있게 되었다. 베르테스의 청으로 전원이 결혼식에 참석하여 지켜봐야 한다는 부담은 있었지만 결혼식 자체는 기대하고 있었다. 게다가 신부인 클로페 공주가 대단한 미인이라는 소문이 있어서 그녀에 대한 호기심도 기대감을 부추겼다.

결혼식이 열리는 왕궁의 대형 홀은 즉위식 때와 비슷한 배치를 이루고 있었다. 다만 단상 안쪽에 마련된 무적택배 사람들의 자리 옆에 신부의 부모인 그리어 왕과 왕비의 자리가 있다는 점이 그때와 달랐다.

박상 일행과 그리어 국왕 부처는 서로 조용히 묵례하고 자리에 앉았다. 자신들을 바라보는 수많은 사람들의 뜨거운 시선이 느껴졌지만, 이제는 다들 그럭저럭 익숙해져서 전처럼 크게 긴장하지는 않았다.

신랑인 베르테스에 이어 신부가 홀에 들어선 순간 홀 곳곳에서 가벼운 탄성이 올랐다. 그리어에서 손꼽히는 미인이라는 평판을 익히 들어왔지만 클로페 공주는 많은 이들이 상상하던 것 이상으로 아름다웠다. 햇살을 받아 빛나는 물결처럼 부드럽게 굽이치는 긴 금빛 머리칼에 투명하리만치 맑은 에메랄드빛 눈동자가 은은하게 빛나고 있었다. 그녀의 가늘고 긴 목에는 무적택배 사람들이 베르테스에게 선물한 고대의 목걸이가 드리워져 있었다.

"진짜 예쁘다. 프랑스 인형 같아."

지혜가 멍하니 중얼거렸다.

"캬~ 저런 미인과 결혼하다니. 이거야말로 남자의 로망이야. 그치?"

박창은 부러워 죽겠다는 표정으로 박상에게 속닥거렸다.

클로페는 크지 않은 키에 아담한 체구여서 베르테스의 옆에 서자 그의 어깨쯤에 닿았다. 박상은 신부에게 왕비의 관을 씌우는 역할을 맡고 있었기 때문에 그 시점에서 일어나야 했다. 원래는 레스프라트의 선왕이나 왕실의 어른이 할 역할이었지만, 현재 그런 사람이 없는 까닭에 박상이 대신하는 것이다.

'으~ 부담스러워. 나만 늘 이런 일을 해야 하다니. 실수라도 하면 큰일이잖아!'

박상은 속으로 억울해하며 앞으로 걸어나갔다. 그리고 시종이 들고 와서 내미는 쟁반에서 왕비의 관을 집어 들었다. 되도록 시선을 위에 두어 신부의 얼굴을 보지 않으려고 애쓰면서 관을 든 손을 내리는데, 하필이면 그때 클로페와 시선이 마주쳤다. 그녀는 처음부터 눈을 똑바로 뜨고서 박상을 쳐다보고 있었던 것이다. 호기심에 가득한 순진한 눈동자였다.

'정신 차려, 정신!'

박상은 속으로 되뇌면서 클로페의 머리에 관을 씌워주고 얼른 뒤로 물러났다. 자리로 돌아오는데 긴장이 풀리면서 저절로 한숨이 새어 나왔다.

'결혼까지 했으니까, 이젠 이런 행사에 참석할 일은 없겠지. 설마 애 낳아서 한국처럼 돌잔치를 하거나 하진 않을 테고.'

그런 생각을 하면서 자리에 앉으니 박창이 작은 소리로 말을 걸었다.

"어때? 가까이에서 보니까 더 예쁘지?"

박상은 무뚝뚝하게 대꾸했다.

"남의 와이프에게 무슨 관심이 그렇게 많아? 적당히 관심 끊어라."

홀에서 거행된 결혼식이 끝난 뒤에는 신랑 신부가 프라트 시내를 도는 퍼레이드가 있었다. 꽃으로 화려하게 장식한 마차에 베르테스와 클로페가 타고 프라트의 주요 도로를 도는 것이었다. 왕과 왕비가 탄 마차의 주변과 앞뒤에는 화려하게 성장한 근위대가 열을 지어 질서 정연하게 행진했다. 메도쿰으로 만든 무구로 무장한 그들의 모습은 신랑 신부의 마차 못지않은 근사한 구경거리였다. 레스프라트 사람들은 자국 군대의 위용을 기꺼워하고 자랑스러워했으며, 외국의 사절들은 부러움과 두려움이 뒤섞인 시선으로 보았다.

왕의 결혼을 축하하는 축제는 사흘 밤낮 동안 계속되었다. 그 기간 동안 내외의 귀빈들에게 제공된 레스프라트의 새로운 음식들은 많은 사람들에게 호평받으며 크게 반향을 일으켰다. 피스벵 설탕 외에도 아르데 소스와 뷜리텐의 크렘 소스가 새롭게 많은 이들의 입에 오르내리며, 그것들을 가지고 요리할 수 있는 요리사를 구하려는 움직임도 많았다. 심지어 그리어의 국왕조차 레스프라트에서 맛본 요리를 계속 먹고 싶어하여 베르테스가 왕궁 요리사 세 명을 선별해 그리어 왕궁에 보내기로 했을 정도였다.

베르테스의 결혼식 이후 본격적으로 시작된 무적택배 사람들의 달 여행 준비도 막바지에 이르렀다. 지혜의 계산으로는 왕복 20여 일 정도였지만, 넉넉잡고 30여 일치의 우주식을 만들고 마실 물도 충분히 준비했다.

출발 전날 박상과 박창은 그동안 작성한 물품 목록을 들고 무적택배호 안을 돌면서 최종 점검을 실시했다. 가장 먼저 들른 곳은 주방의 냉장고와 그 옆의 냉동 창고였다. 냉동 식품이나 신선 식품을 운반하는 경우도 있어서 무적택배호에는 따로 냉동 창고가 있었다. 과일은 바로 먹을 수 있게끔 깨끗이 씻고, 나머지 음식들은 가죽 주머니와 비닐 팩에 담아두었다. 입구를 묶은 끈에 음식의 종류를 써놓아 구분을 지어놓았다. 냉동 창고를 살피던 박창이 무슨 생각에선지 한숨을 짓고 박상에게 물었다.

"그런데 말이야, 무중력 상태로 며칠씩 계속 지내면 몸이 어떻게 되는 걸까? 구체적으로 짐작이 되진 않아."

"별로 좋지는 않겠지. 우진 씨가 워프 게이트를 통과할 때와 비슷할 거라고 했잖냐."

"하지만 워프 게이트는 그리 긴 시간이 아니고 항상 안전벨트를 매고 앉아 있어서 몸이 떠올라 본 적은 없잖아."

"내 말은 머리가 지끈거리고 속이 울렁거리는 증상 말이다."

"우주 멀미약을 미리 먹어둬야겠네."

"그게 좋겠지. 얼마나 효과가 있을지는 의문이다만."

"그래도 워프 게이트를 통과할 때는 안 먹는 것보다는 효과가 있잖아."

"난 멀미보다는 우주에서 어떻게 적응할지가 걱정이다."

"그러게. 이거 문제가 한두 가지가 아니잖아. 돌아올 때까지 국물 있는 음식이나 갓 요리한 음식은 못 먹고, 샤워도 세수도 못하고, 잘 때는 몸을 묶어야 되고… 첩첩산중이야."

　박창은 고개를 설레설레 흔들었다. 그때 목록을 살피던 박상이 물었다.

　"아폴로 주머니라고 했던가, 그건 충분히 만들었어?"

　"용변 주머니? 그건 노드 씨가 넉넉히 준비해 줬어. 엉덩이에 닿는 부분에 양면 테이프 붙이는 작업은 마리나 씨랑 릴리 씨가 해놓았고."

　"그래도 직접 눈으로 확인해 두는 것이 나아. 가서 보자."

　박상이 앞장섰다. 두 사람은 화장실에 가서 확인 작업에 들어갔다. 박상이 말한 아폴로 주머니라는 것은 우진이 찾아낸 자료를 바탕으로 재현한 것인데, 초기 우주 개발 시대에 우주 비행사들이 용변 볼 때 사용했던 중절모처럼 생긴 비닐 주머니였다. 모자챙에 해당하는 부분에 접착 테이프가 붙어 있어 엉덩이에 붙이는 구조였다. 원래는 비닐로 만들어야 하지만, 이곳에서는 비닐을 구할 수 없어 기름 먹인 종이를 여러 겹으로 해서 만들었다.

　박상은 주머니를 하나 집어 살펴보았다. 양면 테이프를 붙여놓아 종이 부분을 떼면 붙일 수 있게 되어 있었다.

　"초기의 우주 비행사들도 보통 진공청소기 같은 변기를 썼지 이런 건 진짜로 아주 초기에나 썼다던데, 우리가 이런 걸 사용하게 될 줄이야……."

　박창은 생각할수록 기가 막히던지 혀를 찼다.

　"어쩌겠냐. 진공청소기식의 변기를 우리가 만들 수도 없고."

　"지혜 누나가 만들어보면 안 되나?"

　"지혜가 만능이냐, 뭐든지 만들어내게? 그리고 걔도 그동안 바빴어. 그럴 틈이 어디 있었어?"

　박상은 용변 주머니의 숫자를 세어서 목록과 다름없는지 확인하고,

휴지 대용으로 사용할 부드러운 천과 물수건, 수건 등도 빠짐없이 점검했다. 무중력 상태에서는 몸을 닦거나 양치질 및 면도할 때도 물을 쓰지 못하기 때문에 물수건이 많이 필요했다.

"진짜 많네. 이거 다 쓸 수나 있겠어?"

박창의 말에 박상은 머리를 흔들었다.

"모자라는 것보단 남는 게 나아. 넉넉히 가져가야지."

그곳의 점검이 끝나자 박상 형제는 운동실에 가서 운동 기구를 확인했다. 무적택배호의 에너지 보충을 위해 구왕궁으로 옮겨놓았던 운동 기구 중 일부를 다시 옮겨온 것인데, 무중력 상태로 장기간 머물 경우 심장 동맥이 약해져서 대기권 재돌입 시 위험할 수 있기 때문에 하루에 한 시간씩 운동을 해줘야 한다는 자료 내용에 따른 것이다.

다음에는 통제실과 다른 곳의 바닥과 벽을 둘러볼 차례였다.

무중력 상태로 떠다니다가 부딪쳐서 다치는 일이 없게 철인간들을 시켜 우주선 내의 물건들을 전부 고정시키고 모서리나 각이 진 부분에는 천을 덧대게 했고, 천장과 바닥에는 이동 시에 사용할 수 있게 천 조각으로 고리를 만들어 곳곳에 붙였다. 또한 철인간들의 이동을 위해서는 천장과 벽에 줄을 쳐놓았는데, 그것들이 전부 제대로 잘되어 있는지 살펴보는 것이었다.

"우주선 내부가 고물상처럼 지저분해졌네. 나중에 이런 거 다 떼어내고 나면 얼룩이랑 자국이 남겠지? 중고라지만 얼마나 신경 써서 아끼던 우주선인데, 여기 와서 안팎으로 수난이 심하네."

통제실에서 고리를 살펴보던 박창이 우울해했다.

"그러게 말이다."

박상도 한숨을 쉬었다.

"형, 기억나? 처음 이 배를 구입하고 내부를 꾸미던 때 말이야. 그때는 힘들기도 했지만 되게 신났었는데."

"사실 이 우주선이 우리에겐 행운도 많이 가져다 줬지. 일도 순조롭게 잘 풀렸었고, 특별히 말썽 부리는 법도 없었고 말이야. 그 사고 때도 어쨌든 이 녀석이 아니었다면 픽시호처럼 되었겠지."

두 사람은 잠시 옛날 생각을 하며 감상에 잠겨들었다. 통제실과 복도 등을 살핀 다음 그들은 침실을 점검하러 갔다. 몸이 멋대로 떠오르지 않게 묶고 자야 하기 때문에 침대에는 끈이 여러 개 둘러져 있었다. 침대를 점검하던 박창은 끈을 만지작거리며 킬킬 웃기 시작했다.

"끈으로 이렇게 몸을 묶고 자야 하다니, 꼭 정신 병동 같겠어."

박상도 그를 따라 웃었다.

"자면서 둥둥 떠다니는 것보단 낫지."

"어휴, 아무리 생각해도 기가 막히네. 역사 다큐멘터리에서나 보던 일이 우리에게 닥칠 줄이야. 두둥실 뜬 상태로 우주를 20여 일이나 다닐 생각을 하니 앞이 깜깜하다."

"너무 비관적으로 생각하진 말자. 현대에도 중력 시스템이 고장나는 경우도 전혀 없지는 않으니까, 그런 경우라고 생각하면 좀 낫지 않겠냐."

박상은 씁쓸하게 웃으면서 달렸다.

『무적택배』 6권에 계속…